悪い夏

JN100694

角川文庫
22332

目次

1

うっすらと肌寒さを覚えていたものの、枕元のアラームに叩《たた》き起こされるまで何も行動を起こさずにいたら、目覚めたとき喉《のど》を痛めていた。唾《つば》を飲み込むと嫌な感触が喉元に居座るのである。

二十六歳の佐々木守《ささきまもる》は寝ぼけ眼をこすり、頭上のエアコンを憎々しげに睨《にら》みつけた。

昨夜、就寝前にたしかにタイマーを設定しておいたはずなのに、今なお、せっせと冷風を吐き続けているこのエアコンはここ数日やたらと機嫌が悪い。主人の命令を平気で無視する。こいつは守が一年前にこのアパートに越してきたとき、すでに設置されていたものだ。大家にもメーカーにもどうなっているのかと詰め寄りたくなる。

芋虫のように身体をくねらせてベッドを這《は》い出た。バカエアコンのせいで、部屋の中に不必要な冷気が充満している。カーテンを開け放ち、続けて窓を開けた。全身に強烈な陽光を浴びて伸びをする。相変わらずのお天気だがやはり身体が気だるい。

薬箱から風邪薬の錠剤を取り出し、ぬるま湯で胃に流し込んだ。もっともこれが効くとは思えなかった。市販の薬は気休めにしかならない。

ソファに腰を下ろし、眼鏡をかける。視界がはっきりとしたところでテレビをつけた。ニュースを眺めながら守はしばし思索に耽《ふけ》る。今日は火曜日、休日の土日はまだ遠い。平日はスケジュールがすき間なく埋まっていて、病院へ行く余裕などない。

テレビ画面の中では可愛らしいキャスターが熱中症に気をつけるようしきりに喚起していた。今年の夏は去年の灼熱《しゃくねつ》地獄を上回る猛暑になるだろうと春先から叫ばれていた。そして予想を裏切らぬ日々が続いている。先週ようやく梅雨明けしたと思ったら、待ってましたとばかりに太陽が張り切りだした。まだ七月であることを思えば、来月はどうなってしまうのだろうと不安を通り越して恐怖を覚える。

重い身体を持ち上げて洗面所へ向かう。顔を洗い、歯を磨く。同時進行でパジャマを脱ぎ、洗濯機に放り込んだ。クローゼットを開け、サマースーツを取り出す。スーツはローテーションを組んであるので衣装選びに悩むことはない。

駅に向かう道中でコンビニに寄って、のど飴《あめ》とスポーツドリンクを購入した。マスクを購入しようか迷ったがやめておいた。真夏にマスクは芸能人でも躊躇《ちゅうちょ》するだろう。

上着を肩にかけ、口の中で飴玉を転がしながらとぼとぼと舗装路を歩く。それにしても、暑い。頭上から殺意を持って太陽がぶつかってくる。もう、吸気が熱風なのだ。守はハンドタオルで額をぬぐった。ワイシャツはすでに背中にぴたっと張り付いている。体調がすぐれないせいか、汗もふだんの二割増しで不快だ。

駅のプラットホームで列の最後尾に並び、電車を待った。定刻より二分遅れでやってきた電車は女性優先車両を除いてすでにすし詰め状態だった。毎日のことだ。

車内では呼吸すらままならず、ひたすら耐え忍ぶ時間を過ごした。小柄で華奢《きゃしゃ》な守には拷問だった。守の身長は百六十センチに届かない。体重もそこらの女子よりよっぽど軽い。学生時代のあだ名は小童《こわっぱ》である。

十五分ほど揺られ、解放されたときにはすでにぐったりとしていた。改札を抜けて駅をあとにする。ここから五分ほど歩いた先に船岡《ふなおか》市役所の庁舎があり、そこが守の勤務先だった。

千葉《ちば》県の北西部に位置する船岡市は、人口三十万人の中規模の地方都市である。敗戦直後、戦災を免れた上、海に隣接していて物資の集散地だったことから闇市が隆盛を極めた土地だった。当時は「日本の上海《シャンハイ》」という仰々しい異名を取ったらしいが、現在は典型的なベッドタウンだ。人口が多いため主要駅周辺は商業施設がそれなりに発展しているが、すべてにおいて二級だった。いうなれば田舎の都会といったところである。そしてその中途半端さが、種々雑多な人間を寄せ集める。

守が船岡ではなく隣町に住んでいるのは単純に仕事場と距離をとりたいからだった。むろん、精神衛生面を考慮してのことだ。

高架下を抜けて大通りに出ると、その道路に隣接して建てられた真新しい市役所の庁舎が遠くに望めた。

船岡市役所は半年ほど前に全面改築を施し、近代的なデザインの庁舎へと生まれ変わっていた。超高齢社会、バリアフリーの名の下、床にはびっしり点字ブロックが敷かれ、あらゆる壁に木製のアームレールが備え付けられている。老人の来客者のために電動の車椅子も貸し出しているのだから贅沢《ぜいたく》な話である。

初老の警備員と挨拶《あいさつ》を交わして入り口玄関をくぐり、階段で四階を目指した。この建物の四階フロアに社会福祉事務所が入っており、その中の生活福祉課・保護担当課に守は籍を置いている。

配属されたのは一年前なのでチームの中で守は末端のポジションだ。ちなみにその前は産業観光課という極めて牧歌的な部署にいた。異動が決まった際、それまでの上司から「三年の我慢だ」と送り出された。新しい上司にも「三年の我慢だ」と迎えられた。

生活福祉課はそういうところだった。そして噂に違《たが》わぬ我慢の日々を送っている。今はただ三年の月日が少しでも早く流れてもらうことを祈るばかりだ。なぜ三年かというと、今までの慣例で三年経てば異動願いが受理される可能性が高いからである。

オフィスに足を踏み入れると課長の嶺本《みねもと》がすでにデスクで新聞を広げていた。五十手前のこの上司は常に一番の登庁を心掛けている。身体を鍛えるのが趣味らしく、胸板がアスリートのように隆起していて、それが自慢なのかやたらとぴっちりしたシャツを好んで着る男だった。ちなみに「三年の我慢」で出迎えた上司が嶺本だ。

「おう佐々木」

嶺本が新聞を下げて顔をのぞかせた。さみしい頭髪のすき間から地肌ものぞいている。

「おはようございます」

「なんだ、いつにもまして顔がさえないな」

「ちょっと喉を痛めまして」

「おいおい。夏風邪かよ」

「かもしれません」

「どれ」嶺本がすっと手を伸ばし、守の額にぴたっと当てる。「おい、熱いぞ」

「いや、外から来たばかりなんで」

「ああそうか。そういやおまえ、今週独老回りだろう。いつだ」

「木曜日の予定です」

「じゃあそれまでに治せ。うつしたら死活問題になりかねん」

苦笑して頷《うなず》き、デスクへ向かった。

独老回りというのは、言葉通り管轄内に住む独居老人の家を訪ねて回ることである。もちろん隠語だ。生活福祉課の仕事のひとつであり、チームの中では主に若手がその職務を任されている。

一人暮らしのお年寄りの生活の手助けに、というのは表向きの理由で、本当の目的は生死確認だった。それだけならわざわざ出向かなくてもと思うだろうが、世の中には携帯電話はもちろん、自宅の電話も引いていないという横着者の老人が少なくない。

幸い、守は家を訪ねて仏様と対面したことはまだない。この先もないといいなと願っているが、きっと無理だろうと諦念《ていねん》も抱いている。

高齢化が進み、日本では老人の孤独死が相次いでいる。ニュースにならないだけで、毎日どこかで老人が静かに亡くなっているのだ。そして自分はそれを確認する職務についている。いつか必ず、そういう日がやってきてしまうだろう。

職員が全員登庁したところで、朝礼が始まった。いつも通り始業時間ぴったりだ。

「みんな、おはよう」課長の嶺本の太い声がオフィスに響く。「二分時間をくれ。昨日、おれが市町村合同の定例会議に出席したことは知ってるな。毎度のこと議題は生活保護受給者の増加問題だ。ベーシックインカムがどうたらなんて話も出たが、そんなのは遠い未来のことであり、我々の知るところじゃない。でだ、お上さんは新規に適正な判断、既存にヒアリングの徹底、とまあ随分まどろっこしい言い方をしてくれたが、簡潔に言えば申請を断ち、受給を停止しろってことだ。そして、来月からご丁寧に各地域で目標数字を定め、達成率を定例会議で発表することが決まった。その数字如何《いかん》によっては、県庁からお偉いさんがいらっしゃってありがたい指導が入るらしい。最低でも一ヶ月は居座ってくれるらしいから、そうなったら背筋の伸びる日々が訪れることになる。皆も嫌だろうが、おれはもっと嫌だ。というわけで、今日も精を出して一日頑張ってくれ。以上」

嶺本はこういった物言いをする男だった。裏表がないので付き合いやすくはあるが、未だ独身なのですぐに若い職員を酒に誘ってくるのには辟易《へきえき》している。嫌いではない上司というだけでプライベートな時間をささげたいとは思わない。だいいち年齢がふた回りも離れているので話が合わない。年寄りに言わせれば「今の若者は」となるのだろうが、自分たちの主張の方がよっぽど健全だと守は思っている。

しかしその実、守はほとんどその誘いを断ったことはない。守はそういう性格だった。

「あーあ」

隣のデスクの高野《たかの》洋司《ようじ》がこれ見よがしにため息をついていた。

高野は現在三十三歳、年齢でいえば守の七年先輩にあたる。すぐに仕事をさぼって図書館やパチンコに行ったりするのでけっして尊敬できる先輩ではない。

「どうかされたんですか」

さして興味はないが反応しておいた。この男の独り言はいつだって他人に向けられたものだ。

「今日、こっちのケース訪問が三つ」高野は「こっち」のところで頬を人差し指で切った。「さすがに三軒とも留守でしたは使えねえだろう。どうすりゃいいわけおれは」

「はあ」

「あいつら、辞退迫ったら『のたれ死んだらあんたが責任取れ』なんて脅してくるんだぜ。追い込みかけて逆恨みでもされてみろよ、おれが埋められちまうよ」

「そんな大袈裟《おおげさ》な」

「わかんないだろう。あいつら失うもんがないんだぜ。追い詰めたらなんだってやりかねないって」

失うものがないという点は大いに同意できた。だからこそ彼らは開き直れるのだ。

「なあ佐々木」高野が上目遣いを寄越《よこ》してきた。そして距離をぐっと詰めてくる。「代わってくれないか」

守は耳を疑った。

「なあ頼む」

「嫌ですよ。それにぼくだって同じようなケースいるんですから」

守は慌ててかぶりを振った。現に守もヤクザまがいのケースをいくつか抱えている。それに本日は守の担当の中でも、もっともやっかいなケースの訪問を予定しているのだ。

「おまえは物腰柔らかいから連中も聞く耳持つんだよなあ」

「ダメですって。それに、担当変えるなら課長に相談しないと」

「大丈夫。バレなきゃいいんだから」

「バレなきゃいいって——。だいいち日報も書けないでしょう」

「日報？　そんなのどうとでもなるだろう」

「いや、でも……」

「じゃあ、一件だけ。それならいいだろう」高野が手を合わせる。

守が困り果てていると、背中から女の声が上がった。

「それ、わたしが代わりましょうか」

振り返ると、同僚の宮田有子《みやたゆうこ》が冷めた目で微笑んでいた。

「高野さん、お困りならわたしが相談に乗りますよ」

「いや、その、でも――」高野がしどろもどろになる。

「どうされますか」

「これは、ほら、ちょっとした冗談だから」

「そうですか。それなら解決ですね」

宮田有子は、より一層口角を上げてからその場を離れていった。パンツスーツに包まれた左右の尻《しり》がリズミカルに上下している。相変わらず強烈だなあ――。守は尊敬と畏《い》怖《ふ》のまなざしで、離れゆく宮田有子のうしろ姿を見つめた。

「……クソ女が」高野が舌打ち交じりにつぶやいた。

宮田有子は守と同期で、また、同時期にここに異動してきた女だった。チームの中では紅一点だが、物事をはっきりと口にする性格のせいか、周りから若い女の扱いを受けていない。それどころか、煙たがられている。男たちは皆、二十六歳のこの女が怖いのだ。噂によると宮田有子は自ら生活福祉課への異動を志願したらしい。理由は知らない。きっと変わり者なのだろう。

ちなみにケースというのは生活保護受給者を指す。だから守たちはケースワーカーとも呼ばれる。

ケースの家庭訪問は独老回りなんかよりよっぽど気が重い。世間話をして、はい終わり、というわけにいかないからだ。大前提、ケースは誰一人としてケースワーカーの訪問を望んでいない。彼らにとって守たちは疎ましい存在なのだ。

特に、不正受給者にとっては——。

生活保護費の不正受給は、いまや大きな社会問題である。弱者を装い、国から金を貪《むさぼ》っている連中がいる。そしてその金は自分たちの勤労によって賄われている。まともな国民の怒りはごもっともだ。ならば矛先が、それを許容している役所の人間に向くのも仕方のないことなのかもしれない。

とはいえ、それは先人たちの杜撰《ずさん》な審査が原因なのだから、不可抗力でここに配属された新参者の自分が肩身の狭い思いをするのはどうなのか、と考える守である。世間はそんな事情知ったこっちゃないのだろうが、こっちだって、やってられねえよ、なのだ。

守は人に職業を聞かれた際、「役所勤め」以上のことは口にしないようにしている。昨今、頻繁にニュースで取り上げられている話題だけに、ケースワーカーに対して当てこすりのようなことを口にする人間もいるからだ。まったくもって理不尽な世の中である。

守は事務仕事を手早く済ませ、鞄《かばん》に必要書類を詰め込んでオフィスをあとにした。これから役所の自転車でケースの自宅を一軒ずつ訪問するのだ。

本日は四件。考えただけでため息が漏れた。

最初のケースは山田吉男《やまだよしお》、四十二歳、離婚歴のある独身男性だ。

半年前までタクシーの運転手をしていたが、椎間板《ついかんばん》ヘルニアと静脈血栓塞栓症《そくせん》を併発し、退社に追い込まれたらしい。真実かどうかはさておき、結局その腰痛が原因で再就職が叶《かな》わず、国に助けを求めてきたという経緯だった。

山田の住んでいる平屋アパートに着いた。今回で七回目の往訪だ。築三十年は経っているだろう、外壁はひび割れが目立ち、所々ツタが伸びていて、建物全体が淀《よど》んだ空気をまとっている。アパート名がクリーンコーポというのは皮肉以外の何物でもない。

ドアの前で一つ深呼吸をして、インターフォンを鳴らした。しばらく待っていたが応答がなかった。守は周囲を見渡してから、ドアに耳を押し当て、すっと耳を澄ました。テレビの音がかすかに漏れ聞こえていた。

拳《こぶし》でドアをコンコンと叩く。「山田さーん。船岡市役所の佐々木ですー。面会に伺いましたー。開けてくださーい」

何度か声を張り上げていると、中からドスドスと人の歩く音が近づいてきた。

乱暴にドアが開き、その向こうに眉間《みけん》に深い縦皺《たてじわ》を刻んだ山田が姿を現した。上下グレーのスエット。頭髪が寝癖でかつお節みたいにふわふわと揺れている。

「佐々木さん、声が大きいって」

「すみません。いらっしゃらないのかと思いまして」

「十時の約束なんだからいるに決まってるじゃない。ったく」

当然だがケースは皆、自分が生活保護を受けていることを周囲に隠したがる。ケースワーカーは招かれざる客なのだ。

「あのさあ、やっぱり家はやなんだよな。汚れてるから」

このケースはこの段になって毎回これを口にする。

「では近くの喫茶店でも結構です。ただし、経費で落ちませんのでご了承を」

以前、このケースと共に喫茶店へ行ったら当然のように伝票を渡されたことがある。

「ここじゃダメ？」

「ここで立ち話ってことですか」

「そう」

「それはちょっと。しっかりとお話しできる場所でないと困ります」

山田は守を睨《ね》めつけ、それから不貞腐《ふてくさ》れたように「どうぞ」とドアの奥に招き入れた。

相変わらず、ひどい部屋だった。八畳ワンルームの部屋の中央には万年敷きっぱなしと思われる布団が鎮座しており、その周りをカップラーメンやらコンビニ弁当やらの空き容器が囲っている。散乱している空き缶の大半がビール缶だった。発泡酒で我慢している世のお父さんが見たら怒り出すことだろうと思った。ただ、エアコンが効いているのには助かった。カビ臭いがないよりはマシだ。

山田がゴミをどけてスペースを作る。そこに座布団を落とした。その上に守が正座で腰を下ろす。対面している山田は布団の上で胡坐《あぐら》をかいている。この家でお茶など出てきた例《ため》しがない。出てきても絶対に口をつけたくはないのだが。

「早速ですが山田さん、いかがでしょう、お仕事の目途は立ちそうでしょうか」

開口一番、本題に入った。世間話などこのケースには必要ない。

「立つわけないでしょうよ。こっちは腰が悪いんだから」

呆《あき》れたように山田が鼻息を漏らす。

「ですが、山田さんのように持病を抱えてお仕事をなさっている方はたくさんいらっしゃいます」

「それって喘息《ぜんそく》とかそういうやつだろう」

「いいえ。腰痛持ちの方だっています」

「それは我慢できるレベルの人。我慢できない人は仕事にならないもの。腰の曲がった爺《じい》さんが一日中立ちっぱなしの警備員とかできる？　できないだろう。おれはそれと一緒なの」

「座ってできる仕事だってありますよ」

「おれがやっかいなヘルニア持ってんの知っててどうしてそういうことが言えるのかなあ。座りっぱなしだっておんなじ。すんごくつらいんだから」

「では、比較的座ってできる仕事をハローワークで探して──」

「どこにそういう都合のいい仕事があるわけ」山田が守の言葉を遮る。「だいたいハローワークなんてブラック案件しかないじゃない。本当にそんな夢のような仕事があるんだったら佐々木さんが紹介してくれよ。腰痛い日に休めて、調子のいい日に働ける職場。それなら考えてみてもいいから」

　山田は薄ら笑いを浮かべている。

「山田さん」守が咳払《せきばら》いをして中指で眼鏡を押し上げる。「ハンデを抱えての労働なわけですから、当然、雇用のハードルは低くないと思います。しかしですね――」

「もういいって」山田が撥《は》ね付けるように顔の前で手を払う。「万が一就職できてもワーキングプアになるのがオチ。逆にさ、毎月の支給、増額を検討してくれないかなあ。月に九万ちょっとしかもらえないんじゃ苦しいわけ、こっちも。これって今日びの高校生のアルバイトとかわんないじゃない。ご飯だっていつもコンビニ、服なんてユニクロしか買えないし。これだと気分も沈むんだよね。かといって気分転換に映画館にも行けないし」

「何をおっしゃってるんですか」さすがにこれには腹が立った。「食事は自炊なさってください。その方が安上がりですし、健康にもいいです。それに山田さん、月に九万って、それ以外にも住宅費は出てるし、医療費も無料の生活でしょう」

「佐々木さん」山田が唇に人差し指を当てる。「ここの壁薄いんだから」

　守は顔が熱くなった。できることなら今すぐ受給を停止してやりたい。

「とにかく、まずはハローワークに行くこと。それと、しっかりとリハビリに励むこと。まだお若いんですから、今社会復帰しないとこのままずるずるとだらしない毎日を送ることになりますよ。いいですか、次の面会までに改善の努力が見えなければ――」

「ちょっと待てよ」山田の顔色がさっと変わる。「誰の毎日がだらしないだって」

「いや、その……失礼しました。言葉が過ぎました」

「あんたさ、おれを馬鹿にしてるよな」

「そんなことは――」

「いや、してる。見下してるんだよ、社会的弱者であるおれを。なあ佐々木さん、あんた腰痛を患ったことあるか」

守が返答に窮していると「あるのか」と再度詰問された。

「……ありません」

「ならわからんだろう、おれの苦しみが」

「……」

「わからんだろうと訊《き》いている」

「はい」

「同じ境遇になったこともないのに、どうしてそんなに偉そうに説教垂れられるのよ。あんたそんなに偉いのかい？　だいたいいくつよ、あんた。おれとひと回り以上離れてるだろう。学校出て間もないようなガキが年上の故障した人間捕まえて、偉そうに『甘えるな働け』って、無礼にも程があるんじゃないのか。こっちは胸クソ悪くてたまんねえよ」

「っ……申し訳ございません」

「ったく。だいたいあんたらだって、おれたちの税金でおまんま食ってるんじゃないのかい」

おまえは払っていないだろう。心の中で反論する。

「痛たたた。ああ、叫んだら腰にきたよ。これだけで今日一日が憂鬱《ゆううつ》なんだよ、こっちは」

山田は大袈裟に顔をしかめて見せつけるように腰を摩《さす》っている。

この男の腰の痛みというのはいったいどれほどのものなのだろう。そもそも本当にヘルニアを患っているのだろうか。毎回決まって診断書を見せてくるので、病院に通っていることは間違いないようだが。

「で、どうなのよ」山田が上目遣いで守を見て、ぽつりと言った。

守が首を傾げる。

「だから増額の件、どうにかならないの」

「それは無理なご相談です」

間髪容《い》れず突っぱねた。ふざけるのもたいがいにしろと怒鳴りつけたい衝動に駆られた。

「ああそう。つめたいねえ。お役所さんは」

この段になると目の前の男に対し、ある種感心の念を抱いた。どういった人生を歩んだら人はこんなにも図々《ずうずう》しくなれるのだろうか。尊厳と羞恥心《しゅうち》を手放せるのだろうか。

守がケースワーカーになって知ったのは、働きたくても働けない者より、働けるのに働かない者の方が圧倒的に多いということだ。

山田が煙草を咥《くわ》え、火を点《つ》けた。鼻から煙を吐き出している。

「何よ。生活保護受けてる人間は煙草も吸っちゃいけないっての」

守が凝視していると、山田が憎々し気に言った。

「それ」守が山田の膝元《ひざもと》を指差す。「そのライター、駅前のパチンコ店のものですよね」

「ああ、これ。これは人からもらったもの」山田が乱杭歯《らんぐいば》を見せ破顔する。

「山田さん、ギャンブルなさってるんですか」

「だから人からもらったものだと言ってるじゃない」

「本当ですか」

「あんたも嫌な人だな」咥え煙草の山田がうしろに両手をついて仰《の》け反る。「でもさ、ちょっと訊きたいんだけど、生活保護受けてる人間はギャンブルしちゃいけないわけ？そんなルール聞いたことないけど」

「ダメに決まっているでしょう。当たり前のことです」

「だからそんなルールはあるわけ」

「法的に決まっているわけではありませんが、ダメなものはダメです。モラルの問題です」

「ふん」山田が鼻で一笑する。「決まってないんじゃ、あんたにそんなこと禁止する権限ないじゃない。ま、おれはしてないけどね」

山田が吸殻をビールの空き缶に落とした。中でじゅっと音が立つ。窓を開けないので、白煙が部屋に充満している。

ここで山田が小指で耳をほじくりだした。視線の先は守に向かっている。何やら探るように目を細めてじっと守を見ているのである。

しばらくそんな奇妙な時間が流れる。

「ところで佐々木さん、あんた独身だよね」

耳から抜いた小指の先を見つめ、山田は唐突にそんなことを言い出した。

「そうですけど」

「彼女とかいるの？　いないでしょう」

どこまでも失礼な男だ。「はあ、まあ」と守は頷いた。

事実、交際相手はいない。守に恋人がいたのは二十歳のときだけだ。相手は同じ大学の同級生で、互いに恋人がいないことからくっついたような女の子だった。ただその恋も一週間で終わった。突然フラれたのだ。正直、思い出したくない過去である。

「ねえ、栄町《さかえちょう》にある『ミザンス』って店、知ってる？」

「ミザンス？　さあ。なんのお店ですか」

「セクキャバ」

「は？」

「だからセクキャバ。お触りできるオネェちゃんたちと飲めるところ。知らないわけじゃないでしょう」

山田の話の意図が見えない。「あの、なんなんでしょうか」

「いやあ実はさ、最近ひょんなことからそこのオーナーっていうの、そういう人とちょっとした知り合いになったわけ。でさ、その人がおれの生活に同情してくれてさ、あんたなら安く遊ばせてあげるなんて言うのよ。あ、もちろん、その人は堅気で――」

「ちょっと待ってください」守が手の平を突きつける。「まさか山田さん、そんなところに通ってるわけじゃないでしょうね」

「おれは行ってないって」山田がかぶりを振る。「さすがにこんな状況で遊べないだろ。おれにだってモラルってもんがあるんだから」

行ってるな、と守は確信した。そして脱力した。その金はまっとうな人間の血税だ。

「で、ここからはあんま大きな声じゃ言えないんだけど」と前置きした山田が前傾姿勢を取った。「交渉次第で店外デートできちゃう女の子もいるらしいのよ。つまり、本番いけちゃうってこと。それも上手《うま》くいけばすんごい格安で。あ、もちろんババアとかじゃないよ。ピチピチの若い女の子。ねえ聞いてる、佐々木さん」

守は返答しなかった。

「どうかな。佐々木さん、おれの代わりに遊べば？　おれの紹介ってことにすりゃ、それ相応に優遇してもら――」

「結構です」守は語気を荒げて話を遮断した。

「佐々木さん。何度も言うけど、声」山田が唇に人差し指を当てる。「でもさ、ちょっと考えてみなよ。そこらの風俗なんか行くよりもよっぽど――」

「ですから結構です。もともとそういうところには行きませんし、今後も行くことはありません」

「ウソでしょう。じゃあ何、佐々木さんは玄人経験がないわけ」

「……」

「じゃあどうやって処理してんのよ。もしかして、いっつもこれ」山田はヤニで黄ばんだ歯を見せ、右の拳を股間《こかん》の前で上下させた。「あ。まさか、童貞？」

「いい加減にしてください」

守は鞄から一枚のプリントを取り出した。生活保護辞退の同意書だ。

「このまま改善が見られないのであれば、即刻、こちらにサインしていただきます。国からの助成金というのは一時的な幇助《ほうじょ》であり、永遠に約束されているものではないんです。それも、やむを得ぬ事情で厳しい生活を余儀なくされた困窮者に対してというのが大前提です。今の山田さんを見ていると、とてもじゃないですがこれに該当するようには思えません」

守は顔を熱くして唾を飛ばした。ふだん感情を表に出すことが少ないので、溢《あふ》れ出る憤怒《ふんぬ》をどうコントロールしていいのかわからない。

「あんたも学習しない人だね。該当するでしょう。身体壊して仕事のない独り身が生活困窮者じゃなかったらなんなのよ」

言うなり山田は立ち上がり、棚から一枚のプリントを取り出した。そしてそれを守の眼前に突きつけてきた。

病院の診断書だった。そこには『腰椎椎間板ヘルニア』と『要安静』の記載。

守が視線を上げる。それが免罪符であるかのように、山田は勝ち誇った笑みを浮かべていた。

山田の家を出た。再び自転車にまたがり、次のケースの家を目指す。

道中、自動販売機で缶コーラを買った。すぐにプルトップを引いて乱暴に喉に流し込んだ。炭酸が弾《はじ》けながら喉を伝って胃に落ちていく。喉の調子が悪いので刺激はよくないのかもしれないがスカッとしたい気分だった。

山田を必ず辞退に追い込もうと決意した。現時点で妙案は浮かばない。けれど、必ず――。守の漕《こ》ぐ自転車が船岡の街を流れていく。

次のケースは矢野潔子《やのきよこ》、七十二歳の女性だ。

地元でスナックを開いていたが、五年ほど前に店をたたみ、今は市営のアパートに一人で暮らしている。年齢でいえば年金の受給対象だが、長年未納のため対象外で生活保護を受けることとなった。戸籍上は五十二歳の一人息子がいるが、疎遠となっており、事実上、絶縁状態なのだという。他に近しい親族はいない。

ただし、これは本人の弁だ。先月、近隣の住民から「息子と思《おぼ》しき人物が矢野の家にたびたび出入りしている」という通報が事務所に入った。

真偽はわからないが、事実であれば息子と絶縁しているというのは虚偽ということになる。そして、息子から生活資金を得ている可能性がある。

「いらっしゃい。入って入って」

矢野は田舎に帰省してきた息子を出迎えるようにして守を招き入れた。

この老女はゆいいつケースワーカーを、いや守を嫌がらないケースである。前に訪れたときは、話し足りないのか中々帰してくれなかった。もちろん、業務とはまったく関係のない世間話だ。時間を持て余した人間との会話は終わりがない。

この日の矢野はよれたTシャツに綿の短パンというラフな服装をしていた。化粧もしていない。それでもどこか水商売の匂いが漂うのは長く夜の世界にいたからだろうか。

「場末スナックの魔女」と本人が自虐的に言うがまさにそんな感じなのだ。

居間ではペットの猫が二匹、窓際で対になって日向《ひなた》ぼっこをしていた。二匹とも守を気だるそうな目で眺めている。

「佐々木くん、麦茶とアイスコーヒーどっちがいい」

冷蔵庫を開けた矢野が振り返り言った。矢野のしゃがれた声は、実に聞き取りづらい。

きっと長年の酒焼けがたたっているのだろう。

「じゃあアイスコーヒーをいただきます」

ほどなくして、氷の入ったアイスコーヒーを矢野が運んできた。守の前に「あい」と置く。テーブルを挟んで向かい合う形で矢野が座った。

「この暑い日にあんたも大変ねえ。熱中症で倒れないように気をつけなさいよ」

矢野はそう言って麦茶の入ったグラスを傾けた。からんからんと涼しげな氷の音が鳴る。

「それにしてもさ、こうも暑いとどこにも出かける気にならないね。スーパーひとつ行くのもおっくうでさあ」

「ええ。わかります」

「ほんとまいっちゃうねえ。あ、そういえば聞いた？　ついこの間、お婆さんがそこの路上で倒れたんだって。脱水症状。お年寄りはさあ、水分摂取が足りてないのよ。ほら、トイレ近くなるの嫌がるでしょう。でもちゃんと水分は摂《と》らないといけないのよねえ。がぶがぶ飲みなさいってテレビでも言ってたもの」

矢野はよく「お年寄り」の話題を出す。そこに自分は含まれていない。どうやらあえて口にすることで差別化をはかりたいらしい。

たしかに矢野は年齢よりも若く見える。けれど、肌は重力をしっかり受けているし、皺も力強く刻まれている。二の腕の皮は動かすたびに大きく波打っている。

「そういう矢野さんだってしっかり水分摂取しないとダメですよ」少し意地悪な忠告をすると、「あたしは飲み過ぎなくらい飲んでるわよ。全部アルコール。あはは」と屈託なく笑われてしまった。この手の人間に皮肉は通じない。

「今もお酒はたくさん飲まれるんですか」

「そりゃあ現役のときに比べればずいぶん減ったわよォ。だって一人で飲んだってつまらないじゃない。あ、そうだ。佐々木くん、あんた今度は夜に来なさいよ。晩酌の相手してちょうだい」

「ではいつかの機会に」苦笑して受け流す。「で、矢野さん、例の息子さんの件なんですが」

守が話を切り出すと、矢野は露骨に顔をしかめて見せた。

「だめだめ。聞きたくない」

「まあ、そう言わずに。こちらが調べたところ、やはり息子さんは埼玉《さいたま》で会社を経営なさっているようなんですね」

息子の消息は不明と矢野が言うので守が調べ上げたのだ。住民票を辿《たど》ったところ簡単に居所がわかった。

「簡易なものでしたが、息子さんの会社のホームページも発見しました。そこの情報によるとどうやら息子さんは清掃業をやられていて、社員さんも十人程いらっしゃるようなんですね」

「ふうん。あの子がねえ」矢野は頬杖《ほおづえ》をついて宙を睨んでいる。「でも清掃業たってどうせろくなもんじゃないわよ」

「立派なお仕事じゃないですか」

「大方、地元のヤクザに仕事回してもらってるんでしょ」

矢野から聞いた話だと、息子は筋金入りの不良で、大人になってからはその筋の連中との交流もあったのだという。

「そういった内情はわかりかねますが……」

「あの子が社長の会社じゃ、どのみち堅気な仕事じゃないね。――モモちゃん、おいで」

矢野が声を掛けると一匹の猫が大儀そうに起き上がり、あくびをしながら近寄ってきた。矢野が猫をさっと抱き抱える。

「えらいでしょう、この子。あっちの子はだめ。呼んでも来ない」

訊いてもいないのにそんなことを言う。

「話を戻します」守は咳払いをして居住まいを正した。「近しい身内にきちんとした収入がある場合、できるだけ援助を受けるようお願いしてるんですね」

「だから、あんなドラ息子とは縁を切ったと言ってるじゃない。前も話したけど二十年前に喧嘩《けんか》別れしてそれっきりなの」

「ドラでも息子さんには変わりありませんよ」

「ちがう。息子じゃない」

守がため息をつく。「どうですか、一度連絡を取ってみてもらえないですかね」

「取りたくても連絡先なんて知らないもの」

「ホームページに会社の電話番号が載ってました」守が鞄からメモ帳を取り出す。「こちらが会社の電話番号です」

「わかってるなら、あんたがかけてみたらいいじゃない。ねえ、モモちゃん」

「わたしもかけました。しかし、一向に息子さんに取り次いでもらえないんですよ」

事実、何度か電話を入れてみたものの、矢野の息子は常に留守にしていた。社員に折り返してもらえるよう言付けても結局はなしのつぶてなのだ。

「だったらあたしだって同じでしょう」

「母親だと名乗ればさすがに無視するなんてことは――」

「あるある」矢野がかぶりを振る。「そもそも話してどうするのよ。金がないから生活費よこせっていうの。冗談じゃない。絶対にあんなのに養ってもらいたくないね。そんな恥さらすなら死んだ方がマシ」

「そんな。おなかを痛めて産んだお子さんじゃないんですか」

口にして守は自身の台詞《せりふ》にこそばゆくなった。相手は自分の母親よりずっと年上の女性なのだ。

「きっと矢野さんの現状を知れば、息子さんだってほうっておくことはしないと思うんですが」

「だからあの子はそうじゃないの」矢野はそう断言すると、Tシャツの胸元に手をかけ、それを下げて前屈《まえかが》みになった。「この傷。昔あの子に暴力受けたときに、転んで切ったの。痛々しいでしょう。母親にこういう傷をつけられる人間が金なんて出すはずないじゃない」

守は思わず目を背けてしまった。たしかに古い裂傷の痕《あと》があったが、それよりも矢野の胸元を注視していられなかったのだ。矢野はノーブラだった。

「まったくなんであんなろくでなしに育っちまったかねえ。まあ、あたしも悪かったんだろうね。あたしも若いときはさ、常に二、三人男がいたのよ。そうなるとあの子にかまってやれないわけよね。で、ほったらかしにしておいたらこのざま。ツケは払わされるもんだねえ」

矢野は自嘲《じちよう》気味の引き笑いをしている。

そのとき、テーブルの上に置いてあった矢野の携帯電話が光った。誰かから着信らしい。ちらっとディスプレイを見た守の目に「宏一《こういち》」の文字が映った。矢野がさっと手を伸ばし、携帯電話を摑《つか》んで、すぐさま自分のもとに引き寄せた。まるでカエルの捕食のような早業だった。そのままポケットにしまう。

矢野の息子の名前は「宏一」だ。

「いいんですか、出なくて」目を細めて矢野を見た。

「いいのいいの。面倒な相手だから」

矢野が麦茶の入ったグラスに手を伸ばす。そのまま喉ぼとけを上下させて一気に飲み干した。あきらかに動揺している。

「今の電話、息子さんじゃないんですか」

「ちがう、ちがう。お世話になってる知人」

「息子さんと同じ名前なんですね」

「あら、言われてみればそうね。偶然」

このタヌキババア――。守は下唇を噛《か》んだ。

「あのさ、結局のところ佐々木くんの目的はあたしの受給を止めることなわけ」

矢野が頰杖をついて言った。守を斜めから見ている。

「そういうことではなくてですね、わたし共は皆さんにきちんとした生活基盤を確立していただき、国からの援助に頼らずとも健全な日常を送れるように支援していきたいと考えているんです」

「上司にあたしの受給止めてこいって迫られてるんだ」

「いや、ですからそういうことは――」

「言っとくけど、それは無理。財産なし、収入なし、雇ってくれるところもなし。それこそ首つるしかないもの」

矢野がきっぱりと言い切る。年金を納めてこなかったことに対する負い目などこれっぽっちもないのだろう。

生活保護受給者の多くは年金暮らしの者よりも多額の金を得ている。真面目に年金を納めてきた者よりも、そうでなかった者が得をするという納得しがたい現実がある。これを不公平と言わずして、何と称すればいいのだろうか。

日本は救済心を持ち合わせた国家だ。しかし、それを逆手に取った輩《やから》がいる。矢野のような人間がそれを狙って年金を納めてこなかったのか、知りようがないが結果として利を得ている。

守は時折、すべて自己責任、そう切り捨てた方が世のためなのではないだろうかと思うことがある。

矢野が猫を手放す。解放された猫はもう一匹の猫のもとに歩み寄り、再び対になって寝そべった。

「いいじゃない。一人くらい」矢野がぽつりと言った。

「はい？」

「あたしみたいなおばあちゃん一人追い詰めたからって、誰かが救われるわけでもないでしょう」

矢野が籠《かご》の中の煎餅《せんべい》に手を伸ばしながら言う。

こういうときはおばあちゃんになるのかと呆れた。「そういう話ではないですよ」

「だって仕方ないでしょう。金がないものはないんだから。ならもう、お国にすがるしかないじゃない」

矢野は煎餅を口には運ばず、テーブルの上に雑に放った。煎餅がテーブルの上をくるくると回って滑り、守のグラスに当たって止まった。

「あのねえ、あたしの父はね、国に命じられて特攻に行ってるの。お国のために死んだのよ」

「は？」守は小首を傾げた。

「残された母はさ、小さいあたしを食べさせなきゃならないじゃない。そんでもってスナック始めたの。もちろん従業員なんて雇えないから、幼いあたしが手伝ってたわけ。水割りやらなんやら作ってたのが十歳かそこらだもの、泣ける話でしょう」

「はあ。それが今回の件とどういった関係が――」

「話は最後まで聞く。その母も無理がたたって、早く亡くなっちゃってねえ。そうなるとあたしが店継ぐしかないじゃない。もうね、進学なんて夢のまた夢。あたしの人生の選択肢は最初から水商売しかなかったのよ。当時はわからなかったけど、これってとても不幸な話だと思うの。だってそうでしょう。自分の人生を選べないって今じゃ考えられないじゃないの。佐々木くん、あんただって色んな選択肢がある中で、今の仕事を選んだわけでしょう」

「まあ……そうですね」

「あたしね、この年になって思うんだけど、父が死んでなかったら、もう少しちがう人生もあったんじゃないかなって。もちろんそういう時代だったと言われたらそれまでかもしれないけど、だからといって国の罪は消えないわよねえ。人生返せとは言わないけど、少なくとも時代の犠牲になった人間に対して、誠意は見せるべきだと思うの」

「それはいくらか話が飛躍しすぎかと——」

「ううん。そんなことない」矢野が大きくかぶりを振る。「だって現にあたしはこんなじゃない。物心ついた頃から汗水たらして一生懸命働いてきても、結局のところ首が回らないんじゃ、そもそも生き方自体が間違ってたってことよ。でも今話した通り、あたしにはこの道しか用意されてなかった。それを勘定に加えたらあたしみたいな人間を、ちょっとばかし贔屓目《ひいきめ》にみたってバチが当たることはないでしょう」

矢野は自ら大きく頷いて、とんちんかんな弁舌を締めくくった。

責任転嫁も甚だしい彼女の主張は到底納得できるものではなかったが、矢野の辞退は難しいかな、守にそう思わせるのには成功した。息子と接触があり、金銭援助を受けているという証拠を突きつけたところでこの老女はそう簡単に落ちないだろう。その攻防に費やす労力を想像すると正直なところ腰が引けてしまう。結局、ゴネドクなのだ。

守はすっかり意気消沈してしまった。おかげでそのあとはいつもと同様、ひたすら矢野の世間話に耳を傾ける時間となった。内容は一切覚えてない。

結局、守が矢野の家を出たのは、正午をとっくに過ぎた時間だった。かれこれ二時間近くいたことになる。「次はいつ来るの」帰り際、矢野にそう声を掛けられ、守は力なく微笑んだ。

矢野の家を出たあと、近場の中華料理チェーンで昼食を摂ることにした。冷麺《れいめん》を啜《すす》っていると、事務所から持たされている携帯電話が鳴った。見ると同僚の宮田有子からだった。

守の片眉が持ち上がる。宮田有子から電話がかかってきたことなど今まであったろうか。記憶にはなかった。

守は口の中の物を水で流し込んでから応答した。

「おつかれさまです。佐々木です」

〈突然ごめんね。佐々木くん、今一人?〉

宮田有子が神妙な声で言った。

「ええ。一人ですけど。どうかされましたか」

〈ちょっと佐々木くんに相談があるの。今日仕事終わったら時間作ってもらえないかな〉

「あ、はい。わかりました」反射的にそう言い、すぐに体調がすぐれないことに思い至る。自分のこういう性格が嫌になる。「で、どういった内容の相談でしょうか」

しばらく返事がなかった。間を置いて宮田有子が口を開く。

〈詳しくは会ってから話すけど……高野さんのことなの〉

「はあ、高野さん、ですか」

〈うん。それじゃあ、仕事が終わったらね。時間と場所はわたしから改めて連絡する。それとこの件はくれぐれも内密に〉

一方的に通話が切れる。

守は手の中の携帯電話に視線を落として、想像を巡らせた。いったいなんだろう。見当がつかないが、なんだか嫌な感じがする。杞憂《きゆう》だといいのだが、昔からよくない予感ばかり的中する自分である。もしかして高野のことが好きだとか。まさかそんなことはあるまい。だいいちそれなら自分に相談するはずがない。

考えるだけ無駄なので、とりあえずこの件は放っておくことにした。

携帯電話をしまって再び箸《はし》を手にする。食欲はないが、食べておかなきゃならない。若い男が倒れてもおかしくない、そんな夏なのだ。

2

昼下がりにインターフォンの音が鳴り響き、それが一時間ほど前に注文した出前であることを備え付けのモニターで確認して、林野愛美《はやしのあいみ》は玄関へと向かった。

ドアを開けると配達に来たアルバイトの若い男が汗だくで立っていた。額に無数の玉の汗が浮き出ている。相変わらず今日も狂ったような猛暑なのだろう。

とはいえ、愛美にはあまり関係がない。生活の大半を家で送っているからだ。外に出たのは三日も前だ。

代金を手渡すとき、男がちらっと愛美の胸元に視線を落とした。愛美は胸元が大きく開いた、寝間着姿のままだった。でも、さほど気にならなかった。恥ずかしいとも思わないし、見られて損したとも思わない。

テーブルに親子丼ともり蕎麦《そば》を並べ、隣の部屋にいる娘の美空《みそら》に声を掛ける。例のごとく、美空はやってこなかった。きっとまた絵を描いているのだろう。四歳になる娘はどういうわけかお絵描きに夢中になると周りの音が遠くなるらしい。

舌打ちして襖《ふすま》を乱暴に開ける。「飯だっつってんだろ」

その尖《とが》った声に一瞬身体を震わせ、美空がそろりと立ち上がる。

美空は無口な子供だった。とくに最近は口《くち》数がめっきり減った。理由はわからない。美空を問いただしても要領を得ないので、もとから暗い子だったのだろうと愛美は思うことにしている。

冷蔵庫からオレンジジュースを取り出し、二つのコップに注いだ。

「親子丼ともり蕎麦、どっちがいい」愛美が美空に訊いた。

「わかんない」

「じゃあ、もり蕎麦食って」

テレビを眺めながらもそもそと箸を動かす。

バラエティ番組はすっかり飽きた。ちがう世界だとわかっていても、時折、呑気《のんき》な芸能人たちに無性に腹が立つことがある。いい身分だなと唾を吐きたくなるのだ。とはいえ、他にすることがないので結局はテレビに頼ってしまうのだが。家にインターネットは繋《つな》がっていない。スマートフォンのネット接続は三日で規制がかかる。

「なんでそんなに汚い食べ方すんの」

愛美はうんざりとして声を上げた。美空の前のテーブルの上は食べかすだらけだった。そぼつゆも四方に飛び散っている。

「ちゃんと箸使えよ」

なぜこうもだらしない子が産まれてきたのか。箸の使い方を教えてあげた覚えはないが、そんなもの自然と学ぶものだ。きっと自分はそうだったはずだ。

美空は飛び散った食べかすを右手で集めながら、左手で髪の毛をこねこねといじっていた。

それも愛美には腹立たしく映った。

ブラウンに染まった美空の頭髪は長さがばらばらでひどい形状をしていた。先週、美空が勝手に自分でハサミを入れたからだ。それを発見したとき、愛美は激高した。気づいたときには力任せに頭をはたいていた。部屋中に散乱した髪の毛は自分で拾うようきつく命じた。そのとき、無言で髪の毛をかき集める美空を見て、なぜか愛美の頰に涙が伝った。理由を考えてみたがよくわからなかった。

美空は、愛美が十七歳のときに当時交際していた男との間にできた子だ。相手の男は愛美よりもひと回り年上だった。その男は愛美が妊娠したことを知るとあっさり姿を消した。あとで知ったことだが、男には愛美とは別に本命の相手がいたらしい。愛美は交際相手ではなく、遊び相手だった。

それでも、愛美は産むことにした。母性本能がどうとかそんなのではなく、産めば何かが変わるかもしれないと思った。自分のつまらない人生に変化を与えるきっかけになるのではないかと、そんな期待をしたのだ。

親子丼は半分食べて、あとは残した。愛美はここ最近、慢性的に食欲がない。そのくせ一向に痩《や》せる気配はないので人体のメカニズムは複雑で理不尽だ。

食事を終えて煙草の箱に手を伸ばすと中が空だった。舌打ちをして、買い置きのカートンの箱を開いてみた。

だが、そこも空だった。考えてみれば今のが最後の一箱だったのかもしれない。

愛美はため息をついた。煙草を買うためだけに出かけなくてはならなくなってしまった。シャワーを浴びて、服を選んで、化粧して——あまりの面倒さに煙草をあきらめようかと思った。けれどすぐにその考えは消え去った。我慢できないに決まっている。

そうこうしているうちに身体がうずいてきた。ないとわかるとよけいに吸いたくなるのが煙草だ。愛美は灰皿の中から比較的長めに残っているシケモクをつまんで火を点けた。口の中に苦みと臭みが広がる。それでも深々と吸い込んだ。元が短いので、あっという間に火種がフィルターに差し掛かる。すぐさま二本目のシケモクを探し出し、再び火を点けた。

ほどなくして、シャワーを浴びた。浴室の鏡で自分の姿を見る。相変わらず二の腕と腹がたるんでいた。でも、外に出ていないおかげで肌は雪のように白かった。偏った食事のわりに肌荒れがないことにもほっとした。

そういえば、最後に美空を風呂《ふろ》に入れたのはいつだっけ——。シャワーを浴びながら愛美はふと思った。一週間は入れてない気がする。

「美空ー」浴室の扉を開けて叫ぶ。

案の定、反応はない。どうせまた絵を描いているのだろう。まあいい。愛美が扉を閉める。子供は臭くならないのできっと平気だ。

せっかくなので念入りにトリートメントをした。毛先に向かって、ゆっくりとクリームをなじませていく。そうしていると自然と気分が落ち着いた。

浴室を出て、洗面所の鏡の前でドライヤーを当てた。そろそろ美容院にも行かなくては。頭髪の根元が黒々としていてみっともない姿になっていた。

居間のテーブルの上に鏡を立てて化粧を施す。いざ始めると集中して丁寧にメイクをした。カラコンも入れた。つけ睫毛《まつげ》もつけた。そんな自分を滑稽《こっけい》に思った。近所に煙草を買いに行くだけなのに。

出掛けに襖を開けた。やっぱり美空はお絵描きに没頭していた。クレヨンを手にして広告チラシの裏側に真剣に何かを描いている。それがなんなのか、愛美にはさっぱりわからない。美空の描く絵は、人でも動植物でも乗り物でもなく、風景画でもない。抽象的で、秩序のない、ただの色の集合体だった。

いったいこれはなんなのか。一度でいいから美空の口から回答を聞きたいものだ。

「買い物行くけどあんたも一緒に行く？」一応声を掛けた。

何も反応がない。

愛美は背を向けたが、ふと動きを止め、もう一度振り返ってみた。

「なんか欲しいもんとかないの」

美空はやっぱり何も答えなかった。


外に出て、三十秒で家に帰りたくなった。

地球に恨みでもあるのか、太陽は怒り狂ったように空で燃えている。また、その熱を帯びたアスファルトが下から強烈な熱気を濛々《もうもう》と放っていた。愛美は日傘を差し、なるべく街路樹の下を歩くように努めた。

服を失敗したなと思った。もう少し肌の露出の少ないものにすればよかった。この感じだと、ちょっと陽に当たっただけですぐに焼けそうだ。

愛美が着ている夏物のワンピースは、上がキャミソールのようになっていて、肩と背中をおもいきり晒《さら》している格好だ。足も膝小僧をしっかりと見せている。

コンビニに到着し、店内に入る。冷気がありがたかった。

雑誌を五分ほど立ち読みした。プリンを二つ持ってレジへと向かう。煙草の銘柄を指定し「カートンで」と愛美が口にしたところで、中年の男の店員が手を止めた。

「失礼だけど、二十歳を超えてる証明とかできないかな」

愛想笑いを浮かべて訊いてきた。胸元の名札には店長と書いてある。

「免許証とか、保険証とか、そういうもの持ってると助かるんだけど」

愛美が財布の中を探す。免許証は持っていない。免許を持っていないからだ。けれど、保険証が――それも見当たらなかった。いや、しっかりと探せばきっと見つかるのだろうが面倒だった。愛美の財布の中はレシートとカードが雑多に詰められている。その大半が不必要なものだ。

「あたし、二十二歳なんで。子供もいるし」

愛美が尖った口調で告げると、店長は一瞬怪訝《けげん》そうな顔を見せたが、すぐに取ってつけたような笑顔をこしらえ、「なら大丈夫。ほら、お客さん若く見えるから」と埋め合わせの言葉を口にした。

そのあとに困ったことが起きた。金が足りないのだ。わずか五千円程度なのに、愛美の財布には三千円しかなかった。一瞬、ＡＴＭを利用しようかと思ったがやめておいた。残高を知りたくない。

結局プリンをあきらめ、煙草もバラで買えるだけの数に減らした。

煙草を吹かしながら帰路に就いた。愛美の吐く紫煙が青空に向かって立ち上り、拡散されて消えていく。

金、ヤバいなと愛美は思った。はたして口座にはあといくら残っているのだろうか。

家に帰ってくると、玄関の三和土《たたき》に男物の革靴があった。それを見て、愛美は落下するように気持ちが沈み込んだ。

「おかえり。ダメじゃん。幼い子供残して、鍵《かぎ》もかけないで外に出るなんて」

社会福祉事務所の高野洋司が居間のソファでくつろいでいた。その隣では美空が床に座ってアイスクリームを食べている。

「すぐそこに買い物に出てただけなんで」

愛美は離れた場所で直立不動のまま口にした。

「それにしたって不用心すぎるって。世の中には悪い奴だってたくさんいるんだぜ」

どの口が言うんだと思った。

「それとケータイも置きっ放し」高野が愛美のスマートフォンを持ち上げて見せた。

「なんのためのケータイかわからないじゃない」

愛美はスマートフォンを忘れて家を出たことすら気がつかなかった。たいして連絡を取る相手もいないのだ。

「こっちは何度も電話したわけ。ほら、この前、『来るときは前もって連絡ください』って怒られちゃったものだから。ちゃんと守ったのに、愛美ちゃん電話に出ないんだもん。心配して来ちゃったよ」

高野はそう言って下卑た笑みを見せた。

「そういやアイス食べる？　君の分も買ってきたけど。冷凍庫に入ってるよ」

「大丈夫です」

「そう」高野が苦笑する。「それにしても、今日はメイクばっちりだね。これからまたどっか行くの」

「とくには」

「ふうん」高野は舐《な》め回すようにして愛美の頭から足先に視線を這わせている。「そういう服が似合うってのは、やっぱ若い証拠だよなあ」

三十三歳の高野がしみじみとそう漏らした。

「いつまでもそんなとこにつっ立ってないで、こっちにおいで」気味悪く手招きしている。

愛美は仕方なく、高野のそばまで歩み寄った。「ちがう。ここ」高野が隣をバンバンと叩く。

愛美は鼻から吐息を漏らしてソファに腰を沈めた。すぐさま太ももに手を置かれた。払いのけたい衝動をぐっとこらえる。

「今日はこのあと訪問の予定が入ってるからあんま時間なくてさ。その、早速いいかな」耳元でささやかれた。

高野が左手の薬指から指輪を外した。毎度そうするのだ。気遣いのつもりなのだろうか。こっちはどうだっていいのに。それとも、高野のような人間でも妻に対して罪悪感を覚えるのだろうか。こういう男に限って家ではいい夫を演じているのかもしれない。スマートフォンに入っている子供たちの画像を、「可愛いでしょう」と自慢気に見せられたこともある。

「美空、お絵描きしておいで」

愛美が顎《あご》をしゃくり、娘に隣の部屋に移動するよう指示する。美空が食べ終えたアイスクリームの容器をその場に置いて立ち上がった。

「美空ちゃんごめんね。またアイス買ってきてあげるからね」

高野が美空の背中に向かって軽い口調で言った。

美空はとくに反応を示さず、すっと襖を閉めた。それと同時に愛美の首筋に高野の唇が這う。

「急にたまんなくなっちゃってさ」愛美の胸に顔をうずめながら、高野が鼻息荒く言う。

ワンピースを脱がされた。ブラジャーを剝《は》ぎ取られた。高野は唇をタコのようにすぼめ、音を立てて無心に乳首を吸っている。

それを愛美は無表情で見下ろしていた。

高野と知り合ったのは一年ほど前、愛美が生活保護受給者となったときだ。

愛美が生活保護を求めたのは、「ちょろいもん」と知人の莉華《りか》から入れ知恵を受けたからだ。莉華も当然、生活保護を受けていて、毎月十三万ほどの金を受け取っているとのことだった。「頼る身内がいないシングルマザーなら、絶対に大丈夫」太鼓判を押してもらったものの、受給資格を得るのは容易ではなかった。愛美はすぐに金をもらえるものとたかをくくっていたのだが、現実はそう甘くなかった。

何度も社会福祉事務所に呼び出された。執拗《しつよう》に身辺を探られ、財産となるものがないか持ち物まで調べられた。どうやら、莉華が申請を出した時期と状況がずいぶん異なるようだった。

ようやく申請が受理されたのは、愛美が社会福祉事務所に初めて出向いてから二ヶ月後だった。それからも二週間に一度、社会福祉事務所に通うように義務が課された。近況を探るためか、月に一度自宅にもケースワーカーがやってくるようになった。それが高野だった。

当初、高野は真面目な、少なくとも愛美にはそう見える人間だった。高野は愛美に対し、まともな社会人としての在り方を説き、励まし、ときに叱責《しっせき》した。愛美が職探しの動きを見せずにいると、「上げてるんじゃなくて貸してるだけなの。当然返納させるからね」と脅すようなことも言った。

しかし、半年前――。その時期、愛美は莉華の頼みで、隣町のキャバクラで期間限定で働くことを約束させられていた。面倒だったが借りがあるので仕方なかったのだ。

しかしこれが行ってみるとキャバクラではなくセクキャバだった。莉華に抗議すると、「別にいいじゃん。タッチは上だけだもん。下はないから」と悪びれる様子もなかった。

結局、愛美は泣き寝入りする形で働くこととなった。当然楽しいものではなかったが、意外と耐えられないものでもなかった。その場で日給をもらえることも愛美にはありがたかった。それでも、約束の期間を働いたら愛美は仕事をやめるつもりでいた。身体を触られるのは構わなかったが、酒を飲みながら男と会話を交わすのが苦痛だった。これならわかりやすくソープやヘルスの方がマシかもしれないと思ったくらいだ。

そんな夜を幾度となく明かし、莉華との約束の期間が過ぎようとしていた。

そして勤務最終日——。店に高野が客として現れた。神様のいたずらで、高野の接客についたのが愛美だった。

ごまかしようがなかった。愛美が高野の隣に腰を下ろしたところで、互いに気がついたのだ。

しばらくどちらも口を利けずにいた。どこかで一杯ひっかけてから来たのか、高野はすでに酒臭かった。

愛美から口を開いた。「何、飲まれますか」

「……じゃあ、ウイスキーの水割りを」

またしても沈黙が続いた。

しばらくすると高野が肩を揺すり始めた。

愛美が横目で見ると、高野は口元に笑みを浮かべ、グラスの中を回る氷を凝視していた。そして、ぶつぶつと独り言を唱え始めた。「まいったよなあ」「こんなことってあるんだ」「まさかこんなところで」

愛美はそれを黙って聞いていた。

「せっかくだし」高野は宙に向かってぽつんとつぶやくと、ウイスキーを一気に呷《あお》った。そして、愛美を見た。その眼はケースに対する、ケースワーカーのものではなかった。手を伸ばされた。乳房を鷲摑《わしづか》みにされた。もちろんそういう店だ。問題はない。愛美も抵抗することなくそれを受け入れた。

驚いたのは、高野が愛美を延長したことだ。チェンジの声掛けに来たボーイを追い返し、愛美との時間を希望したのだ。どういうつもりなのか。愛美は理解に苦しんだ。

それから三日間、高野からなんの音沙汰《おとさた》もなかった。愛美は安堵《あんど》した。生活保護受給者が報告もなしに水商売で収入を得ていたのだから、ふつうは看過されるわけはない。だが、今回に限っては高野自身もばつが悪いため、見なかったことにしてくれたのだと楽観的に考えたのだ。

甘かった。四日後、アポもなく突然家にやってきた高野は、見過ごす見返りとしてセックスを要求してきた。

「高野さんだって、バレたらまずいんじゃないですか」

もちろん愛美も抵抗する姿勢を見せた。

「全然。我々はクラブに行っちゃいけない決まりなんてないわけだし」

「脅されたこと、あたし、言いますよ」

「どうぞどうぞ。そんな事実はありませんと否定すればいいだけですから」

「……」

「もちろん、断ってもいいよ。けど、受給は即ストップ。詐欺行為なわけだから、今まで支払った金も全額返納」

高野がつき放すように言った。けれど、すぐに一転して甘い声を出した。

「でも、言うことを聞いてくれたら受給は止めない。場合によっちゃ今よりうんと増額してあげてもいい。こっちのさじ加減で受給額だって全然変わるんだから。おれにだってそれくらいの裁量はあるわけよ」

愛美は人間という生物の裏側を見た気がした。

こうして高野との関係が始まった。愛美に生活保護を手放す選択肢はなかった。もちろん生活のためだ。働かずに金を得られるのなら、それが一番いい。

高野が愛美の中に入ってきた。最近ではコンドームさえ付けてくれないようになった。愛美の上で鼻息荒く、犬のように腰を動かしている。そのままキスを迫ってきた。愛美が顔を背ける。高野との接触で一番嫌なのがキスだ。口で奉仕させられるよりも、性器を挿入されるよりも苦痛なのだ。

高野の動きが速くなった。愛美がさっとティッシュ箱に手を伸ばし、素早く数枚抜き取る。「中に出さないでください」毎回この台詞だけは言うようにしている。

高野が目を見開き、短くうめき声をあげた——。

「三万にしてくれないかなあ」

窓際に立って外を眺めている高野が、そのままの姿勢で独り言のようにつぶやいた。けれど相手は背中の方で煙草を吹かしている愛美だ。

愛美が煙草を灰皿に押し付ける。「こっちだってお金ないし。食べるものにも困ってるんです」

「これだけもらっといてよく言うよ」高野が呆れた顔を見せ肩を揺する。「でも、おれの懐も厳しいのよ。実はさあ、ちょっと前に奥さんに浮気がバレちゃってさあ――あ、愛美ちゃんとのことじゃないよ。これは浮気でもなんでもないし。でまあ、そんなこんなで小遣いが半分になってるわけ。つまり反省期間中なの。そんなの愛美ちゃんの知ったことじゃないだろうけどさ。でも、これはお願いじゃなくて、もう決めたことだから」

高野は三ヶ月前から、身体だけでなく金銭も強要してきていた。「支給額を増やしてやったんだから当然だろう」と理屈の通らないことをのたまい、月に二万円を支払うように命じてきたのだ。

愛美が難色を示すと、「なら受給停止」と脅してくる。そうなると愛美は従う他なかった。

そして今、その額を三万円にしろと高野は要求してきているのだ。

その高野は苛立《いらだ》った様子で腕時計に目を落としている。「そろそろ出ねえと。ああだりぃ。このクソ暑い中、底辺の相手か。やってらんねえよなあ」

高野が立ち上がり、身支度を整え始めた。

「じゃ、来月からよろしくね」

高野は愛美の肩に手をぽんと置いて居間を出ていった。ほどなくして、玄関のドアが開閉する音が聞こえた。

同時に静寂が訪れた。

死んでくれないかな――。

愛美は煙草を吹かしながら、静かに思った。高野さえ死んでくれたら……だめか。そうなると生活保護も同時に失うことになる。いや――ちがう。高野が死ねば、別のケースワーカーがやってくるだろう。その人間は何も知らない。受給額が減る可能性はあるが、その分、高野への支払いもなくなる。元の状態に戻るのだ。それに高野に抱かれなくても済む。やっぱり高野には死んでもらった方が、自分にとって得なのだ――。

愛美は苦笑してかぶりを振った。自分はなんて不毛な思索に耽っているのか。高野に死んでもらう方法などあるわけないのに。

ふと、美空のことが気になった。立ち上がって、隣の部屋の襖を開ける。

美空はやっぱり床に膝をつき、前のめりになって絵を描いていた。母親が居間で男と何をしていたのか、子供にはわからないだろう。美空のことだ。考えてすらいないかもしれない。

愛美が美空の隣に腰を下ろす。お絵描き用紙の代わりとして使っているチラシを覗《のぞ》き込んだ。空白の部分が見当たらないほど色がぎっしり詰まっていた。相変わらず不可思議な絵だった。

「あんた、いつも何描いてるの」

美空の頭に手を伸ばし、髪を梳《す》きながら撫《な》でる。

その瞬間、美空が、す、と身体の角度を変えた。愛美に対し、そっぽを向いたのだ。

愛美の顔が熱くなる。これだけのことで烈火の如く頭に血がのぼった。気づいたときには美空の尻を押し飛ばすように蹴《け》っていた。ゴッ、と鈍い音が響く。前のめりになっていたので頭から壁に突っ込んだのだ。

美空は両手で頭を抱え、身体を丸めて蹲《うずくま》っている。

「大丈夫」恐るおそる声を掛けた。

美空からの返事はない。

「ねえ。大丈夫かって訊いてるの」身体を揺すった。「大丈夫って言って。早く」

「……だいじょうぶ」蚊の鳴くような声だった。

「じゃあ起きて」

美空の両脇に手を入れ、力ずくで起き上がらせようとする。

けれど、美空はぐったりとしていて、手を放すとすぐにまた倒れ込んでしまった。

唇が震えた。間を置かず、それは全身に伝染した。

逃げるように部屋を出た。襖も閉めた。とりあえず煙草に火を点ける。一口吸って、すぐにもみ消した。水道の水を一杯飲んだ。また煙草に火を点け、またすぐ消した。そんなことを何度か繰り返す。

五分ほど経ったろうか。もう一度、そっと襖を開けてみた。

そこには何事もなかったかのようにお絵描きに戻っている美空がいた。そこに安堵の気持ちはなかった。むしろ腹が立った。大袈裟に倒れやがって――。そんな感情に気がついたとき、愛美は自分という人間が恐ろしくなった。


夜になった。

愛美は見たくもないテレビを眺めていた。思考を止めるには結局のところこうするのが一番だ。けれど、今日ばかりは内容がまったく頭に入ってこなかった。

愛美は心が脱力していた。また、自分は娘に手を上げた。暴力をふるった。今回で何回目だろう。数えたらきっと両手で足りない。

それにしても、美空はやっぱり泣かなかった。涙腺が塞《ふさ》がっているのか、何があっても美空が涙を見せることはない。母親から力任せに蹴り飛ばされてもだ。蹴った自分を棚に上げても美空はやっぱりどこかおかしい。

どうでもいいか、そんなこと。愛美は前歯で爪をかりかりと噛んだ。自分が娘を蹴ったことの方がよっぽど問題だ。

ただ、美空に対する罪悪感よりも、愛美は自分に落胆する気持ちの方が大きかった。

自分は大嫌いな母親と同じことをしているのだ。

愛美も母親から暴力を受けていた。頻繁に被害にあっていたわけじゃない。ただ、母親の機嫌の悪い日は歩くことすらままならないほど殴られた。

突然、心の奥底に嫌悪と憐憫《れんびん》の感情が首をもたげ、それはじわじわと染みるように愛美の中で広がっていった。

自分はなんてひどい人生を送っているのだろう。いったいいつから、自分の人生はこんなにも悲惨なものになってしまったのだろう。

生活保護を受けたときから

美空を産んだときから

母親から暴力を振るわれたときから

……生まれたときから？

今まで考えないようにしてきた感情だった。いつの頃からだろうか、愛美は人生に多くの期待をしないで生きてきた。最初からあきらめていれば、傷つくこともない。自分の人生に幸せだった時期はない。あったのかもしれないが、思い出せないとすれば、それはなかったことと同じだ。

きっと、これからもそうだ。どうあがいても自分の人生はすでに詰んでいる。敗北が決まっているのだ。

ただのシングルマザーだろう。きっと他人は笑う。何に苦しんでいるのかと、理解に苦しむだろう。

きっと、自分には活力がないのだ。変わりたいという漠然とした思いはあるが、それは一切具体性を伴わない。ということはその思いも、その程度ということなのだろう。結局、生きることにだらしないのだ。

考えれば考えるほど身体が疲労し、心が疲弊していく気がした。

死んでもいいかな。愛美は心の隅でひっそりと思った。

自殺しようとは思わないが、明日なんらかの理由で死ぬことになっても、自分はそれを抵抗することなく受け入れる気がする。

愛美が煙草の箱を手にする。中は空だった。半日で一箱吸ってしまった。

この日は駅前のパチンコ店に出掛けた。知人の莉華から誘われたのだ。

美空は家で留守番をしている。母親が家を空けても、泣き言一つ漏らさない。そういう意味では手がかからないので助かっている。ぴーぴー泣かれたら自分は発狂してしまうかもしれない。

店内は無数の電子音がぶつかるように飛び交っていた。パチンコ店の入りは四割といったところだ。平日の昼間だというのにこんなにも人がいるのには、自分を棚に上げて感心してしまう。案外、世間も自分と同じように暇なのかもしれない。

愛美は一円パチンコのエリアで、端の台の座席に腰掛けて煙草を吹かしていた。液晶画面の中では、アニメのキャラクターがせっせと数字と格闘していた。7の数字を縄で縛り、綱引きの要領で引っ張り込んでいる。これで6の数字を押しのけることができればフィーバーだ。

でも、ダメだった。アニメのキャラが倒れ込んでわんわん泣いている。再び、液晶のパネルが回り始めた。

愛美は勝ち負けをさほど気にしていない。こちらは時間をうっちゃりにきているだけなのだ。

三十分ほど回転させて、ようやく当たりがきた。けれど、すぐに単発だとわかった。

「お。キテんじゃん」

莉華が愛美の肩から顔を出して声を発した。きつい香水の匂いにむせそうになる。

「全然。単発だもん。終わったら台替える」

「しばらく回してみなよ。悪くないってここ」

莉華が台の上にあるデータの数値をチェックしながら勝手なことを言う。

「だったら莉華がやっていいよ」

「ううん。今打ってるとこがいい。ねえ、これ落ち着いたら飯行かない？　あたし朝飯も食ってないの」

「いいよ。わかった」

ほどなくして二人でパチンコ店を出た。

向かいにあるファミリーレストランに入り、勝手に空いている喫煙席に座る。

莉華は着席と同時に煙草に火を点け、コールボタンを押した。

「お待たせしました。ご注文承ります」すぐさまウェイトレスがやってきた。

「えーっとね、どうしよっかなあ」

莉華はメニュー表を広げて考え込んでいる。この女は注文する品を決める前にウェイトレスを呼ぶのだ。そして焦ることなく、長考する。

「愛美はどうする？」

「あたしはドリンクバーだけでいい」

「マジ？」

「お腹空《す》いてないもん」

「あたしはがっつり食うよ。どれにすっかなー」

ウェイトレスは笑顔を崩さないよう、我慢強く莉華のオーダーを待っていた。

以前、この店の店員で苛立った態度を見せた者がいた。そして、莉華がキレた。莉華は子犬のようにキャンキャンと喚《わめ》き散らし、店長を呼びつけ、強引に飲食代を無料にさせた。そしてそのあとも平気でこの店に通っている。きっと、莉華とその連れである自分はこの店の要注意人物となっているだろう。

愛美は席を立ち、ドリンクバーのコーナーに向かった。

メロンソーダを入れて戻るとウェイトレスの姿がなかった。ようやく注文をもらえたのだろう。

「ねえ、愛美にお願いがあんだけど」莉華が金色の髪をいじりながら口にした。「また、あそこで働いてくんないかな」

あそこ、というのは以前、莉華に頼まれて短期間働いたセクキャバのことだろう。そして、高野と鉢合わせしてしまった場所だ。

「無理」

「なんでよォ」

「かったるいもん」

「そんなこと言わないで。いいじゃん、金もらえんだし」

「嫌だ」

「じゃあ誰か働いてくれる女の子知らない？」

「知らない」

愛美に友人などいないのだ。正直なところ、莉華だって友人とは言いがたい。

「あんた、店長に頼まれてるんでしょ」

愛美が煙草に火を点けて言った。

莉華はあのセクキャバの店長に惚《ほ》れているのだ。本人から聞いたことはないが、愛美は見ていてすぐに察した。そして、なぜ莉華が声を掛けてきたのか、そのとき愛美は得心した。きっと、働ける女の子を見つけてくれと頼まれたのだ。そして今回も同様だろう。

「そうだよ」莉華はあっさり認めた。「あたしたち付き合ってんの」

自分の彼女をそういう店で働かせる男のために奔走する莉華は自分よりも愚か者かもしれない。

「今ね、女の子が足りてないみたいなの」

「あたしがいた最後の方、結構人数いたじゃん。待機で帰ることもあったし」

「あのときはね。でも、今は足りてないの。あの店給料安いから、女の子が入っても条件いいとこにすぐに流れちゃうんだって。だからなんとかしてあげたいの。お願い」

莉華が手を合わせて拝んで見せた。

「無理なもんは無理」

「そこをなんとか」莉華は中々引き下がらない。「ほら、愛美結構人気あったじゃん。あんたみたいな巨乳は稼げるんだよ」

莉華が笑顔を作って愛美をよいしょする。

「しつこいって」

愛美がうんざりして撥ね付けると、莉華が舌打ちした。口を尖らせ、不貞腐《ふてくさ》れた態度で椅子の背にもたれている。

莉華が煙草に火を点けた。天井を仰いで、紫煙を吹き上げる。

「愛美、あんたがさァ、ナマポもらえてんのあたしのおかげだよね」いきなりガラが悪くなった。「あたしが紹介してあげたからだよね」

愛美は黙って聞いていた。

「だったらさァ、あたしのお願いちょっとくらい聞いてくれたっていいじゃん」

「だから前回聞いたじゃん」

「今回もお願い。それでチャラ」

「何が」

「だから働いてくれたら、恩を返してもらったことにしてあげるっつってんの」

このクソ女――。愛美は莉華を睨みつけた。莉華も目を剝《む》いている。

数秒、睨み合いが続いた。

「愛美。喧嘩売ってんなら買うよ」

莉華がテーブルを叩いて凄《すご》む。何事かと周囲の視線が集まった。

「お嬢さん方」

隣のテーブルにいた老人が声を掛けてきた。コーヒーを啜りながら文庫本を開いていた男だ。

「ここは喧嘩するようなところじゃないでしょう。落ち着きなさい」

なだめるように微笑んで見せてきた。

「るせーよ。ジジイ」

莉華が一喝する。この女はもともとレディースの暴走族あがりなのだ。

老人はため息をつき、それ以上何も言ってこなかった。

「もういい。決めた。龍《りゅう》ちゃんに頼んであんたのことひどい目に遭わせてやるから」

龍ちゃんというのは、あのセクキャバの店長のことだ。たしか金本龍也《かねもとりゅうや》とかいう名前だったはずだ。金本龍也がヤクザであることは皆、知っている。

「脅してるわけ？　ったく、どいつもこいつも」

愛美が舌打ち交じりに言うと、莉華が眉をぴくっと動かした。

「どいつもこいつも？　何、あんた、誰かに脅迫されてんの？」

「別に」

「言いなよ。相談乗ってあげるから。友達じゃん」

莉華は一転して声を和らげた。

なんなのだ、この女は。今さらながら困惑した。

「いいって」

「いいから。そのかわり、あんたの悩み解決してあげたら働いてよね」莉華が勝手に話を進める。

何度か、言う言わないで押し問答を繰り広げ、最後は愛美が折れた。当てこすりの意味もあった。クズ野郎の高野は社会福祉事務所の人間で、そこを紹介したのは莉華だ。セクキャバで高野と鉢合わせしてしまったのも、もとはといえばこの女が原因なのだ。

でも莉華はそんなことはまったく意に介した様子もなかった。愛美の話を、「ふうん」とつまらなそうに聞いていた。

「あんたも馬鹿だね。そんな脅しに負けるなんて」

「仕方ないじゃん」

「その高野ってヤツに身体売るくらいならソープやればいいじゃん」

「ゆってもあいつがうちに来るのは週一くらいなの」

「なるほど。つまり、月に四回ヤラせるだけで二十万のナマポか。まあ、割には合うね」

「そういうこと」

「ちょっとお嬢さん方」先ほどの老人がまた声を掛けてきた。「今の話は本当かね」

「るせーっつってんだよ」莉華が鋭利な声を飛ばす。「つーか、テメェ盗み聞きしてんじゃねえよ」

「そんなつもりはなかったんだ。勝手に話が耳に入ってきてしまったんだ」老人が冷静な口調で言う。「それで、お嬢さん。今の話は本当かね」

老人が愛美の方を見た。眼鏡の奥の眼が光っていた。

「今の話が本当だとすると、とんでもないことだ。公職に就く人間が脅迫まがいのことをするとは」

「だからテメェには関係ねえだろう」莉華が凄む。「すっこんでろよ」

「お節介を焼くわけではないが、警察に相談すべきだ」

「だから——」

「聞きなさい」老人が手の平を突きつけて莉華を制する。「君たちは不正に生活保護を受けて得をしていると思っているようだが大きな勘違いだ。実は損をしているんだよ。所詮《しょせん》は不労所得、まったく重みのない金だ。豪勢な食事を食べても、綺麗《きれい》な服で着飾っても、けっして幸福を摑むことはできない。もし、君たちが今を幸せだと感じているなら、それはまやかしであり、不幸だということだ。見たところ君たちはわたしの孫でもおかしくない年齢だ。当然これからの人間だろう。やり直しなさい」

「愛美、そろそろいこっか」

莉華が席を立つ。

そのとき、ちょうどウェイトレスがお盆に湯気を放った鉄板を載せてやってきた。莉華が注文したものだ。

「お待たせいたしました。ハンバーグステーキとライスセットでございます」

「もういい」

「は?」

「遅いからもういい。別の店で食べる」

莉華が足早に去っていく。ウェイトレスが莉華の背中を見て呆然《ぼうぜん》と立ち尽くしていた。

愛美が莉華のあとをついて行こうと腰を上げると、「待ちなさい」と老人が呼び止めた。

「君たちの両手には時間がある。だが、無限ではない。今を大切にしなさい。一日、一日、意味のある過ごし方をしなさい」

老人は慈しみの目で愛美を見ていた。

愛美は身を翻し、莉華のあとを追って店を出た。


「ああいう奴が一番うざい」

莉華がハンバーガーを頬張りながら毒づいた。昼食を食べ損なった莉華に付き合う形で、近くのマクドナルドに入ったのだ。

愛美も同感だった。あの手の老人は、若者を啓蒙《けいもう》することを生きがいにしている節がある。今夜の酒はさぞ美味《うま》いだろう。

「そういえばさ、あんたの娘は何してんの？」

莉華がポテトに手を伸ばしながら、さほど興味もなさそうに訊いてきた。

「家。一人で遊んでる」

「ふうん。今いくつだっけ」

「四歳」

「幼稚園とか入れないの」

「入れない。空きもないし金もない」

「ま、そっか」

「莉華のところの子はどうしてんの」

「ママに見てもらってる。あたしよりもママになついてるし」

莉華にも華蓮《かれん》という息子がいる。たしかまだ二歳だったはずだ。父親は愛美も知っている。若いときに地元の暴走族で旗持ちをしていたユウジという男だ。当然のように離婚している。

「ぶっちゃけさァ、龍ちゃんと一緒になるとしたら邪魔なんだよね」

それが息子のことだというのが言わないでもわかった。

「龍ちゃん、子供嫌いだしさァ。ママに育ててもらおうと思って、お願いしたら超キレられたし。ユウジに引き取ってもらうことも考えたけど、頼んでも絶対断られるだろうし」

愛美は話を聞きながら美空のことを思った。もし、美空を手放せるとしたら自分はどうするだろう。少し考えたが答えは出なかった。

「窮屈だよね。若いときにガキ産むと。うちらと同い年くらいの女なんてみんな遊びまくってんじゃん。あたし、合コンも行ったことないんだけど」

「あたしだってないよ」

「別にそんなの行きたいと思わないけど、自由がないって思うとつらいよねえ。疲れてるときに夜泣きとかされるとマジで首絞めてやりたくなるもん」

「もう二歳じゃなかった？　まだ夜泣きすんの？」

「するする。なんか成長遅いの、あいつ。おむつも全然取れないし」

美空は……どうだったろうか。いつ、おむつが取れたんだっけ。自分で育てたはずなのに、その辺りの記憶が曖昧模糊《あいまいもこ》としていて判然としない。

「はー、かわいいときはかわいいんだけどなあ」

かわいい、か。愛美は胸の中で反芻《はんすう》した。自分は美空をどう思っているのだろうか。かわいいと思っているのだろうか。

愛美はガラス張りの壁の外に視線を投げた。反射的に目を細め、小さく舌打ちした。うざったい太陽が、目に映るすべてを照らしていたからだ。

3

「高野さんがケースを恐喝？」

佐々木守は身を乗り出して声を上げた。すぐに宮田有子が辺りに目をやる。

「失礼」守は声を落として頭を下げた。「ちょっと宮田さん、それどういうことですか」

宮田有子から指定されたバーは空いていた。数人の客が点在しているだけだ。西洋人のビジネスマンの姿もある。船岡にもこんな洒落《しゃれ》たバーがあることを知らなかった。とはいえ、守はバーに来ること自体初めてだ。

店内は薄暗く、眠りを誘うようなオルゴールがかすかに流れている。ただし眠気はまったくない。とんでもない話を聞かされているからだ。

「お金を要求してるって、そんなバカな話がありますか。いったい、どうやって」

守は脚の長い丸テーブルを挟んで向き合っている宮田有子に訊《き》いた。

「どうやらその女性ケースは収入があることを隠していたようなの。そしてその事実を摑《つか》んだ高野さんがそれをネタに強請《ゆす》っているらしいのよ。つまり、受給は継続してやる、その代わり受給費の中から何割かバックしろ、ってことみたい。それと――」宮田有子が一瞬、鼻に皺《しわ》を寄せた。「肉体関係も強要してるって」

守は開いた口が塞《ふさ》がらなかった。高野の姿が脳裡《のうり》に映し出される。仕事をさぼってパチンコに行ったりしているのは知っているが、それぐらいだ。たしかに勤労精神の希薄な男かもしれないが、そういった犯罪に手を染めるタイプではない気がする。妻子だっているのだ。

「ちなみに宮田さんはその情報は、どこで?」

「タレコミっていうの、年配の男性から事務所に電話があったの。おたくに悪いケースワーカーがいるって。たまたまわたしが取ったんだけど」

「その方はどうやって知ったんですかね」

「その男性がファミリーレストランで食事をしているときに、隣のテーブルにいた若い二人組の女性の話が聞こえたんだって。その内の一人が被害者で、どうやら相談をしてたみたいなのね」

そんなお粗末な話があるだろうか。どうも現実味がない。

「で、高野さんの名前がそこで出てきたと」

「ううん。ケースワーカーとしか聞いてない」

守が首を傾げる。「じゃあ、なんでそれが高野さんだって」

「勘」

「へ？　カン、ですか」

「そう」

「となると、確証は何もないんですよね」

「そう」

「ちょっとそれはあまりにも。だって、そうなるとぼくだって容疑者の一人になりますよね」

守が自身を指差して言うと宮田有子はカクテルグラスを傾け一口含んだ。飲んでいるのはキス・イン・ザ・ダークという守の知らない酒だ。ちなみに守はカルーアミルクである。

「わたしね、人を見る目は自信あるんだ。人間を大きく二つに分けるとするでしょう。善い人と、悪い人。佐々木くんは前者、高野さんは後者」

「えーと、どうも」

「どういたしまして」

「けど、他にも男性の職員はいますし」

「そうね。でも、わたしは高野さんだと思う」

宮田有子は根拠がないのに断定的だ。どうやら彼女の中で高野の評価は相当低いらしい。ただ、職員の中でどうしても一名、名前を挙げねばならないとすれば守もやはり高野を選ぶだろうなと思った。

「いやしかし、そもそもこの話自体、信憑性《しんぴょう》はどうなんですかねえ。ぼくにはとても本当のこととは思えないんですけど」

「ううん。残念だけど事実だと思う。要約して話したけど、男性の話は妙にリアルだったもの。あれが嘘とはとても思えない。もちろんわたしだって間違いであってほしいと願ってるけど」

本当だろうか。言葉は悪いが、宮田有子がこの事態をどこか楽しんでいるような気がしてしまう。正義を掲げるというよりは、悪を叩《たた》き潰《つぶ》したい。この二つは同じようで微妙にちがう気がした。そして宮田有子は後者に属している気がする。

「佐々木くん。今の話は絶対に誰にもしゃべらないでね」

「でも、そういうことなら課長に報告しないと」

「ダメよ」宮田有子がとんでもないといった感じで首を振った。「こんな不確かな状況で報告してみなさいよ。あの課長のことだもん。ろくに調べもしないでもみ消そうとする可能性があるでしょう」

宮田有子の嶺本に対する評価も厳しいようだ。

「ごめんね、課長のこと悪く言って」

守が首を傾げる。「どうしてぼくに謝るんですか」

「だって佐々木くん、課長とすごく仲がいいから」

「まあ悪くはないと思いますが、特別仲がいいってわけでは。ふつうに上司と部下の関係ですし」

宮田有子が目を細めて見てきた。「本当？」

「どういう意味ですか」

「付き合ってる、とかないよね？」

「は？」

「だってその……」なぜか言い淀《よど》んでいる。「課長って男色の人じゃない」

守が言葉を失う。「……冗談ですよね」

「見てればわかるでしょう。みんな知ってると思ってた」

まったく知らない。守は予期せぬ話にこめかみが痛くなった。自分は鈍感なのだろうか。

続いて背筋に悪寒が走った。今朝がた、額に手を当てられたときのことを思い出したのだ。そういえばやたらとボディタッチの多い人だなと感じてはいた。守はよく嶺本に夕食に誘われる。それは上司と部下の関係の延長線上のものであり、それ以上でも以下でもないはずだ。そう信じたい。

「佐々木くんが課長のお気に入りであることは間違いないと思うよ」

「ちょっと、やめてくださいよ」

「ふふ」宮田有子がいたずらな目をして笑った。

「課長がその、ゲイであるかどうかはさておき、やっぱりぼくは上司に相談して判断をゆだねるべきと思うのですが」

「だからダメ。現時点で報告をしてもまったく意味がない。高野さんが絶対に言い逃れできない状況にしてから報告しないと。それに、しっかりと証拠を掴まないと世間にも公表できないじゃない」

「世間？」思わず声量が上がる。「あ、失礼。宮田さん、公表するおつもりなんですか」

「当たり前じゃない」宮田有子は涼しい顔で言った。

「でも、この件が明るみに出たらとんでもないことになりますよ」

もしこの件が世間の知るところとなったら、大問題である。世間はけっして高野一人の悪事とみなさない。社会福祉事務所全体の問題と捉《とら》えるのだ。警察官や教師がいい例である。一％の愚か者のせいで、その他九十九％の者が肩身の狭い思いをすることとなる。

「仕方ないでしょう。悪いものは悪いんだから」

「けど、我々は同じ職場の人間ですし、相当厳しい目にさらされると思うのですが」

「それも仕方ないじゃない」

「しかしですね――」

「ショック。佐々木くんも保身か」見損なったとばかりに冷めた目で見られた。「もみ消したいんだ。話したの、間違ったかな」

「いえ、その、なかったことにしたいわけじゃないんです。ただ、公になってしまうと、冗談じゃすまないと思うんですよ。こういう事案はマスコミも放っておかないだろうし。ほら、今、世間は生活保護問題に敏感じゃないですか。ただでさえ、国民の皆さんは神経がささくれ立っているわけですよ。そんな中こんなことが表立って出てしまうと、日本全国の社会福祉事務所の、ケースワーカーの立場がなくなると思うんです。そうなると、変に付け上がるケースも出てくるんじゃないかと。もちろん宮田さんのおっしゃることも理解できますが、やっぱり公にするのはどうかと思うんです。きっと混乱を生むだけで、誰も幸せにならないんじゃないかと思います」

「言いたいことはそれだけ」宮田有子はあくまで冷徹な目を崩さない。「冗談じゃすまないって、冗談じゃない事が起きてるの。当たり前でしょう。それに、そういった余波も含めて仕方ないってわたしは言ってるの。馬鹿にしないで貰《もら》えるかしら。いい、仮に佐々木くんの言う通り、高野さん一人をこっそりと懲戒免職にして事を収めたとする。で、後にこれが世間にバレる。隠し立てしてたことで、それこそ目も当てられない大惨事になると思うけど。そうなったら佐々木くん、責任取れるわけ」

「いや、それは、その……取れませんけど」

「でしょう。なら、あなたの判断は間違ってる。物事をよくよく考えるべき」

最後は諭すように言われた。これ以上、言葉がない。そして、宮田有子を改めて怖いと思った。常に正論を吐き出す彼女を前にしていると、自己嫌悪に陥る。自分がひどく醜い生き物のように思える。

守はこっそり吐息を漏らした。もうどうでもいいか。結局のところ、最後は上の判断だ。末端の自分が背負いこむ問題ではない。心なしか、気だるくなった。きっとこんなとんでもない打ち明け話を聞かされたからだ。

「ところで、宮田さんはなぜこの話をぼくに?」ふと気になったので訊《たず》ねてみた。

「佐々木くんにね、色々と手伝ってもらいたいのよ」

「色々、というのは」

「それはもう少し飲んでから」宮田有子が口の端を持ち上げてから、カウンターの向こうにいるバーテンダーに向けて声を発した。「ここにルシアンを」

もったいぶった態度が妙に怖かった。いったい、自分は何をやらされるのか――。

「話変わるけど、佐々木くんはなんでケースワーカーになったの」

ルシアンとやらを受け取った宮田有子が訊いてきた。すでに彼女は五杯以上飲んでいる。ちなみに守は一杯目である。

「なったというか、なってしまったというか。異動先がここだったもんで」

「じゃあなんで公務員になったの」

「えーとですね……」これまた難しい質問にたじろぐ。「性格的に民間企業はあまり向いてないのかなと」

「何それ」宮田有子が吹き出した。

しかし、事実だ。のんびり屋で神経の細い守は、競争や数字がものをいう世界では生きていけないと思った。となると稚拙な考えで、公務員は民間企業のそれと比べていくらか穏やかであろうと想像したのだ。結局のところ、数字に追われる日々を送っているのが泣けてくるのだが。

そのあとは宮田有子が黙ったので、会話が途絶えてしまった。宮田有子は黙々とグラスを傾けている。すいすい飲むのであっという間にグラスが空になった。また守の知らないニコラシカという酒を注文していた。

「そういえばさ、山田さんと矢野さんはどうだったの。午前中訪問したんでしょう」

宮田有子が砂糖の載ったレモンを半分に折りながら言った。

守は眉根《まゆね》を寄せた。「よくご存じですね」

「だって、予定表に書いてあるじゃない」

驚いた。たしかに予定表に載せてはいるが、他の職員の訪問先など、誰も頭に入れていない。現に本日、宮田有子がどこの誰を訪問したのか、守はまったくわからない。

「手強《てごわ》いですね。どちらも」

「どっちも曲者《くせもの》だもんねえ」

そこまで知っているのか。守が再び驚いていると、「ちゃんと佐々木くんの日報読んでるもの」と宮田有子が補足した。守の事務所では、日々の業務報告を全職員に向けてメールすることが義務として課されている。しっかり目を通しているのは役職者だけだと思っていた。下っ端は皆、自分のことで精一杯だ。

宮田有子は、半分に折ったレモンを口に運び入れ、続いてカクテルグラスを傾けた。どうやらニコラシカというものはこうして口の中で中和して飲むらしい。彼女が同い年であるということを忘れてしまいそうになる。

守はそんな宮田有子をちらちらと盗み見た。あまり化粧気のない顔だがきっと美人の部類に入るのだろう。少々、鷲鼻《わしばな》なところが彼女の気の強さを表している。

「佐々木くん、あきらめちゃだめだからね」

「えっ？」

「山田さんも矢野さんも。不正受給なんだったらなおさら」

「そうですね。がんばります」

「こういうのは根比べよ。我々が負けたら日本はズルしたもん勝ちの、プライドも尊厳もない国家になり下がるでしょう。そういう意味ではわたしたちって、国のモラル低下を塞《せ》き止める防波堤なんだと思う」

なんだかすごい事を口にする人である。宮田有子の正義はどこからくるものなのだろう。彼女の主張は間違っていないが、正直違和感は覚える。

ただ、宮田有子が生活福祉課のエースであることは疑いようがない。数字上で彼女を超える者はいないのである。毎月二人は、必ず不正受給者を辞退に追い込んでいる。きっと民間企業の営業マンなら毎月のように表彰されているはずだ。

「すごいですよね。宮田さんって」守が素直な思いを口にした。

「何が？」

「バイタリティに溢《あふ》れているというか、モチベーションが高いというか」

「佐々木くんはやる気ないわけ」

「いえいえ。もちろんぼくなりに真面目に取り組んでいるつもりですが、でも、宮田さんには頭が下がります」

「ダメよ、そんなことじゃ」宮田がテーブルを叩いて目を吊《つ》り上げた。「いけないものはいけない。当たり前のことは当たり前にやる。ふつうのことだと思う」

「ですね。はい」思わぬ叱咤《しった》に身を固くする。

よく見たら宮田有子の目は据わっていた。

「佐々木くんはさ」身を乗り出してきた。「いい人だと思うけど、それが悪い方に出てるときがあると思う。いい人を演じ過ぎてると思う。そういえば先週、二十代のシングルマザーが事務所に来たじゃない。覚えてる？」

先週、事務所に二人の子を持った女が相談にやってきたのだ。その窓口に立っていたのが守だった。

「あれだってわたしから言わせてもらえば、身から出た錆《さび》でしょうって話。だって、十六歳で子供作って結婚して離婚して、すぐまた同じようにくっついて子供作って離婚して、そんなことを繰り返した挙句にお金がないから助けてくれって、ちょっと虫が良すぎるんじゃないのかな」

「おっしゃる通りで」

近くで聞き耳立てていたのか——。やっぱり宮田有子は油断ならない。

「でも佐々木くん、丁寧に応対してたじゃない。うんうん、って頷《うなず》いて慰めの言葉をかけてたじゃない」

「それはまあ一応、話はしっかり聞かないとですね——」

「言っとくけど、あの女の人、嘘泣きだからね」

そのシングルマザーはどれだけ自分の生活が逼迫《ひっぱく》しているか、涙ながらに訴えていた。

「佐々木くん。まさかだけどあの申請、受理するわけじゃないでしょうね」

宮田有子が懐疑的な目を寄越《よこ》してきた。

「もちろん軽々にそんなことはしませんが、ただ、生活がきついのはたしかなようですから、検討の余地はなくもないのかなと」

「甘いって」宮田有子が目を見開いて、再びテーブルを叩いた。「あんなの通してたらきりがないじゃない。あの女のスマホちゃんと見た？　あれこないだ出たばっかのやつでしょう。まったく整合性が取れないじゃない。いい、佐々木くん。あんなの門前払いしなきゃ。結局のところ巡り巡って、首が絞まるのはこっちなんだからね」

「たしかにそれはごもっともですけど――」

「けど、何？」

「いえ。なんでもないです」

宮田有子は肩をすくめると、カクテルをくいっと飲み干した。そしてハンカチで唇をぬぐうと、「さ、もう一軒行くわよ」と一方的に立ち上がった。

「あ、あのう、自分はそろそろ」

「だーめ。あなたも行くの」がっちりと腕を取られた。

なんなのだ、この人は――。守は啞然《あぜん》と宮田有子を見上げた。

「まだ肝心の頼み事を話してないでしょう」

「ここじゃダメなんですか」

「ダメ」

守は深くため息をついた。いったい自分は何をやらされるのか。

支払いの段になり、守は一歩前に出て宮田有子を制した。今朝がた、高野から救ってもらったのでここは奢《おご》るべきだろうと判断したのだ。

しかし、それを察した宮田有子から、「割り勘」と牽制《けんせい》された。

「今朝のお礼ですから奢りますよ」

「わたしね、奢るのも奢ってもらうのも大嫌いなの」

　この人やっぱり苦手だな。守は改めて認識した。

4

　ここ最近、同じ時間に目が覚める。床に就く時間はばらばらなのに、起床時間は規則であるかのように定まっている。さほど時間に追われていない身なのでいくらでも眠りを貪《むさぼ》っていたいのだが、身体がそれを許してくれない。

　今、この瞬間もそうだった。時計を確認すると、やはりいつもと同じ正午に差し掛かる時刻だった。再び横になっても、きっと眠ることはできないのだろう。

　おれも若くないってことか。四十二歳の山田吉男はまだはっきりとしない頭で感慨に耽《ふけ》った。

　目を乱暴に擦《こす》り、目ヤニをぱらぱらと落とした。続いて、枕元にあるカップラーメンの空き容器に痰《たん》を吐き、その隣にあるプルトップの開いた缶チューハイに手を伸ばす。昨夜飲んでいたものの残りだ。それがまだ半分くらい残っていることを確認し、吉男は口をつけた。すぐさま異変を感じて吐き出す。灰皿代わりに吸殻をそこに落としていたことを忘れていた。台所の水道で何度も口をゆすいだ。口内のなんともいえない苦味は中々消え去ってくれない。

　続いて便所に入る。小用を足していると何を見誤ったのか、尿が大きく便器から外れてしまった。床が濡《ぬ》れてしまったが、それは見ないことにした。便所を出て、何かを踏んづけた。グニャ、という感触があった。でも確認はしなかった。面倒なのと、変な物だったら怖いからだ。

掃除をしなければ汚れていく。そんな当たり前のことを吉男が実感したのは三十五歳を過ぎてからだ。それまでは妻が掃除をしてくれていた。その妻は七年前、当時八歳だった娘を連れて家を出ていった。

腹が鳴った。働かなくても動かなくても腹は減るのだから、生まれてくるというのはそれだけで不幸な事でもある。無料《タダ》で飯は食えないのだ。

やかんにお湯を沸かし、棚から適当なカップラーメンを二つ取り出す。一つだと腹持ちが悪いのでカップラーメンはいつも二つだ。三分を待たず、箸《はし》をつけた。固い麵《めん》を機械的に胃袋に流し込んでいく。麵を啜《すす》りながら、漫然と壁掛けのカレンダーに目をやる。本日の日付が赤字で囲ってあった。

あ、そうか。吉男はひとりでに膝《ひざ》を打った。今日は病院の日だ。すっかり忘れていた。過去にすっぽかしたことがあり、あのヤブ医者から散々嫌味を言われたのだ。思い出してよかった。

タクシー会社に連絡をして、迎えに来るよう予約をした。この暑い中、徒歩で移動するなんてとてもじゃないが考えられない。

部屋に散乱している靴下を一つ一つ取り上げ、匂いを嗅《か》いだ。比較的匂いのきつくないものを半足発見する。この相方はどこへいった——。吉男は腰を屈《かが》め、狭い部屋の中をぐるぐる歩き回った。どうも見当たらないのであきらめかけたとき、ようやく発見した。ふだん使用しない座布団の下に隠れていたのだ。吉男が舌打ちをする。この座布団は昨日、社会福祉事務所の佐々木が来た際に、ヤツの尻の下に敷いてあったものだ。佐々木は風が吹いたら飛んでいきそうな小僧のくせに一丁前に弁が立つものだから憎たらしいったらない。

でも、昨日は言い負かしてやった。佐々木は顔を赤くして怒っていた。いい気味だ。ただ今後のことを考えるとあまり敵対しても具合がよくない。

話のわかる男ならいいのだが、佐々木はどうやら堅物のようだ。吉男がせっかく女をあてがってやろうとしたのに一向に乗ってこなかった。むしろ態度を硬化させてしまった。昨今の若い男は皆ああなのだろうか。

吉男はふわー、と声に出して大きくあくびをした。今夜あたり久しぶりに『ミザンス』に顔を出そうと思った。先月の報酬ももらわないといけない。

黙っていたら金は永遠に入ってこない。

船岡市内にある平和慈恵総合病院の待合室で、吉男は新聞を広げて順番を待っていた。経済欄など今の自分にこれっぽっちも関係ないのに目を通してしまうのは、きっと若いときに証券会社に勤めていたからだ。

今思えば当時の自分は素直で純な人間だった。つゆほども疑いを抱かず、会社と上司の教えを健気《けなげ》に守っていた。ゆえに、スケープゴートには持って来いだったのだろう。だからさして関わってもいない仕事の失敗の責任を押し付けられ、会社を追われたのだ。

辺りを所在なく見渡す。ここを訪れると超高齢社会は本当だなと、吉男は思い入る。いつだって老人ばかりなのだ。ただ、ここが病院であることを考えればある意味健全ともいえる。これが若者ばかりだったら、そっちの方がよっぽど恐ろしい。

それにしても、老人というのはやたらとよくしゃべる。いたるところ隣同士でぺちゃくちゃとくっちゃべっている。心なしか老人臭も漂っている気がする。

そうやって視線を散歩させていた吉男の目があるところで止まった。三十歳くらいの母親と、低学年の小学生と思《おぼ》しき男の子が並んで座っているのだが、泣いている様子なのだ。母親の方が。

母親はベージュのキャスケット帽子を深々とかぶっており、うつむき加減でハンカチを目元に当てていて、隣の息子はそんな母親の腕をさすって心配そうに顔を覗《のぞ》き込んでいる。

妙な光景を吉男は訝《いぶか》った。

ふいに顔を上げた母親と吉男の視線が重なった。母親がほんの気持ち程度、頭を下げてきたので、吉男も反射的に会釈を返したのだが、そのときにはもう母親の方は視線をそらしていた。

気味悪い女だな。率直にそんな感想を抱いた。きっと情緒不安定なのだろう。吉男は子供の方に同情した。あの男の子は何年生だろうか。背丈から推測するに二年生といったところか。

妻と娘が吉男のもとを去ったとき、娘の彩乃《あやの》も二年生だった。彩乃はお転婆な女の子だった。喧嘩《けんか》で男の子を泣かしたこともあった。もっともそれは七年前のことで、今は――中学生になっているはずだ。一瞬、想像を働かしてみたが、まったくその姿をイメージできなかった。

「山田吉男さん」

スピーカーで名前を呼ばれ、指定された診察室に入る。

ドアの向こうに、吉男の担当医師である石郷《いしごう》がその巨体を椅子の背もたれに預けてふてぶてしく座っていた。

「お久しぶり」

石郷が皮肉を口にする。吉男は先週も、その前の週もこの病院を訪れているのだ。

「で、その後腰の具合はいかがでしょう」

「先生。またご冗談を」

石郷は「ふん」と鼻で一笑すると、身体の向きを変え、パソコンのキーボードでタイピングを始めた。

「毎回、まるっきり同じってのも芸がねえしなあ、新しい病気でも付け加えてみっか」

ニヤニヤしながら独り言をつぶやいている。風貌《ふうぼう》も発言も医者とは思えない男なのである。

「山田さん、今日はレントゲンでも撮ってみるか」

思いついたように石郷が口にする。

「なんでですか」

「かさましにはもってこいだろう」

「じゃあ撮ったていにしておいてください」

「ダメなんだよそれじゃあ。一応、記録残さなきゃならねえの」

「じゃあささっと済ませましょう」

吉男は自らレントゲン室へと向かった。

Tシャツを脱ぎ、上半身裸になった。ズボンとパンツをずり下げて半ケツを見せる。数回角度を変えて撮影をした。むろん、この写真がX線観察器の光を浴びることはない。

「はい。ごくろうさん」

「どうも」答えながら吉男が服を着る。

「あんた、また入院でもしてみるか？　今、ベッド空いてんだよな」

「やめてくださいよ。もうこりごりなんですから」

「すぐ退院させてやるよ」

「ほんと勘弁してくださいよ。どうせすぐまた入院しなきゃならんのでしょう」

石郷は汚い声を上げて笑っていた。

ぐるぐる病院──。これがこの病院の裏社会での俗称だ。吉男のような医療費のかからない生活保護受給者を患者として囲い、短期間でぐるぐると頻繁に入退院を繰り返させることから、そう呼ばれている。また、毎回大量に出される薬はまったく不必要なものだ。そしてこれらによって病院側は国に高い医療費を請求できるという仕組みである。国が支払う金はもちろん国民が納めている税金だ。

「そういえば山田さん、あんた最近、金本んところの仕事手伝ってるんだってな」

再び診察室で向かい合った石郷が太い首をぽりぽりと掻《か》きながら言った。

吉男の動きが止まる。「……先生。誰からそれを？」

「噂ってのは早いんだよ」石郷は口の端を持ち上げて見せた。「で、あんたはプッシャーか？」

「いやあ、ただの雇われですよ」

「モノはアイスか？」

「いやいや」

「じゃあ紙か？　雪か？」

少し前なら石郷が何を言っているのか、吉男にはまったくわからなかっただろう。でも、今はちがう。それが麻薬の種類を指す隠語であることが理解できる。

吉男は少し思案を巡らせ、口を開いた。「バッです」

「バツねえ」石郷はたるんだ顎《あご》を撫《な》でている。「まあアイスなんかより手ェ出しやすいんだろうな。でも、気をつけろよ。間違ってもテメェが溺《おぼ》れるなよ」

「わかってますって。おっかないですもん」

「そう言って手ェ出しちまうんだよ、みんな」

石郷がそのときだけ一瞬、吉男から視線を外して言った。

それを見て、やっぱりあれは本当なんだなと吉男は思った。「クサレヤク中が」これは吉男に売人の仕事を命じているヤクザの金本龍也が、石郷との電話を切ったあとに口走った一言である。その割に石郷はそういうふうに見えないのが不思議だった。石郷の顔色はいいし、言動にも違和感を覚えたことはない。もちろんヤクザとつるんで汚い金を貪っているのだから、まっとうな人間でないことはたしかだが、それは自分も同じだ。

「金本に会ったら、たまには飯ぐらい奢れと伝えておいてくれ」

診察室を出る間際、石郷にそんなことを告げられた。

吉男は曖昧《あいまい》に頷いて病院をあとにした。


夜になるまでパチンコで時間を潰すことにした。ミザンスで金本龍也を捕まえなくてはならない。先月の報酬をまだもらっていないのだ。

一応、金本に電話を掛け、店に顔を出す旨を留守電に残しておいた。金本は基本、こちらからの電話には出ない。そのくせあちらからの電話を取り損ねると機嫌を悪くするので性質《たち》が悪い。

長時間同じ体勢で座っていたら、久しぶりに腰に鈍い痛みが宿っていた。吉男が腰痛持ちだというのは嘘ではなかった。ヘルニアと診断されたのも、石郷ではないまともな医者に診てもらったのだから間違いないはずだ。だが、とっくによくなっている。時折、今みたいに痛みを覚えることはあるが生活にはまったく支障はない。けれども、タクシー運転手の仕事を辞めざるを得なかったのは本当に腰痛が原因だ。ごまかしごまかしやり過ごしていたが一向に良くなる気配がないので、思いきって休暇願を出したらそのまま追い出されたのだ。会社も人員整理に乗り出していた時期だったので、ここぞとばかりに圧力をかけられ、結果それに負けた形で退社となった。

このタクシー会社はいくつもの会社を転々として流れ着いた場所だった。社歴が浅く、さらに勤務態度も良くなかった吉男が残れるはずもなかった。

金本龍也と出会ったのはそんな時期だ。悪い仲間から悪い人間を紹介され、そんなことを繰り返して知り合った。

生活保護を受けるよう焚《た》きつけてきたのは金本だった。「何もしないで金が入ったら嬉《うれ》しくないか」この言葉に耳を貸さない失業者はいない。

このヤクザは生活保護について知識が豊富だった。何を準備して、どう申請すればいいのか。金本いわく生活保護申請にはコツがあって、ツボを押さえていれば問題なく受理されるとのことだった。「結局のところ口の上手《うま》い奴が通る。営業マンと同じだ」とも得意げに言っていた。そういった事情に金本が精通しているのは、それが彼の仕事のひとつで、彼らの世界でいうところのシノギだからだ。

たしかに、金本の助言通り申請するとあっさり受理してもらうことができた。その代わり、毎月受給額の半分を金本に納めなくてはならなかった。それが半永久的と吉男が知ったのは、初めて生活保護費が支給された日だった。

よくよく考えれば当たり前のことだった。ヤクザが損得勘定抜きに手を差し伸べてくれるはずがない。吉男は、金本がヤクザであることを改めて思い知った。当然、半分も金を持っていかれたら生活が成り立たない。かといって働くこともできない。吉男は自分のあまりの阿呆《あほ》さ加減を呪うしかなかった。

「おい、おっさん」

その声で吉男は首を横にひねった。

隣の台で打っている、タンクトップ姿の茶髪の若い男が不快そうに吉男を睨《にら》みつけていた。肩に品のないタトゥーが描かれている。

「――んだよ」

「え？」店内の喧騒でよく聞き取れなかった。

「おっさん、くせえんだよ。他の台で打てや」追い払うように手をひらひらとさせている。

ああ、体臭のことか。考えてみれば三日は風呂《ふろ》に入っていない。吉男も、臭い奴が寄ってきたら追い払うだろう。人間、得てして自分の匂いには寛容なのだ。

「お兄ちゃん」

台に向き合っている茶髪の耳元で吉男がささやいた。茶髪がさっと身を引く。

「森野《もりの》組って知ってるかい」

「ああ?」茶髪が訝る。

「おれはそっちの筋の人。今の無礼は勘弁してやるから消えな」

淡々とした口調で告げた。まったくの嘘ではない。関わり合いはあるのだ。

茶髪は下唇を噛《か》んで、瞬《まばた》きを繰り返している。吉男の話の真偽を測っているのだろう。

「なんなら今からうちの若い衆呼ぶか」吉男が携帯電話を取り出して見せる。

「……すんませんでした」

茶髪は頭を下げると、持ち玉もそのままに場から去って行った。

吉男が鼻を啜る。小さな快感だった。自分は森野組の人間だ——。こういった些末《さまつ》な揉《も》め事は大抵これで片付く。地元のアウトローな人間であれば、森野組の名を知らないわけがない。

森野組は構成員が十人に満たない小所帯だが、それでもヤクザだ。ちなみに金本龍也は森野組の構成員で、セクキャバ『ミザンス』の店長でもある。組から半強制的にやらされているらしい。

そこから間欠的に当たりを引き、玉の増減を繰り返して、キリのいいところでパチンコ店を出た。勝ち負けでいえば勝ったが、四時間打って上がりは六千円なので気分はよくない。

ミザンスに行く前にカプセルホテルを利用してシャワーを浴びた。男にどう思われようがかまわないが、女には嫌がられたくない。吉男は金本から報酬を受け取ったあと、そのまま店で遊んで女を買って帰るつもりだ。

建物の外に出たら空が夜の支度に入っていた。太陽は地平線の向こうに姿を隠し、薄闇の空にはうっすらと黄色い月が滲《にじ》んでいる。

繁華街に足を踏み入れ、ネオンの光に照らされながら闊歩《かっぽ》した。十メートル間隔で客引きに声を掛けられる。顔見知りもいたので、他愛ない会話を交わした。

ミザンスの入ったビルが前方に見えた。蝶ネクタイをつけたスーツ姿のボーイが路上に立っている。

ボーイが吉男の姿を見つけ、遠くから腰を折った。その顔には緊張が見て取れた。まだ二十歳前後のこの男は店長である金本と、頻繁に店に顔を出す吉男がどういう間柄か知らされていないのだろう。もしかしたら吉男のこともヤクザだと思っているのかもしれない。

「金本さんいるかい」吉男が声を掛ける。

「ちょっと外に出てますが、すぐに戻られると思います」

「そう。頑張ってね」ボーイの肩をぽんと叩いて階段を上がった。

　ドアを開き店内に入ると、また別のボーイが小走りで寄ってきた。この男も先ほどのボーイ同様、きっと吉男の素性を知らない。失礼があってはいけないと思っているのか、直立姿勢を保っている。店内にはBGMがかかっており、ちょうど営業が始まったところのようだった。ただ、まだ浅い時間なので客の姿は見当たらない。

「山田さん、いらっしゃいませ」

「金本さんに会いに来たんだけどまだいないんだって」

「ええ。まもなく戻って来ると思いますけど」

「うん、聞いた聞いた。じゃあ、ちょっと遊んで待ってようかな。もう女の子たち出勤してるでしょう」

　吉男がそう訊くとボーイの顔がさっと曇った。

「どうしたのよ」

　ボーイは何か言いづらそうに、上目遣いで口を開いた。

「山田さん、今回から少しだけ料金を頂戴《ちょうだい》できませんか。もちろん全額じゃなくて構わないんですけど」

　心外な言葉だった。吉男が気色ばむ。

「こっちは金本さんに自由に遊んでいいって言われてるんだよ」

「ですが、その、わたしたちも店長から、次からは代金をもらうよう指示があったんです。すみません」

「何よそれ」

「すみません」

「すみませんじゃなくて。おれは金なんて持ってねえんだよ」

「ほんとすみません」

頭を下げるばかりで会話にならない。

そのとき、背中の方で扉が開く音がした。振り返ると真後ろにグレーのスーツ姿の金本龍也が立っていた。長身痩軀《そうく》。三白眼から放たれる射すくめるようなまなざし。知り合って一年が経つが未だにかすかな緊張を覚える。

「ああ金本さん、どうもどうも」吉男が頭を下げる。

「なんだ、揉め事か」

ボーイがすかさず金本に耳打ちした。小声だったが「またツケで遊ぶつもりみたいで」と聞こえた。

「ああ、それか。ちょうどいい。——おい山田。サービス期間は終了だ。これからはきっちり金払って利用しろ」

金本がぶっきらぼうに言い放った。

「でも——」

「でもじゃねえ。おまえが遊んだ分、店が損害被ってんだ。それがバカんなんねえってこった。それにおまえ、女買った分まで店にツケてやがるんだってな。おれはそこまでしてやるなんて一言も言ってねえぞ」

「そんな。だとしたら例の報酬代わりにっていう話は──」

そこまで言ったところでさっと首根っこを摑まれ、強引に奥にあるVIPルームに引きずり込まれた。

「テメェ、店ん中でなんの話しようとしてんだ」入るなり、顔の距離が数センチのところで凄《すご》まれた。「テメェがバイアグラ捌《さば》いてることなんて誰も知らねえんだぞ」

その勢いでソファに投げ飛ばされた。VIPルームとはいえ、安物のソファを使っているので、叩きつけられた背中に強い衝撃が走った。

「すいません。つい」吉男が咳《せ》き込みながら謝罪を口にする。

吉男と金本の間で交わされるバイアグラという呼称はED治療薬を指してはいない。MDMAという違法の薬、つまり麻薬だ。MDMAは意識を覚醒させ興奮を促すが、過剰摂取すると強烈な幻覚を引き起こすことで知られている。なぜこれをバイアグラと称しているのかというと、金本が取り扱っているMDMAは見た目がバイアグラ同様紫色の錠剤で、一見しただけではまったく区別がつかないからだ。さらに、良いのか悪いのかMDMAには性的興奮を促進する作用もある。俗称、エクスタシーと呼ばれる所以《ゆえん》だ。

ついこの間、バイアグラだと思って服用していたら麻薬だった、という冗談みたいな事件がニュースに取り上げられていたが、あれがまさに金本が扱っているMDMAだ。

「で、今日はなんの用だ。遊びに来ただけか」

金本がズレたテーブルの位置を直しながら言った。続けて袖《そで》でテーブルの上の埃《ほこり》を払っている。このヤクザは妙に几帳面《きちょうめん》な一面がある。

「先月分のお給料をもらえないかなと」

「アアッ」また金本が声を張り上げる。「さっきの話聞いてなかったのか。テメェ、うちの店でどれだけ遊んでやがるんだ。前回は調子に乗ってシャンパン空けたんだってな。テメェ、自分の遊んだ額の合計知ってるか？　先月は合わせて十万超えだ。それだけ遊んでなお金をよこせだと。寝言は寝てから言えよ」

吉男は反論しなかった。こめかみに青筋の浮き出た金本を前にして、これ以上何を言えるというのだろう。金本には人を殺したことがあるという噂もある。

しかし、理不尽である。事の成り行きはこうだ。生活保護費の半額を納めることを免除してもらえないかと訴えた吉男に対し、金本からある提案があった。

通称プッシャーと呼ばれる麻薬の売人の仕事を引き受ければ、生活保護費のピンハネは免除してやる。逆に金を払ってやってもいい。なぜこんなことを金本が提案してきたのか、理由は二つある。

一つ目は吉男のような一般人には警察のマークが甘く、検挙されにくいということ。もう一つは金本自身が麻薬を扱っていることを組に秘密にしているからだ。

金本の所属する森野組では麻薬はご法度で、手を出すと破門になるらしい。金本は吉男の前では偉そうにしているが、森野組の中では肩書のない構成員の一人に過ぎない。

年齢だってまだ若いのだ。

何はともあれ、吉男としても二つ返事で承諾できる内容の話ではなかった。なんといったって麻薬なのだ。捕まらない保証などない。それに、金をもらえるといってもその額は月に八万円だった。リスクを考えればあまりに割に合わない。不服を訴えると「おれんとこの店で好きに遊んでいい」と金本は言った。そんなもの、と思ったがこれ以上の要求は危険なのでやめておいた。それに、吉男にしても結局のところ断る選択肢はないのだ。

「あ、龍ちゃん。ここにいた」

突然ドアが開けられ、若い女が二人、どかどかと中に入ってくる。片方の女は見覚えがあった。この店のサービス嬢だ。

「取り込み中だ。あとにしろ」

「えー。せっかく女の子捕まえてきたのにィ」

吉男が見覚えのある、金髪の女の方が口を尖《とが》らせて言った。

「おお、そうか」金本が向きなおる。「初めまして。店長の金本と言います。よろしくお願いします」丁寧に腰を折り曲げている。

「はは。龍ちゃん。愛美だよ愛美。前も働いてたでしょう。源氏名は美麗」

「ミレイ？　すまんな。女の子が多くて中々覚えきれないんだ。戻ってきてくれたんだ。またよろしく頼むよ」

「ちょっと莉華。あたし働くなんて言ってない」黙っていた茶髪の方が異議を唱える。

「なんで。ここまで来てそれはないじゃん」

「あんたが強引に引っ張ってきたんでしょう」

「愛美。いい加減にしろよ」金髪の方の口調が刺々《とげとげ》しくなった。「あたしに恥かかせる気かよ」

「おい、莉華。喧嘩なら外でやってくれ。もう営業時間なんだぞ」

金本がうんざりした口調で言い、顎をしゃくって外に出るよう促した。

「龍ちゃんちがうの。愛美はね、悩みがあって、それを解決してあげれば働いてくれるんだって」

「そんなこと言ってないけど」

「もう愛美は黙ってて」

「莉華。とにかくおれはそんな暇じゃねえんだ。巻き込まないでくれ」

金本はため息をついてスマートフォンをいじり始めた。仕事のメールでも打っているのだろう。

「いいから聞いて。愛美ね、社会福祉事務所のケースワーカーに脅されてるの。金取られて、エッチさせろって。これってひどくない。龍ちゃんやっつけてあげてよ」

金本の手の動きがぴたっと止まる。そして愛美の顔をまじまじと見た。しばし沈黙が流れる。

「愛美ちゃんだっけ。ちょっとそこ座って。詳しく話聞かせてよ」

促されて二人の女が並んでソファに腰掛ける。

事の成り行きで吉男もその場にいることになった。いや、指示されたわけではないが出て行けと言われたわけでもない。

ただ、愛美という女はうつむいたまま言葉を発さず、終始黙り込んだままだった。代わりに経緯を話したのは莉華だった。

莉華の口から出てきた話は関係のない吉男ですら興味を掻き立てられた。生活保護を受けているという愛美が、以前この店での勤務中に、客として訪れた担当のケースワーカーと鉢合わせになってしまったというのだ。そしてそれをネタに強請られている——。

これが佐々木だったらおもしろかったのだが、そこは残念ながら高野という吉男の知らないケースワーカーだった。

「ねえ。悪い奴でしょう。龍ちゃん、ぶっ飛ばしてやってよ」

莉華が拳《こぶし》を手の平に打ちつけて言った。

終始、口元に手を当て、真剣なまなざしで話を聞いていた金本だったが、突然「ひひひ」と、つい漏れてしまったという感じで笑い出した。

「たしかにそりゃほっとけねえな。そういうひでえ奴には、罰を与えねえとな」

「でしょう」

「愛美ちゃん、この件は必ずおれが解決するから安心していい。とりあえず、そろそろ客も増えてくるから二人はこのまま勤務してくれるかい」

「子供が一人で待ってるので無理です」愛美がにべもなく断る。

「ハーッ」莉華がまたかなきり声を上げた。「そんなのどうにでもなるじゃん」

「莉華。いい」金本が制する。「愛美ちゃん。子供はいくつ？」

「四歳です」

「そりゃ帰ってやらなきゃいけねえな」

「あたしだってもっと小さい子いるんだけど」莉華が口を尖らせて抗議した。

「おめえは母親に面倒みさせてるだろ。——愛美ちゃん、早く帰ってあげな。この件は明日またしっかりと話しよう。とりあえず今日はこれで帰って」

金本が内ポケットから財布を取り出し、中から手の切れそうな一万円札を抜き取り、愛美に差し出した。愛美はそれを遠慮することなく受け取った。

「なんかムカつく」莉華は頬を膨らませている。「龍ちゃん、愛美にだけ優しい」

「バカ野郎。おまえは身内だろうが。おれに身内にまで気ィ遣えってのか」

その言葉を引き出して満足したのか、莉華が顔を綻《ほころ》ばせた。

ほどなくして莉華と愛美が部屋を出ていった。ドアが閉まると同時に、部屋に金本の高笑いがこだました。

「おい、山田。テメェ関係ねえのになんでずっとここにいんだ」

金本がようやくもっともなことを言う。けれど、顔は上機嫌で笑っている。

「聞いたか」頭をはたかれた。「悪い公僕がいるもんだなおい」蹴《け》りも食らった。

「そうですね」防御しながら相槌を打つ。「莉華って子、金本さんの女ですか」

「うん？　ありゃ顔が広いからな。重宝すんだよ。同じ界隈《かいわい》の頭の悪《わ》りぃ女をすぐ引っ張ってきてくれんだ。この店にも十人以上連れてきてくれたんじゃねえかな」

「なるほど」

「んなことより――」金本が舌舐《したな》めずりをした。「おまえなら今の話を聞いてどうする」

「強請りますね。その高野って男を」

「ほう。おまえも伊達《だて》に歳喰《く》ってねえな」

吉男は苦笑して頭を下げた。吉男は四十二歳。金本は見た目はいかついがおそらくまだ三十手前だろう。

「で、どんな絵を描く」

「は？」

「どうやって強請るかって聞いてんだ」

「えーっと、シンプルに黙っててほしければ金をよこせって迫りますね。あっちはバレたら間違いなくクビでしょうから」

「わかってねえな」金本が愉快そうにかぶりを振る。「まあ所詮《しょせん》はそんなもんだよな」

「他にどうやって？」望んでいるようなので訊《たず》ねてみた。

「いいか。個人を標的にしてもたかが知れてるわけだ。どんだけえげつねえ追い込みかけてもでかい金が取れるわけがねえ。ただ、こいつの職業はなんだ。ケースワーカーだろう。ならおめえ、そこいらの路上で寝泊まりしてるルンペンかき集めて社会福祉事務所に突入するしかねえだろう」

「はあ」吉男が曖昧に頷く。

「よくわかってねえなおめえ」金本の口元は緩みっぱなしだ。「いいか、ルンペンなんてのはなあ、実はもっとも生活保護を受けられる人材なんだよ。金ねえ、身内いねえ、当然家もねえ。完璧《かんぺき》だ。けど、こいつらの申請を通すのはそう簡単じゃねえわけだ。なんでかわかるか？」

「さあ」

「国が国民とみなしてねえからだ」

「はあ」

「生活保護ってのは国から国民に対して出すもんだろう。相手が国民じゃなきゃ金なんて出す道理がねえな。けどな、心優しいケースワーカーさんに窓口に立ってもらえば、右から左で通してもらえるはずだ。で、あとはこのルンペンどもをおれが囲えばいい」

「というと？」

「そらおめえ、宿面倒見てやって、飯も用意してやんだ。やつらにとっちゃこんな幸せなことはねえだろう」

「はあ」

「八畳アパートに二段ベッドを二つ入れれば四人は住めるわな。飯も一人頭月一万で事足りる。となるとだ――」金本が宙を覗き込むように見上げた。「どんだけ安く見積もっても一人頭月七万は上がるな。これを十人抱えて見ろ。これだけで月に七十万の上がりになる。二十人なら百四十万だ。それも不労所得だぞ。さらには、死なねえ限りはこれが永遠に続く」

「いいですね」

「ルンペン集めは兵隊どもにやらせるとして、家は山根《やまね》んところの不動産に頼めばすぐに用意できるだろう。口座開設は、ひと手間かかるがまあこれもどうとでもなる。あとはなんだ――肝心なところはおれが自ら出張るしかねえだろうな。ああ、そうだ。石郷のヤブも巻き込まねえと」金本がぶつぶつと独り言を唱えている。

「ところで、金本さん」恐るおそる吉男が声を掛けた。

「あん？」

「今月の――」

「ああ待て。おれが先だ。この件、おまえも手伝え」

「えっ」

「人手がいるんだ。上手くいけば報酬も考えてやる」

どうせまたはした金だろう。もちろん口には出さない。

「早速だが、おまえは今日中に秋葉原《あきはばら》にでも行って、超小型のビデオカメラを買ってこい」

「ビデオカメラ？　こういう」

吉男がハンディタイプのビデオカメラを手で表現した。

「ちがう。盗撮に使うような豆粒みたいなやつだ」

「盗撮？　そんなものふつうに売ってるんですかね」

「ああ。日本は盗撮大国だ。いくらでも手に入る。よくわからなければ店員に訊け」

盗撮したいので、とでも言えというのか。意地でも自分で探し出そうと思った。吉男にもそれくらいの羞恥心《しゅうち》はある。

「で、なんだ」

「ああ、はい。今週のバイアグラですが、少々多めにもらわないと回らないかもしれません」

「そんなに予約入ってないだろう」

「ご存じでしょうけど、ここ最近は飛び込みも多いんですよ」

金本が吉男の目を刺すようにじっと見据える。「わかった、一両日中に用意しておく。それと今月から新規が二人入ったからな。連絡先はあとで知らせる」

「かしこまりました」

もともと吉男の役割は、あらかじめ金本が顧客から予約を受けた量のＭＤＭＡ（バイアグラ）を指定の日時、場所に送り届けるだけの運び屋だった。しかし、ここ最近は顧客から突発的な、つまり今すぐ欲しいといった依頼も増えていた。そうなると忙しい金本を介してからでは、対応がどうしたって後手に回る。そこで金本は吉男に、少量だが余分にMDMAを持たせ、急な客の要望にも応《こた》えるようにしていた。

ただ、金本はこれをあまり快く思っておらず、顧客には遅くとも三日前には予約をしてもらうよう呼びかけているらしい。扱っている商品の特性を考えれば、完全予約システムはそぐわない気がするが、そんなことを吉男が進言する道理がない。

それに頭のいい金本のことだ。そんなことは百も承知で、それでもリスクを冒したくないのだろう。リスクとは、突発的な依頼はトラブルの元であることと、余分に吉男にMDMAを持たせることだ。そんなもの持って逃げるはずがないのに、というのは吉男の言い分で、疑い深い金本は他人のことをけっして信用しない。

「ようやくツキが回ってきたぞ。絶対にモノにする。これでこの街ともお別れだ」

金本が妙な独白をした。吉男が視界の端で金本を見る。その眼は標的をとらえた肉食動物のように鈍く獰猛《どうもう》な光を宿していた。

5

涙が一つ、頬を伝って左手の甲に落ち、古川佳澄《ふるかわかすみ》は我に返った。

右耳に当てていた携帯電話をしまい、慌ててカバンからハンカチを取り出す。

「お母さん、どうして泣いてるの」

隣に座る息子の勇太《ゆうた》が顔を覗き込んで訊いてきた。

「ううん。泣いてないよ」

否定したが、涙声なのでごまかせないだろう。だいいち次々と押し寄せる涙の波を佳澄は止められずにいる。

不採用――。先ほど携帯電話が震えた。先日面接をした会社からだったが、ここが病院の待合室なのであとで折り返そうと応答せずにいたら留守番電話にメッセージが入ったのだ。

食品工場のライン作業の仕事だった。これなら採用してもらえるのではないかと期待していたので落胆の気持ちは大きかった。いったいどこであれば自分を雇い入れてくれるのだろう。

勇太がずっと腕を摩《さす》ってくれている。それがまた佳澄を情けない気持ちにさせる。

ただ考えてみれば誰だって自分のような人間を雇いたくないだろうなと思う。コミュニケーション能力が低く、人間関係を築くのが苦手で、引っ込み思案。これが佳澄の自己評価だ。ここ最近はそれに拍車がかかり人の目すらまともに見ることができない。理由はきっとこの頭のせいだ。

佳澄は帽子のツバを下げて、視野を狭めた。

先週、鏡の前で髪を梳《と》かしていたら一瞬、すき間から地肌がのぞいたのでぞっとしてよくよく確認すると、足の親指の爪ほどのハゲが三つもできていた。円形脱毛症。もちろんその名は知っていたが、まさか自分の身に降りかかろうとは思いもしなかった。

それからは帽子が手放せなくなった。家以外では常に帽子をかぶっている。ただ、さすがに面談の場で帽子をかぶっているわけにもいかず、できるだけ目立たぬよう髪を一つに結って臨んだのだが、面接官の視線が度々上がるのを見て、佳澄はその場から逃げ出したくなった。

自然治癒は期待できないので、意を決し、病院を訪れたのが今日だった。

「お母さん、ぼく、何か悪いことした？」

勇太が不安をにじませた目を向けてきた。

「ううん」佳澄がかぶりを振る。「悪いのはお母さん」

言ったあと、本当にそうだと思った。母親がだらしないせいで勇太につらい思いをさせているのだ。一学期の給食費は一度も払えていなかった。性格の悪い担任はわざわざそのことを三年生の勇太に「お母さんにちゃんとぼくの給食費を払ってとお願いして」と伝えたのだった。あんまりだと思った。勇太は同学年の子に比べて背丈が低く、やせ細っていた。そのせいでいつも低学年に見間違われる。きっと食べものが粗末なせいだ。

それも自分のせいだ。

「どうしてお母さんが悪いの？　お母さんは優しくて、いい人だよ」

いけない。周囲に人がたくさんいるのに嗚咽《おえつ》が漏れそうだった。佳澄はお腹に力を込めて涙をせき止めた。ハンカチで目を強くこすって顔を上げた。

そのとき、数メートル離れた先のベンチシートに座っている中年の男とふいに目が合った。訝しげに佳澄を見ている。佳澄は反射的に頭を下げて、すぐに視線をそらした。

診察は三分で終わった。やる気のなさそうな医師は「ああ、円形脱毛症ね」と表情を変えずに言い、「薬出しておくから飲んで。ストレス溜《た》めないようにね」と佳澄に退出を促した。それだけだったのに診察料は千二百円も取られ、やたら大量に処方された薬は二千円もかかった。佳澄にとって痛すぎる出費だった。今週の食費はどこからひねり出せばいいのだろうか。

病院をあとにし、勇太と並んで炎天下の街道を歩いた。片側は田畑が一面に広がっており、もう片側は似たような背の低いアパートがぽつぽつと点在している。自宅まではここから徒歩で三十分ほどかかる。バスは利用できない。運賃がもったいない。

とはいえ、心が折れそうだった。降り注ぐ陽射しは強烈で、前方は陽炎《かげろう》が揺らいでいた。うしろから来たバスが土煙を巻き上げて佳澄の横を通り過ぎていく。

佳澄は目を細めた。いっそこのまま焼かれてしまいたいと思った。この灼熱《しゃくねつ》の炎に焼かれて跡形もなく消えてしまいたい。勇太がいなければ、とっくに自分は生きることをやめているだろう。佳澄が横を見る。小学校の赤白帽子をかぶった勇太が器用に小石を蹴り進めながら歩いている。その横顔はたしかに父親の面影があった。

勇太の父親で、佳澄の夫だった勇一郎《ゆういちろう》は、四年前、勇太が小学校に上がる前に交通事故で死んだ。トラックの運転手だった勇一郎は深夜の山道を走っていた際にガードレールを突き破り、崖《がけ》から落ちたのだ。居眠り運転だった。夫の入っていた保険会社から三百万の金がおりたが四年の生活で溶かしてしまった。もちろんその間佳澄も働いてきたが、主婦のパート代などたかが知れていた。そして今はそのパートさえ失っている。

一つ年上の勇一郎と出会ったのは十年前、佳澄が二十二歳のときだ。互いに両親が他界していて、兄弟もいない独り身同士、導かれるように一緒になった。佳澄のお腹に勇太を宿したことをきっかけに籍を入れ、共に暮らすようになった。勇一郎は佳澄とは真逆の性格の持ち主だった。いつもくだらない冗談を口にしては、佳澄と勇太の反応を楽しんでいた。そんな夫を佳澄は愛していた。家族三人、幸せだった。

佳澄は天を仰いだ。抜けるような青空がどこまでも続いていた。

がんばらなくちゃいけない。へこたれちゃいけない。口の中で言った。じゃないと空にいる夫に顔向けできない。

その三日後、この窮状にさらなる追い討ちがかかった。ガスが止まったのだ。お湯が出ない。火をおこせない。ひと月滞納していたが、もうしばらく猶予があると踏んでいたのに誤算だった。となれば次は電気と水道が危うい。どちらもガス同様、料金を納めていない。

「夏だから水の方がいい」

シャワーを浴びた勇太は泣かせる台詞《せりふ》を口にしてくれたが、すぐになんとかしなくてはならない。どこかで金を作らねばならない。

消費者金融にはもう頼れない。春先、人生で初めて金を借りたが一円も返済できていなかった。次の仕事が決まらないからだ。いったい利息はどれほど増えているのだろう。無意識に財布を開いていた。四千二百六十三円。これが本当に全財産だった。そしてこの先金が入ってくる予定はない。今の日本に我が家ほど貧乏な家庭が存在するだろうか。

夕方過ぎ、佳澄はタイムセールを狙って、スーパーに向かった。お惣菜《そうざい》などが三分の一の値段になるのである。ガス代のことはあるが、まずは今日の食事を考えなくてはならない。空腹など自分はいくらでも我慢するが、勇太はそういうわけにはいかない。店内に入り、惣菜コーナーに立ち寄ってビニールパックを手に取りカゴに入れた。野菜コロッケが二つ入って四十円だ。

そのあと店内をぐるりと一周したが、カゴの中は増えなかった。値下げされた食品はいくらでもあるのだが、現状の財布と相談すると伸ばした手が引っ込んだ。

佳澄は悩んだ挙句、勇太の好きなレトルトカレーを買うことに決めた。こんな日だからこそ好きなものを食べさせてあげたい。自分はコロッケをおかずに白米をかきこめばいい。

勇太の好きなレトルトカレーを発見し、佳澄が手を伸ばす。ただし指を引っ掛けたところで摑み損ね、商品がぽとりと落ちてきた。そしてなんの悪戯《いたずら》か、佳澄がカゴと共に手に提げていたトートバッグにすっぽり入った。このトートバッグは有料ポリ袋を利用しないで済むようエコバッグの代わりとして買い物にいつも持ってくるものだった。

この偶発的な出来事に佳澄は苦笑した。カゴに移そうとトートバッグの中に手を突っ込む。商品に手が触れた瞬間、どうしてだろう、動きが止まった。

辺りを見渡す。周囲には店員はおろか、客もいなかった。

何を考えているの、わたしは——。佳澄が小さくかぶりを振る。こんなこと、したらいけない。

そう思ったはずなのに、その直後の自分の行動に佳澄は驚いた。棚に並んだレトルトカレーをいくつか手に取り素早くトートバッグの中に落としたのだ。そしてカゴの中にあるコロッケも取り出し、レトルトカレー同様、トートバッグの中に隠した。

気がついたら、出入り口に足が向かっていた。

そのまま店を出た。そこからは早歩きになった。ついには走った。無我夢中で手足を繰り出す。身体中から汗が噴き出していた。

しばらくして、わき腹に鈍い痛みを覚え、佳澄は立ち止まった。膝《ひざ》に手を当て、必死に酸素を体内に取り入れる。

呼吸が整ってくると、圧倒的な自己嫌悪に襲われた。いったい、わたしは何をやったのか。なんてことをしたのか。佳澄は数分前の自分の行動が信じられなかった。

戻ろう。カレーとコロッケをちゃんとレジに通そう。踵《きびす》を返したが、数歩で足が止まった。

目を閉じた。数秒そのままでいて、また身を翻した。

あっけなく、今回に限り神様に許してもらおうと翻意した。あのスーパーに無人のセルフレジがあったことに思い至ったからだ。

半年前まで佳澄も別のスーパーでレジ打ちの仕事をしていた。だけれど、そこにセルフレジが導入されると人員過多となったパートは三分の二に減らされることとなった。「古川さんには覇気がない」と散々社員に怒られていたので、当然佳澄は三分の一の方に分類された。

別に恨んでいるわけじゃないけれど、それとこれとは関係がないけれど、でも、一回。一回だけ。

佳澄は再び歩き出し、夜道を急いだ。

辻《つじ》を曲がり、横断歩道のある交差点に差し掛かった。青だったのに、通せん坊をするように佳澄の目の前で赤に変わった。そして、立ち止まったと同時だった。「ミソコナッタヨ」耳元でささやかれた。鳥肌が立った。その声は、夫の勇一郎だったのだ。

佳澄が辺りを見渡す。誰もいる気配はない。幻聴か。いや、それにしてはあまりに鮮明で、温度のある声だった。

生唾《なまつば》を飲んだ。死者の声がたしかに聞こえた。夫ははっきりと、見損なった、と言った。

心が腹の奥底まで沈み込んだ。夫は見ていた。ちゃんと見ていた。

ミソコナッタヨ……ミソコナッタヨ……ミソコナッタヨ……。

やまびこのように耳元で夫のささやきがループされている。そのたびに佳澄の生気が奪われていく。

ちょっとでも小突かれたら倒れ込んでしまいそうだった。そうなったら二度と起き上がる自信はない。

勇一郎を失望させただろうか。間違いなくさせただろう。自分にも失望した。こんな女だから勇一郎は自分のもとを去ったのではないか。そんな考えすら浮かんでくる。

すべてから見放された気がした。未来がはっきりと遮断された気がした。佳澄の中の失望は絶望へと色を変えていく。

この先、いったい自分はどうやって生きていけばいいのだろう。勇太をどう育てていけばいいのだろう。どうやって、どうやって、どうやって——。

そのとき、佳澄は頭の内側でぷつりと糸が切れたような感覚を覚えた。なんの糸かはわからない。佳澄の中にある何かしらの糸だ。そしてそれをきっかけに濃霧がなだれ込んできた。頭の中が真っ白になった。

足が動いた。勝手に歩み出していた。

直後、遠くで車の甲高いブレーキ音が鳴り響き、佳澄は足を止めた。横から強烈な光線を浴びる。
　佳澄は虚《うつ》ろな目を光の先に向けた。手を伸ばせば触れられるところに車が停まってい
た。光線の正体はこの車のヘッドライトだった。薄暗い車内にいる運転手と目が合った。
運転手の男は目を見開き、肩で息をしている。
　佳澄は状況を理解した。今しがたのブレーキ音は遠くではなく、どうやらここで上が
ったらしい。佳澄の立っている場所は横断歩道の真ん中だった。もしかしたら歩行者信
号機は赤のままなのかもしれない。
　ただ、どうでもよかった。佳澄はまた、ふらりと歩き出した。

6

　国道14号線の三ツ叉《また》交差点を左折し京葉《けいよう》道路の入り口に差し掛かったところでまた信
号に捕まった。ハンドルを握る金本龍也が舌打ちをする。今日は信号との相性が悪く、
何度も足止めを食っている。
　昔からやたら信号機というものが嫌いだった。赤信号で足止めを食うと貴重な人生を
無駄にしている気分になる。大袈裟《おおげさ》ではなく龍也は本当にそう感じている。
　時刻を確認する。十七時を過ぎていたがまだまだ日は高い。龍也は上部の収納ケース
からレイバンのサングラスを取り出した。

ようやく信号が青に切り替わる。しばらく走って首都高に乗った。空《す》いていたので周りの車と足並みをそろえて左車線を走る。いいペースだった。このまま行けば待ち合わせの神楽坂《かぐらざか》には予定通り到着するだろう。

荒川《あらかわ》の上を通る橋に差し掛かったとき、右車線の後方から駆け上がってくるブルーのインプレッサがミラーに映った。猛スピードで迫ってくる。あっという間に龍也の車を追い越していった。インプレッサはレースのように車線変更を繰り返し、前を走る車を次々追い抜き、すぐに視界から消えた。

こちらはランボルギーニのウラカンなので、勝負したら間違いなく勝てるがそんな気は起きない。走り屋連中のように車を飛ばして疾走したいという欲求は龍也にはなかった。龍也は、ただ、止まることが何よりも嫌なのだ。

これは日常においてもそうだった。ましてやビジネスに関していえば、計画通りに物事がゆかず、進行が停滞すると抑えようのない激情に駆られる。自分でもなぜこうなのかと不思議に思うほど、一気に頭に血がのぼる。そうなったらもうコントロールが利かない。ふだん冷静な自分は姿を隠し、後先考えず愚かな行動を取ってしまう。そのせいで今まで何度も失敗を繰り返してきた。

胸の内ポケットにあるスマートフォンが鳴る。取り出して確認すると山田だった。ふだんこの男からの電話は滅多に出ないが、進捗《しんちょく》が気になる案件を任せているので龍也は応答することにした。イヤフォンをスマートフォンに接続し耳に装着する。

〈おつかれさまです。今よろしいでしょうか〉

山田のダミ声がイヤフォンを通じて耳に入ってきた。

「ああ。手短に話せ」

〈先ほど愛美からメールがありました。これから高野が家に来るそうです〉

「よし」龍也は反射的にハンドルを叩《たた》いた。「しっかりカメラは仕込んであるんだろうな。画角なんかも平気か」

〈はい。シミュレーションもしましたから大丈夫だと思います〉

「そうか。ついに来たか。愛美に正念場だから抜かりなくやれと念押ししとけ」

龍也はそう告げて一方的に通話を切った。「よしよしよしよし」独り言をいい、龍也はアクセルを踏み込み、速度を少し上げた。

三日前、棚からぼた餅《もち》が降ってきた。莉華の連れてきた愛美という小娘の相談事は金になる話だった。即座に頭の中で計画を立てた。これがうまくいけば、あの船岡なんてしけた街から離れられるかもしれない。東京《とうきょう》に、新宿《しんじゅく》に、戻れるかもしれない。

莉華を手元に置いといてよかった。やはりあの女は使える。頭は弱いが、たまにこうして幸運を運んできてくれる。一方、山田もだらしない男だが、ことビジネスにおいては従順に、正確に物事を遂行する。指示されたこと以外できないが、そういう人間も世の中には必要だ。

龍也は人を見分ける能力には自信があった。匂いでわかるのだ。自分にとって利用価値のある人間か、そうでないのかを。

北池袋《きたいけぶくろ》方面に右折し、左手に見える日本武道館を通り過ぎた。そこから数分走り、早稲田《わせだ》出口で高速を降りる。弁天町《べんてんちょう》の交差点を左折して、道路沿いのコインパーキングに車を停めた。エンジンを切り、ドアを開けるとすぐに熱気に包まれた。この暑さはなんなのか。夏は暑いのが当たり前だが、今年の夏はちょっと異常だ。

少し歩いて待ち合わせ場所の喫茶店に入った。目を落として腕時計を見る。あと十分で待ち合わせの十八時になる。計算通りに到着したことに満足した。

まだ来てないだろうと思っていたが、すでに犬飼《いぬかい》は一番奥の席に腰掛けていた。龍也はサングラスを外し、足早に歩み寄る。

「遅くなりましてすみません。こちらからお呼び出ししておいて」

龍也が腰を折って言った。

「おれが早く着き過ぎちまったんだ。気にするな」

犬飼が相好を崩して龍也を迎え入れる。

「なんか頼め」

龍也は店員に注文を告げてから、椅子を引いて着席し、向かい合ったところで改めて口を開いた。

「お忙しいところ自分のためにお時間作っていただき、感謝いたします。親父」

犬飼泰斗《たいと》。五十九歳。日吉《ひよし》会の幹部であり、新宿に事務所を構える八代《やしろ》組の三代目組長。そして龍也の元親である。

とはいえ、犬飼は外見はふつうのビジネスマンのようである。中肉中背で穏やかな顔つきをしており、頭髪はきっちり七三に分けられている。どこかおかたい企業の重役といった風体なのだ。

注文したアイスコーヒーが運ばれ、互いにそれを一口啜《すす》ったところで犬飼から切り出した。

「で、相談ってのはなんだ」

「はい。やはり自分に船岡は合いません。どうしても新宿に戻りたいんです」

龍也は身を乗り出して単刀直入に訴えた。

犬飼が腕を組む。口を少しすぼめ、眉間《みけん》に皺《しわ》を寄せている。

「金本。おまえの希望はじゅうぶんわかってる。ただな、以前も言ったが――」

「三年経ちました」

龍也は遮って言った。

三年前まで龍也は八代組の若中《わかちゅう》だった。十八でこの世界に入ったので青年期の八年間を八代組で生きてきたことになる。新宿で生きてきたのだ。

それが三年前のある日、龍也は退《の》っ引きならない事件を起こし、森野組へと飛ばされることになった。

もともとビジネスの才覚に長《た》けていたのか、龍也は行儀見習いの期間を終えるとすぐに頭角を現した。組の既存の仕事をこなすだけでなく、己の腕一つで次々と新しいビジネスルートを開拓していったのだ。素人を相手にしたようなちんけな小遣い稼ぎではなく、企業相手の桁《けた》のひとつちがうビジネスをひとりで回すようにもなった。そして二十代半ばにして組で三本指に入る稼ぎ頭となったのである。同年代では、組内はもちろんよそにもそんな人間はいなかった。

その頃が龍也の人生で一番楽しかった時期だ。自分は腕っ節も強いし、頭も切れる。周りの人間が単細胞に思えて仕方なかった。そんな龍也がゆいいつ対等に話ができたのが、兄貴分であり、組の総本部長を務めていた戸丸《とまる》という男だった。戸丸は龍也を可愛がり、龍也もまた戸丸を慕っていた。

しかし時が経つにつれ、戸丸の態度に変化があった。何かと龍也のやることにいちゃもんをつけてくるようになったのだ。理由は判然としていた。龍也があまりに力をつけ過ぎたのだ。龍也の稼ぎはとうに戸丸を超えていたのである。

そんな中、龍也の中でどうしても許せない出来事が起きた。龍也が手掛けていたビジネスを戸丸が横取りしたのだ。いくら兄貴分とはいえ、これぱかりは納得がいかなかった。龍也は率直に戸丸に不服を訴えた。ところが戸丸は居直り、それどころか龍也の態度を批難してきた。龍也の中で何かが弾《はじ》けた。気がついたら戸丸を素手で殴っていた。殴り続けていた。戸丸は何度も命乞いをしてきたが、怒りに支配された龍也の耳には届かなかった。戸丸は原形をとどめない顔で、死んだ。

この取り返しのつかない事件は瞬く間に業界に広がった。八代組を飛び越え、日吉会の上層部の人間までもが看過できない重大な不祥事として、龍也の処遇に口を出してきた。庇《かば》ってくれたのは組長であり、親であった犬飼だった。犬飼は、龍也の肩を持ち、道義を先に違《たが》えたのは戸丸の方であり、龍也を絶縁するつもりはないと声明を出してくれたのだ。

しかし、立場上、兄を殺した不届者をそのまま八代組に、新宿に置いておくわけにいかず、犬飼は龍也を、傘下である森野組に預からせることにした。屈辱だったが従うほかなかった。とはいえ盃《さかずき》は受けていない。組の移籍などこの業界では基本行われないのだ。だから形式上、龍也は森野組の正式な構成員ではない。

森野組での日々は龍也にとってあまりに刺激がないものだった。森野組は典型的な田舎ヤクザで構成員のほとんどがそこいらのヤンキーと大差なかった。それに船岡という街も気に入らなかった。こんな田舎町でいったいどんな夢を、野望を抱けばいいというのか。

数ヶ月後、龍也はどうにか新宿に、八代組に戻してもらえるよう犬飼に願い出た。すると犬飼は言った。「三年。せめて三年は我慢しろ。勤めだと思って耐えるんだ」

そして、約束の三年は経った——。

「ああ、わかってる。しかし、申し訳ないがそう簡単に右から左へとはやれない。組には戸丸を慕っていた人間だってたくさんいる。奴らの気持ちはどうなる。おまえはそれだけのことをしたんだ」

犬飼が龍也の目を見据えて言った。

「一千万」龍也は言った。「八代組に納めます」

犬飼の片眉《かたまゆ》がぴくりと持ち上がった。

この男は金で動く。龍也は確信していた。結局のところ龍也を絶縁しなかったのは、仁義どうこうでなく、金を運んでくる龍也を捨てるのは惜しいと思っただけなのだ。とっておけばいつかまた自分に福をもたらすかもしれない。その思考回路はよく理解できた。犬飼は自分と似ているのだ。

「しかし、後藤《ごとう》にも説明がいる。おれが直《じか》に頭を下げておまえの面倒を見てもらうよう後藤に頼んだんだ。そろそろ返してもらえないか、これじゃあいつだって気分が良くないだろう」

後藤とは森野組の組長である。

「もちろん森野組にも誠意を見せるつもりです」

「いくらだ」

「百万」

犬飼が目を細める。

「規模がちがうとはいえ、うちが一千万で、森野組が百万じゃバランスが取れないだろう」

「新たなシノギを見つけたんで、それも置き土産として差し出します。うまくやれば毎月黙ってても金が転がり込んできます」

「どんなだ、その新たなってのは」

犬飼が目を光らせて訊《き》いてきた。

「生活保護絡みです。役所のケースワーカーと仲良くなれそうなんで、うまく使って受給者を増やします。いったん道を拓《ひら》いてから引き継ぎます。安定した金になりますよ、これは」

「ほう。いいのか、打ち出の小槌《こづち》を手放して」

「ええ。所詮《しょせん》、船岡の中のことですから」

龍也が言うと、犬飼は肩を揺すった。「おまえは本当にあの街が嫌いなんだな。わかった。すぐにこの場で返事はできないが、しっかり考えておく」

そのあとは犬飼の話の聞き役に回った。ここ数年の新宿の情勢だったり、業界の不景気についてだったり、愚痴みたいな話ばかりだった。相槌を打ちながら犬飼ももうだめだなと龍也は悟った。終わった人間の匂いが漂っているのだ。自分はちがう。たしかな先見の明がある。何がなんでも新宿に戻らなくてはならない。今を逃したら自分もこのまま終わってしまう。

帰りはヘッドライトを点《つ》けて走行した。十九時を過ぎてようやく空が薄暗くなってきたからだ。

都内から千葉に入り、高速を降りたところでスマートフォンが鳴った。山田かと思ったが、ミザンスの従業員だった。用件は、十人の団体客の予約が入ったが相手をする嬢が足りないという相談だった。

「休みの女どもに片っ端から電話するしかねえな。出勤した人間は全員時給を千円上げていい」

〈かしこまりました〉

「ちょっと待て。電話は莉華にやらせろ。おまえらよりも捕獲率が高い」

〈かしこまりました〉

「おれは今日は店に顔を出せない。うまく回せよ。客につまらない思いをさせるな。おまえがしっかり全体をコントロールするんだ。頼んだぞ」

通話を切り、吐息を漏らす。対向車のライトに目を細めた。

ここ最近のミザンスの売上は横ばいだった。赤字は一度もないが支出を抑えてなんとかやりくりしているのが現状だ。とはいえ、それでも自分だから店を潰《つぶ》さずに済んでいると龍也は考えている。ミザンスは繁華街の中にあるが、立地条件と間取りが良くない。だからこそ知恵がいる。客離れしないよう工夫を凝らし、毎週キャンペーンやイベントを開催して新たな客を呼び込んでいる。こういったアイディアを考えるのが龍也は嫌いではなかった。きっと性に合っているのだろう。

ちなみに先月、別の場所にコスプレキャバクラという一風変わった店もオープンした。そこでは金次第で嬢を撮影できるオプションもある。元々メイド喫茶だった場所をほぼ居抜きの形で使っているので開店コストもさほどかかっていない。

実際、ミザンスもかつては大衆向けの居酒屋だった。それを龍也が風俗営業許可の申請をしてセクキャバに変えた。キャバクラでも、ソープでもなく、セクキャバ。そしてその闇で売春斡旋《あっせん》をする。紹介手数料は店の売上とは別にしているので、組に上納はしていない。きっと知っているのだろうが黙認されている状態なのだ。

ただ、龍也個人の一番の収入源はMDMAという名の違法ドラッグの売買ビジネスだ。これも一工夫凝らし、バイアグラとそっくりな外形のものを仕入れている。双方はもともと似た形をしているのだが、さらにここに加工を施したのだ。

バイアグラの売上は年々上昇し、いまや一般化された。だが、バイアグラには限界がある。身体が慣れてしまうのだ。そうなればさらなる刺激を欲するのが人間の性《さが》だ。見た目が同じなら手を出す抵抗が減る。

当然、これも組は知っているのだろうが、売春同様見て見ぬ振りだ。龍也が正式な組員ではないこともあるのだろうが、結局のところ龍也が持ち運んでくる金が途絶えるのを恐れているのだから情けない話である。ちなみにほかの森野組の構成員は何をシノギにしているのかというと、メインはテキ屋だ。龍也には死んでも考えられない。

しかし、これらのビジネスはもうすぐ手放すことになる。いや、手放さなくてはならない。

龍也は我慢ならなかった。少しずつ船岡の街に染まっていく自分が。この街でせこせこと稼ぎ、悪くない気分を覚え、眠りにつく。そんな日々を受け入れている自分に気がついたとき、龍也は愕然《がくぜん》とした。経済ヤクザを自負していた自分が、いつのまにか田舎町の水商売に収まっている。そして、認めたくはないが、そこに少なからずやりがいを見出している。

ということは自分もいつも馬鹿にしている連中と大差ないのではないか。金本龍也の正体は、ちっぽけな男なのではないか。

このままでいいのか。龍也は自分の心に問いただした。いいわけがない。しかしいくら気持ちを奮い立たせようとも、船岡にいたら抜け出せない。環境を変えるしか手がないのだ。

おれは再び新宿に立つ。そしていつか頂点に立つ。絶対に。

県道に入り、船岡運動公園前を左折したとき、再びスマートフォンが鳴った。次こそは山田かと思ったら医師の石郷だった。面倒な相手なので無視することにした。龍也がスマートフォンを助手席に放る。石郷は一応ビジネスパートナーだが、この男からの電話は毎度ろくな用件じゃない。

先の信号が赤になり、アクセルから足を離しスピードを緩めた。辺りがだいぶ暗くなってきた。上空をぴか、ぴかと明滅する飛行機が星の間を抜けるようにして飛んでいた。

まだ車内には着信音が鳴り響いている。ようやく着信音が途切れたと思ったら、間を置かずしてまた鳴った。しつこい野郎だと思いながらスマートフォンに手を伸ばす。すると今度こそ山田だった。龍也はすばやくイヤフォンを右耳に差し込んだ。

「どうだ撮れたか」

開口一番訊いた。

〈ええ。先ほど連絡が——〉

「すぐに愛美の家に行け。映像を確認しろ」龍也が割り込んで言う。体温が急ピッチで上昇していた。

〈今、愛美の家からかけてるんですよ。映像は確認しました。ばっちりです〉

「なんだおまえ。気が利くようになったじゃねえか」自分にしては珍しく褒め言葉がこぼれた。「よし。愛美に代われ」

ごそごそと音がして、数秒後に〈もしもし〉と愛美が気だるそうに電話口に出た。

「愛美ちゃん、よくやった。ご苦労さん」

龍也が労《ねぎら》いの言葉をかけると、〈お金、いつもらえるんですか〉と愛美が言った。愛美には今回の仕事の報酬として五十万をやると約束していた。

「心配しなくていい。高野と話をつけたらすぐに支払うさ。また、山田に代わってもらえるかい」

〈はい代わりました〉再び山田が応答した。

「愛美から電話番号を聞いて高野を明日の昼にミザンスに呼び出せ。土曜だから仕事は休みだろう。あ、ただし今かけるんじゃねえぞ。一晩考える時間を与えちまうからな。明日の午前中に電話してすぐに来いと脅すんだ。いいな」

龍也は早口で指示を与えながらハンドルを回して交差点を左折した。

〈かしこまりました。そこで自分の仕事は終わりですか〉

「いいや。まだある。詳しいことはあとでメールを送る。この件はじっくりシミュレーションしたいんだ。それじゃあな」

通話を切ろうとすると〈あ、ちょっとお待ちを〉と慌てて山田が言った。

〈もしもし龍ちゃん。あたし〉

莉華の声だった。龍也は口の中で舌打ちをした。「おい、なんでおまえまでそこにいんだ」

〈いちゃ悪いの。このネタはあたしが持ってきたんだけど〉

「おまえ今日出勤だろう」

〈そうだよ。このあと行くもん〉

「それと、ボーイから本日休みの女どもを出勤させるよう頼まれたろう」

〈あ、さっき店から着信あったけどその件か〉

今度ははっきり舌打ちした。

〈あ、今舌打ちしたあ〉

「いいから早く電話かけまくって一人でも多く捕まえてくれ。団体の予約が入ったらしいんだ」

〈もう。いっつも人を顎《あご》で使って〉

「頼りにしてるからだろう。それと今日店が終わったらおれの家に来い」

〈ほんと？　行っていいの？　行く行く〉

莉華がはしゃいでいる。龍也はこっそりため息をついた。骨が折れるがケアを怠るわけにはいかない。

百メートルほど先の信号が赤から青に切り替わった。前方に車はない。龍也がアクセルをぐっと踏み込む。ウラカンが低く吠《ほ》え、スピードがぐんと上がった。

「じゃあよろし――」

突然、数十メートル先に女が現れた。即座にブレーキを踏み込む。耳をつんざく鋭い音が上がる。尻《しり》が浮き上がった。だめだ。ぶつかる。

……止まった。ぎりぎりのところで車は停車してくれた。

帽子をかぶった女が車の鼻先に立っている。そこは横断歩道のど真ん中だった。歩行者信号機は、赤だ。

〈龍ちゃん、どうしたの。もしもし、龍ちゃん？　もしもーし〉

肩で息をしながら龍也がフロントガラスの先を睨《にら》む。

女がゆったりと首をひねり、こちらを見た。

刹那《せつな》、龍也の身体に悪寒が駆け抜けた。女の目は虚《うつ》ろで、生気がまるで感じられなかった。

何事もなかったかのように、女が歩き出す。

龍也はごくりと唾《つば》を飲み込み、離れゆく背中を目で追った。

そのうしろ姿は、死神のようだった。

7

守の体調は快方に向かうことなく四日が過ぎた。

とはいえ、悪化しているわけでもない。喉《のど》の痛みは我慢できないということはなく、慢性的な気だるさも日常に支障をきたすものでもない。一定のラインに留《とど》まってくれているのがせめてもの救いだが、いつ悪化しないとも限らないので早めに病院に向かいたいところである。

ただしそれは、本日も叶《かな》いそうにない。今日は土曜日なので休日であることは間違いないが、守はスーツを着用し、社会福祉事務所職員の証明であるパスカードを首から下げていた。こうなると平日の感覚となんら変わりがない。

何より、隣に同僚の宮田有子がいる。

「ここで間違いない？」

宮田有子が眼前に立つ三階建てアパートを見上げて言った。横顔が陽に照らされ、その凹凸がよりはっきりと守の目に映った。今日もうだるような暑さだ。

「はい。ここです」守が頷《うなず》く。

「もう一度、確認。ケース林野愛美、二十二歳。四歳の娘がいるシングルマザー。担当しているのは高野さん。昨日、高野さんは予定にないこのアパートを訪れ、林野愛美の住む103号室に一時間近く滞在していた」

宮田有子が読むように言った。

「はい。そうです」

「よし」

高野が担当している若い女のケースを強請《ゆす》っている。このにわかに信じがたい話を打ち明けられた翌日から、守は高野の勤務中の行動を監視するよう宮田有子から命を受けた。

守が本来、予定していた訪問先は宮田有子が守の代理として対応した。もちろん上には報告しておらず、二人だけの秘密だ。

他人を尾行し、監視する作業は思いのほか退屈ではなかった。ちょっとした好奇心をくすぐられるのだ。それでも、二日で嫌になった。というより、精神がまいってしまった。背徳感と虚無感が芽生え、なぜ自分はこんなことをしているのかと自問し、煩悶《はんもん》してしまうのだ。とてもじゃないが自分は興信所では働けないと思った。

水曜日、木曜日の高野は至ってふつうの一日を過ごしていた。たまに仕事をサボっている時間もあったが、特筆するような動きは見せなかった。

もう勘弁してほしい。そう宮田有子に訴えようとした金曜日、高野が不審な行動を起こした。予定にないケースの家を唐突に訪問したのだ。そのケースが林野愛美だった。高野は家に入るなり、ベランダへ通ずる窓のカーテンを閉めた。それを守は外から見ていた。

宮田有子の行動は早かった。守が報告するなり、翌日に林野愛美の家を訪問すると言い出したのだ。当たり前のように、守も同行することを求められた。彼女曰《いわ》く、「二人で行くのが定石」とのこと。男の自分がいると不都合なのではないかという守の意見は聞き入れられなかった。

宮田有子が林野愛美の自宅のドアの前でインターフォンを押した。アポイントは取っていない。不意打ちで行くことに意味がある。これも宮田有子の弁だ。準備をさせないためと言っていた。

〈はい〉

インターフォンから気だるそうな女の声がした。きっと林野愛美だ。

「わたくし、船岡社会福祉事務所の職員をしております、宮田と申します。土曜日に突然押しかけて申し訳ございません。林野愛美さんと少しお話しをさせていただきたく参りました」

宮田有子が一オクターブ高い声を発してよどみなく言う。

〈……そんな予定はなかったと思うけど〉

「ええ。ですから、約束を取り付けず、わたくし共がこうして勝手に参った次第です。失礼は承知の上です。お忙しいところ恐縮ですが、少々お時間いただけませんか」

返答がなかった。突然の訪問に戸惑っているのだろう。きっと頭の中であれこれと考えを巡らせているのだ。

インターフォンが切れ、ほどなくして施錠が解除される音がした。ドアが開く。

出てきたのは季節に似つかわしくない、青白い肌をした、ぽっちゃりとした体型の女だった。きっとこの女が林野愛美だ。

「なんですか。このあと予定があるんで時間がないんですけど」

林野愛美が根元だけ黒々とした茶色の髪をかき上げて言った。

すぐに嘘だと守は思った。愛美はすっぴんで、今しがたまで寝ていたのがありありと見て取れた。

「突然の訪問申し訳ございません。時間は取らせません。少しだけ中に入れていただけませんか」

宮田有子が低頭姿勢で言うと、愛美は黒目を左右に微動させ、少しの間押し黙ってから、やがて「どうぞ」と口にした。

玄関には幼児用の靴があった。身上書によると愛美には美空という名の四歳の娘がいるのだ。

守と宮田有子が靴を脱いで框《かまち》に上がる。居間に向かう廊下に衣服が放ってあった。愛美がそれを跨《また》いで先に進むので、守と宮田有子もそれに倣った。

想像より居間が広々としているので驚いた。守の住むアパートよりもよっぽど広い。襖があるので隣の部屋はたぶん和室だろう。間取りは1LDKといったところか。

生活保護世帯がこの家か、と思ったが、きっと家賃は安いのだろう。ここに来るまでに最寄駅からバスで十分程かかったのだ。周囲は田畑に囲まれていて、コンビニも近くにはなさそうだ。

「そこどうぞ」愛美は二人掛けのソファを守たちに勧め、自身は床にペタッと座り込んだ。

「いえ、それならわたしたちも床で」

宮田有子が膝《ひざ》をつき、床に正座する。守も隣で同じ姿勢を取った。小さい丸テーブルを間に挟んで、両者が向かい合う。

「それでは改めて、わたし共こういう者でございます」

宮田有子が名刺を差し出す。守もそれに続いた。愛美は手に取ると一瞥《いちべつ》もしないですぐにそれをテーブルに置いた。

「本日はお子さまは？」宮田有子が辺りに目をやって口にした。

「隣の部屋で遊んでますけど」

「あら。大人しいんですね。物音もしないから」

「たぶん絵を描いてるんで」

「たしか四歳の女の子ですよね。可愛い盛りなんじゃないですか」

「あの、あんまり時間ないんですけど」

「失礼しました」宮田有子が小さく頭を下げ、居住まいを正す。「お時間がないとのことですので、単刀直入に申し上げます。うちの職員である高野洋司が林野さんに悪事を働いておりませんか」

宮田有子が前傾姿勢を取って切り込む。

家の前の通りを原付バイクが横切り、乾いた排気音が部屋の中に響いた。

「……悪事、ってなんのことですか」

愛美が首を小さく傾げた。

とぼけているのだとすぐにわかった。目が泳いでいるのだ。

「そうですか。では具体的に申し上げましょう。林野さんの担当のケースワーカーである高野が、生活保護を続ける見返りとして、いくらかのお金を自身に納めるよう要求しておりませんか。また——」宮田有子が小さくしわぶく。「林野さんに、肉体関係を強要しておりませんか」

「……言ってることがよくわからないんだけど」

「おかしいですね。こちらはたしかな証拠を摑《つか》んでいるのですが」

宮田有子が毅然《きぜん》とした口調で告げた。

たしかな証拠などないのによくそんなでまかせを口にできるものだ。

「林野さん。なぜあなたが高野を庇ってくださるのかわたしにはわかりませんが、仮に林野さんにうしろめたいことがあったとしても、わたしたちはあなたを責めるつもりはまったくありません。しかし、高野は別です。生活の弱みに付け込み、脅迫するなど同じケースワーカーとして絶対に見過ごせません。わたしは同じ女性としてあなたを救いたいんです。心を開いていただけませんか」

「そんなこと言われても、よくわからないから」

「まったく身に覚えがないと」

愛美が押し黙る。それは身に覚えありと言っているのと同じだった。守もここにきてようやく、今回の話が本当なのだと確信した。

「仮に、あなたの言ってることが事実だとして、あたしがそれを認めたらどうなるんですか」

「高野を処分するために、林野さんにちゃんとした手続きをもって告発してほしいんです」

「告発？」

「ええ。具体的にいうと警察に被害届を出していただきたいんですね」

「……」

「林野さん、お願いします」宮田有子が切実な目で訴えかける。

「一本、電話してきます」愛美が逃げるように立ち上がった。

「この件のご相談でしょうか」ちょっと待ったとばかりにすぐさま宮田有子が声を掛ける。

「ちがいます」

「それは急ぎの電話ですか」

「そうです。ダメなんですか」

「いえ、どうぞ」

愛美がスマートフォンを持って隣の部屋に移動する。襖を開けたとき、幼い女の子のうしろ姿がちらっと見えた。

「何か裏がある」宮田有子が前を見たままぼそっとつぶやいた。

「もしかしたら高野さんとの関係を認めたら生活保護を打ち切られると思ってるんじゃないですか。ほら、もともと水商売をしてるところを見つかったことが原因みたいですし」

守は横目で宮田有子を捉《とら》えて、同じように声を落として言った。

「それもあるかもしれないけど――」宮田有子は目を細め、虚空を見つめている。「他にも何かある」

「と言うと？」

「それはわからない」

何があるというのだろう。守にはさっぱりだ。

「ファミレスにいたという女友達に相談してるんですかね」

「どうだろう」

「まさか高野さんじゃないですよね」

それには宮田有子は応《こた》えなかった。

二分ほど経過した頃、襖が開き、再び愛美が姿を見せた。

「さっきの話、やっぱりよくわからないんで帰ってもらえますか」

愛美が突然そんなことを言い出した。

きっと今の電話で誰かしらと相談した結果、とりあえず追い返そうということになったのだ。

「佐々木くん。少しの間、林野さんと二人にしてもらえるかしら」

宮田有子が守に微笑みかける。

「あ、はい」やっぱりぼくは必要ないんじゃないか。守は心の中でクレームをつけた。

「困るんですけど。このあと予定があるんで」

「林野さん。少しでいいです。女同士、お話しさせてください」

「話はもう聞きました」

「まだお話しできていないこともあるんです。あなたにとって、とても大切なお話です」宮田有子が食い下がる。

愛美は返答をしなかったが、折れたのだろう、しぶしぶ対面に腰を下ろした。

「じゃあ、佐々木くん」

宮田有子から促され、守が腰を上げる。しかし、途中でぴたっと動きを止めた。「あのう、ぼくはどこへ行けば……」愛美と宮田有子、二人を交互に見た。

「林野さんのお子さんに遊んでもらったらいいんじゃないかしら」

宮田有子が目を見開いて言う。それくらい自分で考えろと顔に書いてあった。愛美は何も言わなかった。

「それでは」守が移動し、襖に手をかける。「失礼します」

そっと襖を開けた。先ほど見た通り、部屋の中央で娘の美空がクレヨンを手に絵を描いていた。よほど集中しているのか、知らない大人が入ってきたというのに一瞥もくれない。

「美空ちゃん、だよね。突然お邪魔しちゃってごめんね」

守は美空の隣に腰を下ろし、柔らかく声を掛けた。それでも美空は反応を示さない。顔を覗《のぞ》き込む。その瞬間、守ははっとなり、息を呑《の》んだ。美空の瞳《め》は何かにとり憑《つ》かれたように、怖いくらいに見開かれていた。ビー玉のような丸い黒目の淵《ふち》が、欠けることなく白目の中に描かれている。邪魔をしてはいけない。美空の瞳は、守にそう悟らせた。美空は自分だけの世界の中にいる。

　そのかわり、そっと絵を覗かせてもらった。一見して守は眉をひそめた。その絵は、一般的な幼児の描くものとはあまりに異なっていた。物体の対象はなく、ただ色が敷き詰められているだけだった。悪くいってしまえば気の向くままに色をぶつけ、適当にそれを重ねているだけのようにも映る。ただ、たいした美的感覚を持たない守でも、その絵が持つ名状しがたい不思議な力に心を奪われた。

　その場をそっと離れ、守は部屋の片隅に腰を下ろした。壁にもたれ、美空の横顔を静かに眺める。この子は、ふつうの子なのだろうか——。幼少期にこういった特殊な絵を描く子供は、自閉の気があると聞いたことがある。しかし、林野愛美の身上書には、美空が障がい持ちだという記載はなかった。

　壁伝いで、居間の方から宮田有子の話し声が漏れ聞こえている。ただし小声で何を言っているかまではわからない。いったいどんな話をしているのか。そして、自分はここに何をしに来たのか。結局のところ邪魔者扱いを受けているのだ。

　守はポケットからのど飴《あめ》を取り出し、音を立てぬようそっと口に放り込んだ。そのとき「もも、なくなっちゃった」と、突然美空がぽつりと言葉を発した。前傾姿勢だった上体を起こし、うつむいている。

「どうしたの？」守が声を掛ける。

美空が首をひねり、守を見る。「もも、なくなっちゃったの」

「もも？」

美空の膝元を見て、ああ、と守は合点した。

クレヨンの箱の中にピンクがなかったのだ。よく見れば、どのクレヨンも残りの寿命が短いものばかりだ。とはいえ、どうすることもできない。

美空は悲しそうな目で守を見つめている。

「ほかの色を使ってみたらどうかな。ほら、赤とかオレンジとか」

「だめ」美空がかぶりを振る。「ももじゃないとだめ」

「そっか。でも、今はお兄さんもクレヨン持ってないからな。どうしようかな」

美空が肩を落とし、再びうつむく。

「アメ、食べる？　のどアメだからおいしくないけど」

美空は何も反応してくれない。

「えーっと、今度、持ってきてあげる。クレヨン」その場しのぎにそんなことを口にしてしまった。

美空の顔がぱっと上がる。萎《しお》れていた花が息を吹き返したような、そんな愛くるしい笑顔が現れた。

守は安堵《あんど》した。美空は四歳児ということを考慮しても言葉づかいが拙《つたな》い気もするが、コミュニケーションをはかれない子ではない。

そのとき、背中で襖が勢いよく開いた。ビクッとして振り返ると仏頂面の愛美が立っていた。

「終わったんで帰ってもらえますか」

座り込んでいる守を見下ろす形で愛美が告げる。

「あ、はい」守は慌てて立ち上がった。

宮田有子は帰る準備ができているようだった。すでにショルダーバッグを肩から提げている。その表情からは話が進展したのか否か読み取れない。守も鞄《かばん》を手にし、追われるように玄関へと向かった。

「本日はお忙しいところ、突然押しかけて申し訳ありませんでした。またお話しすることもあるかと存じますので、その際はどうぞよろしくお願い致します」

宮田有子が挑戦的な口調で告げる。

守がドアノブに手をかけようとしたとき、奥の方からタタタと足音が近づいてきた。愛美のうしろから美空が姿を現す。

「こんどいつくる」

美空が守の顔を見上げて言った。

クレヨンのことが頭に思い浮かんだ。「えーっと」守が返答に詰まり、こめかみを人差し指でぽりぽりと掻《か》いていると、「おまえは邪魔だからあっちいけっ」と愛美が怒鳴りつけた。その怒声に美空がびくんと肩を震わせた。

守は宮田有子と視線を合わせた。宮田有子が目で頷く。ドアノブに手をかけ外に出た。すぐに振り返ると、ドアが閉まる最後の瞬間まで、美空は守を見ていた。

「ダメね」

対面に座る宮田有子がアイスコーヒーを一口啜ってから、忌々《いまいま》しげに言った。

林野愛美の家を出たあと、すぐに近くの喫茶店に入った。どうやら結局、最後まで愛美は口を割らなかったらしい。

「わたしね、ちょっと脅してみたの。このまま黙っているとあなたも罪に問われる可能性があるって」

「でも、彼女は被害者じゃないですか」

「だから脅してみただけ。ただ、彼女だって報告なしに収入を得ていたんだからまったく非がないわけじゃない」

「何かを隠してるっておっしゃってましたけど、それが何かわかりましたか」

「わかるわけないでしょう。ただ、絶対に何か隠してる」

相変わらずの確信的な物言いだが、守も同じ気持ちだった。

あきらかに林野愛美は腹に何かを隠している。高野との関係を認めることによって、彼女は何かしらの不都合を被るのだ。そしてそれはふつうに考えれば生活保護の打ち切り以外に考えられないのだが。

「わたし、こうも言ってみたの。高野さんとの関係を認めてくれれば、生活保護を断つことはしないって。それでも口を割らないってことはやっぱりほかにもうしろめたいことがあるのよ」

それはいったいなんなのだろうか。考えるだけで頭の裏側が痛くなった。

「まいりましたね。やっぱり高野さんに当たるんですか」

もし林野愛美が白状しなければ、直接高野を問い詰めると宮田有子から聞いていた。

「しかないわね」

「でも、高野さんこそ口を割らない気がしますよね。とぼけるの上手だし」

「そう？　白状しないと警察に動いてもらうって脅せば簡単に認める気がするけど。高野さんって小心者だもの」

「ということは、認めれば警察には言わないんですか」

「言うに決まってるでしょう」

やっぱり宮田有子は恐ろしい。その宮田有子がアイスコーヒーを一気に飲み干した。

「ちなみに高野さんに当たるのは佐々木くんひとりだから」

「へ？」

「ああいうタイプはわたしみたいな人間がいない方がいいの」

「あの、おっしゃっている意味がよく――」

「そのままよ。わたしは邪魔なの。だから、あなたひとりが林野愛美さんの件を知っていることにしてね。やり方はこう。まずは率直に事を問いただす。素直に口を割らなければ、林野愛美は認めているってカマをかける。それでもしらを切るなら、警察に通報すると脅す。単純な話。わかった？」

「ちょっと待ってください。ぼくにそんなこと――」

「できるできないじゃなくて、やって」

「そんな――。ぼくなんかだとナメられちゃう気がするんですけど」

「何よ情けない。とにかくやりなさい。これがあなたのお仕事」

仕事？　自分の職業はケースワーカーなのだが。

守は脱力してうつむいた。

「じゃ、早速高野さんの家に行くわよ」

守がさっと顔を上げる。「今からですか」

「逆にあなた、いつ行くつもりだったのよ」

「いやその……でも自宅がどこにあるか――」

「大丈夫。知ってるから。さ、行きましょう」

宮田有子は立ち上がって伝票を手にすると、すたすたレジへと向かって行った。

なぜ宮田有子は高野の自宅を知っているのだろう。ちょっと疑問が湧いた。

そして彼女のバイタリティの源はなんなのだろうか。何が彼女を突き動かしているのだろう。とてもじゃないが理解が及ばない。

守は腹の底からため息を吐いて、鞄の中の風邪薬を取り出し、口に放り込んだ。

高野洋司はそれしか音を発さないロボットのように、ひたすら「勘弁してください」を繰り返すばかりだった。

8

ミザンスのVIPルームのテーブルの上には、ビデオカメラの配線が繋《つな》がれた小型の液晶モニターが置かれており、その画面には高野と愛美の情事が俯瞰《ふかん》の画角で映し出されていた。スピーカーから高野の卑猥《ひわい》な息づかいが聞こえてくる。

そのモニターの傍らでは、全裸の高野が床に正座した状態で身体を震わせていた。

「あんたさあ、子供じゃないんだから会話をしなさいよ、会話を」

山田吉男は高野の汚いケツを足のつま先で小突いた。

金本はソファで足を組み、高野を観察するように目を細めている。その隣には、金本の愛人であり、愛美の友人の莉華もいる。

林野愛美の自宅に隠しカメラを設置するように、吉男が金本から指示を受けたのは四日前だ。愛美には、高野が自宅にやってきたら録画ボタンを押すように言付けておいた。それから三日後、金曜日の昼に高野は愛美のもとを訪れ、まんまと罠《わな》にはまったのだ。

こうも鮮やかに物事が進んだことに吉男は満足していた。しかし、高野を追い詰めるための証拠作りとはいえ、愛美が自分の抱かれている映像を撮ることに難色を示さなかったことが信じられなかった。この女の頭はどうなっているのか。吉男から見ても愛美は不可解な女だった。

かくして翌日には、つまり今日、高野をミザンスに呼び出し、この映像を突き付けてやったのだ。

昼間なので店には客はもちろん、スタッフもいない。

〈気持ちいいだろう〉スピーカーから高野の卑猥な声が聞こえた。

「気持ちいいだろう」

それを真似て、吉男は再び高野の尻に軽く蹴《け》りを入れた。うしろで莉華が甲高い笑い声を上げた。

「高野さんよ」ずっと黙っていた金本が身を乗り出し口を開く。「今からおれが言うことに、はい、か、いいえ、で答えてくれ」

高野は項垂《うなだ》れているだけで返事をしなかった。

「聞こえてるか」

だが高野は無反応だ。

「龍ちゃんが訊いてんのにシカトこいてんじゃねえよっ」莉華が高野の髪の毛を摑み上げ、乱暴に揺さぶる。「テメェ、また金玉蹴り上げんぞ」

高野はこの若い女に怯《おび》えきっていた。顔が歪《ゆが》み、小刻みに痙攣《けいれん》を起こしているのだ。

この場で高野を主に暴行しているのは莉華だった。服をすべて脱ぐよう命令したのも莉華だ。暴走族時代はこうして徹底的に相手を打ちのめしていたらしい。まったく恐ろしい女である。

「莉華。おれが話す」金本が制する。「で、高野さん。おれの目を見て返事してもらえるかい。はい、か、いいえ、だ」

高野が恐怖に支配された顔を金本に向けた。

「あんたは取り返しのつかないことをした」

「はい」消え入りそうな声で高野が応えた。

「これが知れたら仕事も家庭も終わりだ」

「はい」

「脅迫と強姦《ごうかん》の罪でムショ行きになる可能性も高い」

「はい」

「あんた、ここで人生を終わらせたいか」

「……」

「終わらせたいのか」

「いいえ」

ここで金本は深く頷いた。「おれの言うことを聞いてくれさえすれば、仕事も家庭もそのままだ。つまり、安泰ってことだ。協力してもらえるか」

高野は目を泳がせている。

「協力してもらえないってことか」

「……いいえ」

「してくれるんだな」

「……はい」

「よし」金本がぱんと手を叩いた。「じゃあここからは具体的な話に入る。おれの知り合いに生活保護を求めているかわいそうな連中がわんさかいるんだ。そいつらの窓口はあんただ。早速だが来週――」

そのとき、金本のスマートフォンが鳴った。金本がジャケットの内側からそれを取り出し、「あんたの愛美ちゃんからだ」と高野に向かって口の端を持ち上げた。

電話に出た金本は、最初こそ泰然と応対していたが、ほどなくして険しい顔つきになった。「で、そいつらは今どこにいる？　家？　とりあえず今すぐ帰らせるんだ。強引にでも追い払え。絶対に認めるな」

金本の苛立《いらだ》った声が狭い部屋に反響している。吉男は無意識に金本と距離を取った。

「報酬の五十万？　状況見て物を言えよ。今はそれどころじゃねえだろう。とにかく追い払え。いいな」

電話を切ると金本はしばらく目を閉じていた。

「龍ちゃん、どうしたの」莉華が訊いた。

金本はそれを無視して、「おい。テメェ、誰かに愛美との関係を話したか」と鬼の形相で高野に詰め寄った。

高野がかぶりを振る。

「だったらなんでだ」

今度は首を傾げている。

「バレてんだよ。たった今、愛美のもとにテメェの同僚が、テメェと愛美の件で来てんだよっ」

高野は口を半開きにしていた。状況をうまく理解できていない様子だ。

そして、その高野の顔面を金本がいきなり足の裏で蹴った。高野の身体が車にはねられたようにうしろに弾け飛んだ。後方の壁にぶつかって跳ね返り、うつぶせに倒れ込む。一瞬の出来事だった。

高野はぴくりとも動かなかった。死んだんじゃないかと吉男は思った。金本はそれほど力任せに蹴飛ばしたのだ。

「クソがっ」金本は怒りが収まらないらしく、続けてテーブルを蹴り上げた。衝撃で上にあったモニターが床に落ちる。そして勢いそのまま金本は観葉植物の鉢を蹴り倒し、ソファを蹴り、最後に吉男を蹴った。吉男は予想していたのでなんとかガードできた。

「龍ちゃん、落ち着いて」莉華がなだめる。「どうしたの。詳しく教えて」

「どうもこうもねえ。言った通りだ。なんでか知らねえが、高野と愛美のことがすべて同僚の職員にバレてんだ。そいつらは愛美から言質を取りに来たらしい」

「どうしてバレてんの」

「知るかっ」金本が声を張り上げる。「とにかくこの計画はおじゃんだ」

「なんで」

「バカかテメェはっ。そこまで知れてんなら高野はクビだ。そうなったら誰が窓口立つんだ。頭悪《わ》りぃ女だなクソッ」

さすがにショックだったのか、莉華は下唇を突き出してショゲている。

ほどなくして金本はドアを開け、部屋を出ていった。莉華があとに続こうとする。

「ちょっと」その莉華を吉男が止めた。「こいつ、どうしようか」倒れ込んでいる高野を指差す。

しかし莉華は無視して部屋を出ていった。

吉男はその場で佇《たたず》んでいた。この場に残された自分が不憫《ふびん》だった。

倒れ込んでいる全裸の高野に目をやった。角度を変えて顔を覗き込む。鼻が折れているのが一目でわかった。前歯も欠けているようだ。それでも呼吸はしていた。とりあえず死んでいないことにほっとする。

ソファに腰掛けた。腕を組み、目を閉じて、少しばかり思案を巡らせた。

高野の今後を思うと他人事《ひとごと》ながらいくばくかの同情を覚えた。どう転んでもこいつに明るい未来は待っていない。勤務先に事が知れたとなると金本の言うように間違いなくクビだろう。理由が理由だけにきっと家族からも捨てられる。そしてそれは自分と同じ境遇になるということだ。そう考えたら吉男は一転して愉快な気持ちも湧いた。元はといえば自分で蒔《ま》いた種であり、自業自得なのだ。

そんなことを考えていると、こんな状況なのに吉男のもとに睡魔がすり寄ってきた。思えば昨日からあまり睡眠を取っていない。我慢することもないので、そのまま取り込まれるように睡魔に身を預けた。

吉男が目を覚ましたのはそれから三十分後だ。ポケットの中の携帯電話の振動に気がついたのだ。客かと思ったが、林野愛美だった。

応答すると、愛美は、金本が電話に出ないので吉男に掛けたのだと言った。

「状況は金本さんから聞いたけど。で、その同僚っていうのは帰ったの」

吉男が目を擦《こす》りながら訊く。

〈ちょっと前に帰りました〉

「ふうん」

答えながらまだ倒れている高野に目を落とす。こいつまだ起きないのか。このまま死なないだろうな。少々、不安になる。

〈これからどうすればいいですか〉

「おれに訊かれてもなあ。こっちが教えてほしいくらいだよ。とりあえず金本さんからの連絡を待つしかないんじゃない。おれは金本さんから命令されて手伝っただけだから」

〈……とりあえず莉華に電話してみます〉

「ああ、そうしてみて」

そう答えたところで、近くで聞きなれない着信音が鳴り響いた。吉男が辺りを見渡す。すぐに誰のものかわかった。部屋の片隅に脱ぎ捨てられた高野のズボンから鳴っているのだ。吉男はズボンの尻ポケットにおさまっていた携帯電話を取り出した。その画面を見て、吉男は息を吞んだ。『佐々木守』そう表示されていた。そうだ、よくよく考えてみれば高野と佐々木は同僚なのだ。

〈では、これで〉

愛美がそう言ったとき、吉男の中である直感が、天啓のように舞い降りてきた。

「待って。ちなみに、その訪ねてきた同僚の名前は？　名刺とか置いていったでしょう」

〈どっち、ですか〉

「どっち？　一人じゃないの？」

〈二人です〉

「じゃあどっちも教えて」

〈ミヤタって女と、ササキって男です〉

「ササキ？」その名を聞いて一気に気がはやった。「下の名前はマモル？」

〈はい〉

「チビ？　ひょろい？　メガネかけてた？」

〈そんな感じでしたね〉

間違いない。佐々木だ。あの佐々木守だ。あのチビが今回の一件に絡んでいた。

吉男はいてもたってもいられなくなった。体内の細胞が堰《せき》を切ったように暴れ出した。

吉男は電話を耳にあてたまま部屋の中をうろうろと徘徊《はいかい》した。高野はただの障害物として当たり前のようにまたいだ。

しかし少し冷静に考えてみると、愛美の家を訪ねてきたのが誰であろうが、今のこの状況が変化することはないのではないか。いや、仮令《たとえ》好転したとしても自分にはまったくメリットがない。金本の描いた絵が現実になっても喜ぶのはどうせ金本だけだ。思考がそこに及ぶと吉男の中で勢いよく拡散された昂《たか》ぶりが、みるみる収束していった。けれど、どうにか、どうにかしてこの奇妙な繋がりをうまく利用できないものだろうか。

吉男は簡単にはあきらめきれなかった。破綻《はたん》したと思われた計画が、再燃の兆しを見せている。そして、その燃料の正体を自分は知っている。今こそ漁夫の利を自分がかっさらうときではないか。この場で妙案は浮かばないが、チャンスは手を伸ばせば摑めるところに浮遊している気がする。吉男はしばし思索に耽《ふけ》った。

〈あのう、もう切っていいですか〉

電話越しの愛美の声で吉男は我に返った。「とりあえず今からそっちに行く」と告げ、電話を切った。

9

電話を切ると、すぐさま煙草に火を点け、肺にニコチンを流し込んだ。これしか気分を落ち着かせる術《すべ》を愛美は知らない。きっと自分は一生禁煙できないだろう。

それにしても今日は慌ただしい一日だ。突然、社会福祉事務所の人間が家にやってきた。そしてこれから、金本の舎弟の山田が訪ねてくるという。

愛美は先ほど来た二人を脳裡《のうり》に思い浮かべた。宮田有子という女は高野との関係を認めれば生活保護を続けられるかもしれないと言っていた。本当だろうか。どうもあの女は信用が置けない。愛美は本能でそう思った。

それに、仮に生活保護が続いても、高野との関係を認めてしまったら金本から報酬はもらえないだろう。金本が何を企《たくら》んでいるのか知らないが、高野を利用しようとしていることは明白だ。金本は上手《うま》く事が運べば五十万円を報酬としてくれると約束してくれた。もちろん生活保護もそのまま継続でだ。だからこそ自分は昨日、高野に抱かれている動画を撮り、それを金本に献上したのだ。愛美は中身を確認していない。見たらきっと落ち込むだろうと思った。

何はともあれこうなった以上、この先どう立ち振る舞えばいいのだろうか。ため息と共に紫煙を吐き出す。愛美は誰かに正解を教えてほしかった。

相変わらず、美空は隣の部屋でお絵描きに夢中だ。美空は寝るか、絵を描くかの二つの行動だけで毎日を生きている。それはそれで彼女にとっては幸せなことなのかもしれないが。そう思わないとやっていられない。

その美空は先ほど、ふだん見せない一面をのぞかせた。佐々木という男に対し、見送りにまで来て、「こんどいつくる」と訊ねたのだ。美空がそんなことを口にしたのが信じられなかった。

一時間ほどして、山田吉男が家にやってきた。この男はヤクザには見えないが、金本の舎弟のようなので、やっぱりそっちの世界の住人なのだろうか。

「まちがいなく佐々木だな」

山田は職員が置いていった名刺を手に取り、ためつすがめつしていた。どうやら先ほどの男のケースワーカーと山田は知り合いのようだ。

「おれもあんたと同じでナマポもらってんのよ。で、おれの担当がこいつなの」山田は名刺をぴんと指で弾いた。「憎たらしいガキだっただろう」

「その佐々木って人はあまりしゃべってませんでした。女の人の付き添いって感じで」

「この宮田ってやつか」もう一つの名刺を手に取り、またそれをしげしげと見ている。「知らんな。どんな感じの女だった?」

「うざい」

愛美がそう答えると山田は苦笑した。「まあ、一から聞かせてちょうだいよ」

先ほどの出来事をかいつまんで話すと山田は、「なるほどねえ」と無精ひげの伸びた顎《あご》を摩《さす》りながら頷いていた。

「こりゃたしかにお手上げだな」

話を聞き終えた山田がソファにもたれかかって吐息を漏らした。手を頭のうしろで組み、しかめ面で宙を見つめている。

「これからあたしはどうすればいいですか」

「やっぱなんも思いつかねえなあ」

「高野とのこと、認めたらダメなんですよね」

「はーあ。どうにかなんねえかなあ」

「聞いてます？」

「あ、ごめん。何？」

「だからあたしはどうすればいいですか」

「だからおれに訊かれたって知らないし、わからない。金本さんに訊いてよ」

愛美は肩を落とし、ため息をついた。この男は頼りにならない。

「ところで愛美ちゃん、なんか食う物ないかな。おれさ、朝からなんも食べてないのよ」山田が腹に手をあてて図々《ずうずう》しいことを言った。

「カップラーメンならありますけど」

「ここでもそれか。まあいいや。もらうわ」

「台所の上の棚に入ってるんで、お湯沸かして勝手に食べてください」

山田は微苦笑して立ち上がり、台所に向かった。

山田が台所から、「あんたも食うかい？　美味《うま》いカップラーメン作ってやるよ」と訊いてきた。

「いらないです」

「そう」山田が鼻を鳴らす。「ああ、そういえばあのちっこい娘さんは？　外で遊んでるの？」

愛美は咥《くわ》え煙草のまま立ち上がり、隣部屋の襖を開けた。どうしたものか、美空は珍しくお絵描きをしていなかった。片隅に座敷わらしのようにちょこんと座っている。

「美空、ラーメン食うかって」

「なんだ。いたのか」背中から山田の声が聞こえた。

美空が返答しないので頭を軽くはたいた。「ラーメン食うかって訊いてんの」

「たべる」と美空。

「聞こえたよ。おじさんが美味いの作ってあげるからちょっと待っててな」

愛美は再び床に座り込み、煙草を吹かした。

窓の外に目をやる。人の気も知らない太陽が燦々《さんさん》と街を照らしていた。けれどこの陽気が今はありがたい。これで雨など降っていたらよけいに気が滅《めい》入ってしまいそうだ。

いったい、この先どうなるのか。生活保護を打ち切られたら自分は生活できるのだろうか。こんなことになるなら高野のおもちゃのままでもよかった。大前提、自分は働きたくないのだ。誰かなんとかしてよ――。愛美は青空に向かって心の中でつぶやいた。

ほどなくして山田が湯気の立ったカップラーメンを二つ持って運んできた。

山田は美空を抱きかかえるとお子さま用の椅子に座らせ、自身はその隣に腰を下ろした。

「どうだい、美味《おい》しいかい？」

山田がラーメンを啜りながら美空の顔を覗き込む。美空がこくりと頷く。美空はお椀《わん》に入った麺《めん》をフォークですくいながらたどたどしく口に運んでいる。中が少なくなると山田が少量の麺とスープをお椀にうつしていた。

「ほらほら、ふーふーして食べないと。どれ、おじさんが冷ましてあげる」

山田は美空に対し、妙に世話を焼いた。美空の一挙手一投足を認めては目尻を下げているのだ。

そのとき、ブーブーとバイブ音が居間の中に鳴り響いた。山田がポケットから携帯電話を取り出す。スマートフォンではなくガラケーだった。

「ちっ、客だ」山田が席を離れ、携帯電話を耳にあて窓際に移動する。「お電話ありがとうございます。いつもお世話になっております。――ええ、ええ、はい。承知致しました。場所はいつものところでよろしいでしょうか」

営業マンのような馬鹿丁寧な口調で誰かとしゃべっていた。

「それでどれくらいお持ちしましょう。え、そんなに？　少々お待ちを。今すぐ確認しますから」

山田は携帯電話を耳と肩で挟むと、ソファに置いてあった自身のセカンドバッグを開き、中をごそごそと漁《あさ》り出した。

透明な小さいビニールパックをいくつか手に取り、その数を顎の先で数えている。ビニールパックの中には紫色の小粒の錠剤が入っていた。

愛美は横目で見ていたが、それが危ないクスリであることは容易に見当がついた。

「うん、足りますね。で、お時間は何時頃？——はい、それでは本日二十時に」

愛美に麻薬の経験はない。強いて言えば中学校の頃に仲間内でトルエンが流行《はや》っていたので一度だけ吸ったことはある。ただ、すぐに気分が悪くなったので自分には合わないと思って二度と手にしなかった。

「ふう。こいつも完全にハマったな」

電話を切った山田が鼻で笑って言った。

「それって、ヤバいクスリですか」

「ちがうちがう。これはバイアグラ。ほら」

山田が心外だとばかり、愛美の顔の前でビニールパックを揺らして見せた。

ほらと言われても愛美にはわからない。バイアグラ自体見たことがないのだ。

ビニールパック越しに山田と視線が重なった。なぜか目が笑っていた。

「ふふふ」山田が不気味に笑い出した。「あんたに言っても害はないだろうから教えてあげる。これはバイアグラじゃない。あんたの言う通りヤバいクスリ。ＭＤＭＡとかエクスタシーって聞いたことある？　幻覚剤の一種らしいんだけどね、すぐにぶっ飛べるらしいよ。あんたもやってみるかい」

愛美がこくりと頷いて見せると、山田はぎょっと目を見開き、そしてすぐさま真顔を作って、「やめておきな」と諭すようなことを口にした。

なんなんだこいつは。どっちなんだよ。愛美は目の前の男がますます嫌になった。

「うわ、ラーメン伸びてるよおい」席に戻った山田は残していた麺を箸《はし》ですくい上げて、顔をしかめていた。「伸びたラーメンほどまずいもんはねえな」

文句を垂れながらも口に運んでいる。時々、美空の顔を覗き込んでは、変な顔をして反応を楽しんだりもしている。その姿に麻薬の売人の面影はない。もっとも正しい売人の風貌《ふうぼう》など知らないのだが。

その山田が思い出したように口を開いた。

「そういえばな、高野の奴、もう二度とここには来ないよ」

「なんでですか」

「さっき呼び出して、散々痛めつけてやったから。あんたが撮ってくれたビデオ見せたら震えて泣いてたよ。あんたにも拝ませてあげたかったたね」

その状況を思い出しているのか、山田が肩を揺すっている。

「結局、何をどうするつもりだったんですか」

「何をどうって？」

「高野からお金を巻き上げるつもりだったんですよね」

「ああ、あんたには詳しく話してなかったか」山田はスープをずずっと啜り、手の甲で口の周りを拭《ぬぐ》った。「簡単に言うと、高野を利用して生活保護受給者を増やそうとしてたわけよ。で、金本さんはその保護費をピンハネしようって腹積もりだったわけ」

なるほど。もっともそんなところだろうと見当をつけていたが。

「その計画はもうダメなんですか」

「そりゃあそうでしょう。高野がいなかったら元も子もないわけだし」

「あたしが高野のこと黙っていてもダメなんですか」

「ダメでしょうな。同僚がそこまで知ってるならあんたが黙っていようが意味ないでしょう」

「高野がクビになったらあたしの生活保護、打ち切られちゃうんですかね」

「うーん、それはどうだろう。案外、そのまま継続してくれるんじゃないの。迷惑料ってことで」

「だといいけど」

山田が煙草を取り出し、火を点ける。隣の美空に気を遣っているのか、首をひねって逆側に煙を吐いた。「ところであんたはなんでナマポ受けてるわけ？　若いのに」

「働きたくないから」

「ふうん。ま、おれと同じようなもんか」

肩が落ちた。自分はこんなさえない中年男と同類なのだ。

「あのう、山田さんって、何しにうちに来たんですか」

「おれ？　おれはさあ、なんていうか――」

そのとき、甲高いインターフォンの電子音が居間に響き渡った。

山田と目を合わせる。愛美は立ち上がり、壁に備え付けてあるインターフォンの画面を確認した。

息を呑んだ。そこには二時間ほど前までここにいた社会福祉事務所の佐々木という男の顔が映し出されていたのだ。

「おいおい、佐々木じゃねえか」愛美の肩越しで山田が言った。いつのまにか背後にいた。

「どうします」

「どうしますって……わかんねえよ」目を泳がせて狼狽《うろた》えている。

「居留守しますか」

「ああ、そうだな。それがいい」山田は鶏のごとくせわしく首を縦に振った。だが、すぐに手の平を愛美に向けて突き出した。「いや、ちょっと待った。やっぱり家に上げよう」

「わからん。でも、とりあえずあっちの話を聞こう。何か用があって来たわけだろうし」

愛美が訝《いぶか》る。「上げてどうするんですか」

「山田さんも立ち会うんですか」

「そういうわけにはいかない。おれは奴と顔見知りなんだ。おれは……そうだな。そこの中に隠れて話をこっそり聞いてる」

山田が造り付けのクローゼットを指差した。壁に埋め込まれていて、冬服のコートなどがその中に吊《つ》るされている。

「それはいいですけど、わたしは何をすればいいんですか」

「だからそんなのおれだってわからんと言ってるだろう。相手の出方を見るの。とにかく出て」

山田はそう言うと、観音開きのクローゼットを開けて、収納されている衣服を掻き分けて強引に中に入った。

「美空ちゃん。ちょっとここ閉めてくれ。あ、今から来る人におじさんがここに隠れてるって教えちゃだめだよ」

美空が指示された通り、扉に両手を当て、身体を使ってクローゼットを閉じた。

収納している衣服がおっさん臭くならないだろうか。こんなときなのに、愛美はそんな心配をした。

「おお。この空気孔から外が覗けるぞ」クローゼットの中からくぐもった声が聞こえる。

「愛美ちゃん、早く出て。ちゃんと家に上げてよ」

愛美は深々とため息をついて、玄関へと向かった。

もう何がどうなろうと知ったこっちゃない。わたしのせいじゃない。

10

二十センチほどドアが開き、その間から顔を覗かせた愛美は先ほどにも増して不機嫌そうだった。警戒の目で守を見据えている。

宮田有子のような女も苦手だが、この女もタイプはちがえど苦手という意味では同じだ。二人とも守の常識の外で生きている。何を考えているのかさっぱりわからない。

「度々すみません。先ほど、美空ちゃんにクレヨンを持ってくると約束したものですから、それをお渡しに伺っただけなんです」

守は先ほど駅前の文房具店で購入したクレヨンのセットと、お絵描き用のノートを差し出した。

愛美の家を出たあと、宮田有子に連れられて高野の家を訪問したが、当人が不在だった。ちなみに宮田有子は家の門扉の陰に隠れて、まるでスパイのように様子を窺《うかが》っていた。「うちの人、何かよくないことでもしたんでしょうか」高野夫人の不安に覆われた顔を守は直視できなかった。会社の同僚が突然家にやって来たのだから当たり前だ。動揺しない方がおかしい。

　夫人の話によると高野は、携帯電話で急に誰かに呼び出されて出掛けたのだと言う。夫人には「仕事のトラブル」と伝えたらしい。すぐに嘘だと思ったが、本当の理由は知りようがない。場を辞去し、宮田有子にその旨を告げると、すぐさま高野の携帯電話に電話をするよう強要された。

　けれども留守番電話だった。宮田有子は不満そうだったが、守は内心ほっとしていた。これでようやく解放される。正直、もうこの件に関わりたくないのだ。

　宮田有子と別れ、帰宅しようとしたところで、守は美空との約束をふと思い出した。こういった約束は早く済ました方がいいと思った。日を置いたらきっと訪問しづらくなる。いや、きっと約束を反故《ほご》にしてしまうだろう。

　差し出したクレヨンは三十六色を備えた贅沢《ぜいたく》なものである。文房具店にはピンクに限らず単色での販売はなく、セットでしか置いていなかった。実のところ十二色、二十四色のセットもあったのだが、守は一番高価な三十六色セットを手に取った。ついでにお絵描き用のノートも二冊購入した。美空の才能に相応《ふさわ》しいもの、そう思ったので金額に躊躇《ためら》うことはなかったが、一方で己の滑稽《こっけい》な行動に苦笑する自分もいた。なんのゆかりもない他人の子だろう。でも、もう一人の自分の声には耳をふさぐことにした。

「美空ちゃんにお絵描き頑張ってねとお伝えください。では、本当にこれだけなので」

　守が頭を下げ、踵《きびす》を返すと「あ」と背中に声が掛かった。

守が振り返る。「何か」

愛美はうつむき加減でぼそっと口を開いた。「上がってもらってもいいですよ」

守が首を傾げる。「上がってもらってもいいですよ」日本語として正しいのかわからないが、言葉の底意も計りかねる。

「直接渡してあげてください」

「あ、はい。では、お邪魔させていただきます」

居間へ通されると、目を爛々《らんらん》と輝かせた美空が待ち構えていた。きっと居間から耳をそばだてていたのだろう。彼女の視線の先は、守の手の中にあるクレヨンセットだ。

「はい。お兄さんからのプレゼント」

守は両膝を床について、美空にクレヨンセットとお絵描き用ノートを差し出した。

美空は受け取ると同時にその場にしゃがみ込み、お絵描きを始めようとした。

大人として「ありがとうは？」と礼儀を教えようとしたがやめた。傍らにいる母親の愛美が咎《とが》めないのなら自分が言うのも気が引ける。

美空は嬉《うれ》しくってたまらないといった様子だった。初めて目にするであろうたくさんの色のクレヨン。裏紙ではなく、絵を描くための真っ白なノート。きっとどちらも美空が求めていたもので、彼女にとって必要なものだ。

守は腰を屈《かが》めて、そっと美空の顔を覗き込んだ。前回同様、守ははっと息を呑んだ。美空は一瞬で自分の世界を作り上げていた。取り替えたように目の色がちがうのだ。

美空は色とりどりのクレヨンを流れるように持ち替えては、己の感性をノートに真っ直ぐぶつけている。

守は物音を立てないようにすり足でその場を離れた。約束ははたした。さあ帰ろう、そう思ったときだった。

「美空、邪魔。あっちの部屋で描いて」

愛美が冷たく美空に言い放った。

美空は反応しなかった。無視したというより、鼓膜に届いていない感じだ。

「あっち行けよっ」

愛美の甲高い怒声が居間に響き渡る。

傍らにいた守は一瞬、あとずさりしてしまった。当の美空は慣れているのか、さしたる動揺を見せず、手早くクレヨンをケースに戻すと、ノートと共にそれを抱え立ち上がった。

そのときだった。美空の手からクレヨンのセットが滑り落ちた。アルミ製のケースがパンッと乾いた音を立て、同時に中のクレヨンが四方に飛び散った。

「何やってんだよっ」

愛美が美空の頭をはたく。

けっして軽い一撃ではなかった。美空の身体が大きく前につんのめったのだ。

「林野さん、そんな。叩かなくても」

守が慌てて場を取りなす。なんて母親だ。相手は子供だぞ。あんたの娘だぞ。

「美空ちゃん、大丈夫だよ。お兄さんと一緒に拾おっか」

守はせり上がる憤怒《ふんぬ》を押さえつけ、美空に笑顔を作って見せた。美空が頷く。二人で散らばったクレヨンをかき集めた。

愛美はばつが悪いのか、うつむき加減で瞬《まばた》きを繰り返していた。「大きな声で言わないと聞こえないから、この子」言いわけがましいことを口にしていた。

日頃、美空がどういう扱いを受けているのかよくわかった。これは虐待だ。もしかしたらふだんはもっと激しい暴力を受けているのかもしれない。

守は美空が不憫でならなかった。とはいえ、自分にはどうすることもできない。この程度のことで児童相談所に告発はできないし、仮にそれ以上のことがあったとしても、その事実を摑むのも容易ではないだろう。何よりそこまで自分が介入する道理があるのだろうか――。

事が収まり、美空が隣の部屋に移動したところで、

「林野さん」第一声の大きさに自分でも驚いた。「大きなお世話だし、他人のわたしがどうこう口出すことではないかもしれません。けれど、一言だけ言わせてください。美空ちゃんに愛情を持って接してあげてください」

言葉にしてから、なんてことを自分は口にしているのかと思った。でも、後悔はなかった。

　愛美は気分を害した様子もなく、ただ無表情で守の顔を見つめている。しばらく妙な沈黙が流れた。

　守の視線と同じ高さに愛美の目がある。ここは目を逸《そ》らしちゃいけない。負けちゃいけない。守は下っ腹に力を込めて沈黙に耐えた。

　先に愛美が視線を下に外した。

「すみません。失礼なことを言いました」

　守は頭を垂れ、一言詫《わ》びた。

「……いいんですか」

「え？」

「どうやって、愛情を持てばいいんですか」

　その言葉を理解するのに時間を要した。愛美は能面のような表情を崩さない。人に訊くことじゃないだろう。あんた母親だろう。でも、なぜかそれが愛美の心の声のような気がした。

「可愛く、ないですか。美空ちゃんのこと」

　愛美が小首をほんのわずかばかり傾げた。また二人の間に沈黙が訪れる。

「えーっと、愛情って——」守は考えがまとまらないまま口火を切ってしまった。「その、努力して持つとか、そういうことじゃなくて、自然と湧いてくるものというか、ほら、動物だってそうじゃないですか。最近テレビで見たんですけどゴリラの母親が——」

ああ、何を言っている。すぐに後悔したが守は止まらない。

「――つまり赤ちゃんゴリラを守るためには危険を顧みないわけなんですよ。でもそれは母ゴリラが考えて選択した行動ではなく、本能的にそうしたものと思われるわけで、これは人間に置き換えても――」

ダメだ。自分でも何を言っているのかわからないし、当然愛美にも響いていないだろう。根本的に間違っているのだ。彼女が口にした「どうやって」は、そういうことではないのだ。それでも意に反して口からどうでもいい言葉が次々とこぼれ出てしまう。

「――で、若いときはぼくも母の言動に腹を立てたりしたんですけど、こうして大人になって考えるとですね、ああ、あれはぼくのためを思ってだったのかと、母に対し感謝の気持ちも――」

どんどん話が変な方向へ進んでいった。でも、軌道を修正しようがない。スタートが間違っているのでゴールが見当たらないのだ。

「――ですから、子供というのは一番身近な大人の、つまり親の影響をですね――」

そのときだった。ゆらーっと愛美の身体が前のめりになった。

そして、そのままそっと抱きしめられた。

守が硬直する。

「たすけて」

耳元でささやかれた。当たり前だが、顔が隣にあるのだ。

指一本動かせなかった。思考もスイッチを切ったかのように停止していた。かすかに匂いがした。甘い、女の人の香りだった。

どれくらいそうされていただろう。この空間だけ時が止まっているようだった。止まった時間を動かしたのはクローゼットだった。

ボンッ。その音と共に、壁のクローゼットの観音開きの扉がひとりでに開いたのだ。驚きはなかったが、不可解だった。

愛美の身体がすっと守から離れる。そして、足早にクローゼットに歩み寄ると勢いよく扉を閉めた。なぜか、ゴッ、と鈍い音が鳴った。

「たくさん詰め込んでるから、たまに勝手に開いちゃうんです」

「そう、ですか」

発した声はかすれていた。クローゼットのことなどどうでもよかった。今、自分は愛美に抱きしめられていた。その事実以外、ここには何もなかった。

それから、どうやってこの家をあとにしたのか守は覚えていない。何もかもがふわふわしていて、現実感が希薄だった。

けれど、女の柔肌に包まれていた感覚だけは、心にはっきりと残っていた。

11

指の腹で額をなぞると、小さなたんこぶができ上がっていた。

今しがた、愛美にやられたのだ。「あんなに強く閉めんでも」吉男が抗議すると、「なんで開けたんですか」と逆に批難された。

室内は冷房が効いているとはいえ、さすがにクローゼットの中は熱の逃げ場がなく、ひどく蒸し暑かった。冬物のコート類がぎっしり詰められているので、それをすべて着込んでいるようなものなのだ。しかし、扉が開いてしまったのは暑さに耐えきれなかったからではない。

「にしてもあんた、やるわ。見直した」

先ほどから吉男は頬が緩んで仕方なかった。小躍りしたいくらいだった。

愛美に抱かれた佐々木の顔は、今思い出しても笑いがこみ上げてくる。吉男はクローゼットの空気孔から、外の居間の様子を窺っていたのだ。恋に落ちた、というには大袈裟かもしれないが、この先そうなる可能性は十分にあると思った。あの瞬間の佐々木はそういう顔をしていた。

佐々木を利用する――。この妙案を思いついたとき、クローゼットの中だというのに吉男は思わず身震いしてしまった。その弾みでドアを押し開いてしまったのだ。

「いいかい。もう一度、順を追って説明するよ」

テーブルを挟み、愛美と対面に座って吉男は今説明したことを改めて確認することにした。この女が作戦をしっかりと理解しているのかどうも心もとないのだ。

「大切なのは、佐々木を落とすこと。つまり、あんたに惚《ほ》れさせればいいわけ。そのために、まず今日の夜何をするんだっけ」

「佐々木に電話」

「そう。で、なんて言うの」

「高野のことで相談したいことがあるから、明日また家に来てもらえませんか」

「そうそう」吉男が大きく頷く。「ああ、一点補足。絶対に一人で来てもらうこと。宮田とかいう女は邪魔だから絶対に同行させないこと」

「わかってます」

「次。佐々木が家に来たらどうするんだっけ」

「甘える」

思わず吹き出した。「その通り。チューでもしてやったらいいよ。ああ、佐々木のことだからまさか襲ってこないと思うけど、仮にそうなった場合は応じること。当然、隠し撮りも忘れずにね。カメラはおれがまた用意する。とりあえずあんたからは誘わなくていい。それはもうちょっと様子を見てから」

要するに今回の計画は、高野の代わりに佐々木をターゲットにするというものだ。高野にしたように、佐々木と愛美の情事をデータに記録し、佐々木を強請る。気の小さい男だ。職場に言いつけ、動画をネット上で拡散すると脅せば、きっとどんな要求も飲むだろう。

「それとさ、先々の話だけど、このプランが上手く運んだとするよね。ただ最後の最後で佐々木が警察に助けを求めるかもしれない。そんなことはさせないつもりだけど、もしもそうなった場合のことも想定しておこうよ。当然、佐々木はあんたから誘ってきたんだと主張するよね。こっちは正当な恋愛をしてたつもりだったって。そのときあんたはなんて言えばいいと思う？」

この質問だけ、愛美は間を空けて返答した。「脅されました」

「すばらしい」

吉男は親指を立てて、愛美に歯茎を見せた。

愛美が煙草に火を点けたので、吉男もそれに倣って煙草を取り出した。紫煙をくゆらせ、頭の中で思考を巡らせる。

悩ましいのは、金本を巻き込むかどうかだ。この僥倖《ぎょうこう》のおすそ分けをすべきか、否か――。しかし、金本を加えるのはリスクを伴う。いいとこだけ持っていかれて吉男には微々たる報酬しか入らない可能性がある。大いにある。

とはいえ、金本の力がなければ生活保護受給者を増やし、その上がりを抜くなんていう作戦は成功しないだろう。自分一人でそんな大それたことができるはずがない。この年になれば己の器は嫌というほど身に染みてわかっている。

仮に金本を除外して、単独で佐々木を強請るとすれば、どのような要求が可能だろうか。まず、吉男の生活保護受給額を限界まで引き上げさせる。これは絶対だ。それから佐々木にまとまった金を要求する。金額は百万くらいが妥当か。あの小僧のことだ、その程度の小金は貯め込んでいるだろう。あとは……いや、これくらいか。そう考えると少しさみしい気がした。全体的に小物感が漂っている。

けれど、そのくらいが自分の身の丈には合っているのかもしれない。無理をすると早いうちにこの計画が終焉《しゅうえん》を迎える気がする。細くても構わないので、できるだけ長く続かせることが大切なのだ。それで自分の生活水準は向上する。

決まった。金本に相談はしない。

「この計画が成功したら、あたしはいくらもらえるんですか」

煙草をもみ消しながら愛美が訊いてきた。

「金本さんはいくらって言ってたっけ」

「五十万」

「じゃあ五十万」

佐々木からふんだくる金を百五十万にすることにした。百万は手元に確保したい。

「その五十万は金本さんからもらう五十万とは別ですよね」

虚を衝《つ》かれる質問だった。こいつまだその線を捨てていなかったのかと思った。

「えーと、うん、別。つまり、金本さんは高野、おれは佐々木の担当ってこと」

「じゃああたしは百万もらえるってことですよね」

「まあ、そういうことになるかな」

あっちがうまくいけばだがな。腹の中で言った。

そんなやりとりをしていると電話が鳴った。愛美のスマートフォンだ。

「誰？」吉男が反射的に問う。

「金本さん」愛美がスマートフォンを確認して答えた。

噂をすればなんとやらだ。

「はい」愛美が応答した。「いえ、認めませんでした。はい。証拠があるとか言ってました。ほんとかどうかわからないけど」

愛美は先ほど吉男に話した内容をまた金本に報告している。

そういえば、高野をミザンスに放置してきてしまったがどうなっただろう。まさか殺されてはいないだろうな。吉男はふと気になった。

それと同時に重大なことに気がついた。この計画を愛美に黙っていてもらわなきゃならない。むろん、金本に。自分がこの場にいることすらばれたくない。吉男は愛美の肩を叩き、まず自分を指差し、次に唇に人差し指を当てた。愛美が怪訝《けげん》な顔をする。「なんか、山田さんが代わりたいみたいです」膝から崩折れた。どうしてこのジェスチャーでそう伝わるのか。

愛美がスマートフォンを差し出す。力なく受け取った。

〈おい、突然いなくなったと思いきや、どうしてテメェがそこにいんだ〉

最初から詰問口調だった。

「金本さんに電話に出てもらえなかったとのことで、自分のところに愛美ちゃんから電話があったんです。それで詳しく事情を聞こうってことになり駆けつけたんです」

金本が黙る。電話の向こうで目を細め、吉男の言葉の真偽を推し量る金本の姿が思い浮かんだ。このヤクザは妙にするどいところがある。

でも大丈夫なはずだ。何も不自然な点はない。

〈ふん、まあいい。ついでだからおまえにも伝えておくが、高野の作戦は変更だ。シンプルにあいつから金を巻き上げることにした。目標は一千万だ〉

「一千万」思わず鸚鵡《おうむ》返ししてしまう。

〈ああ。それなりに蓄えはあんだろうし、なんとかなるだろう〉

なんとかならないだろう。相手はただの地方公務員だぞ。

「でも、高野はクビになるでしょうし、そうなると脅してもあまり効果がないというか」

〈そんなことねえさ。おれもよくよく考えたんだがな、今回の不祥事でもちろん高野はクビだろうが、役所は事を公にはしねえで内々で処理するはずなんだな。こんなネタがマスコミに知れたらそれこそ目も当てられねえだろう。で、高野にはこの映像をネットにばらまいてマスコミにもリークすると脅すわけだ。そうなりゃ家族も巻き込んで破滅だ。奴からしたらそれだけは避けたいだろう〉

「なるほど」

きっと金本のことだ。容赦ない追い込みをかけるのだろう。高野の口座を押さえ、金額が足りないとなれば、複数のヤミ金から借り入れをさせ、強引に一千万を工面させるはずだ。

そして高野にとってもっとも不幸なことは、一千万を支払ってもそれでおしまいにはならないということだ。相手はヤクザであり、要求に終止符など打たれないのだ。

〈とりあえずおまえは今すぐ店に戻ってこい〉

「え、今からですか」

〈ああ。高野の奴、意識は取り戻したんだが朦朧《もうろう》としてて足もとがおぼつかねえんだ。かといって救急車も呼べねえし、だからおまえが病院に連れて行け。石郷にはおれから連絡入れておく〉

誰のせいだと言いたかった。「でも――」

〈ああ。なんか文句あるのか〉

「これから客のもとにバイアグラを届けなきゃならんのですよ。先ほど注文が入りまして」

金本の舌打ちが聞こえた。〈わかった。じゃあおまえはそっちを優先していい。ただし終わったらすぐに店に顔出せ〉

一方的に通話が切れた。まったくこの男は人をなんだと思っているのか。

吉男は首を回して骨を鳴らした。やはり今回の計画は金本に秘密にしておかなければならない。

愛美にその旨を告げると、「それって怒られないんですか」と、もっともなことを質問してきた。「だから秘密にしておくんだろう」きつく言いつける。「わかりました」愛美をしっかり頷かせてから吉男は立ち上がった。

「じゃあおれは出るよ。これから客のもとにおクスリを届けなきゃいけないから」

吉男はセカンドバッグを持ち上げて見せた。

「この計画はあんたにかかってるんだからね。よろしく頼むよ」

玄関で振り返り、吉男は念を押す。愛美は目を合わせないで、曖昧《あいまい》に頷いた。大丈夫だろうな。吉男はどうも不安を拭えなかった。この女はきっと何かが欠落している。

ドアを開けて外に出る。すっかり陽が暮れていた。かろうじて残っている西の空の茜《あかね》色が今にもなくなりそうだ。

外廊下を歩いていると、先の天井の蛍光灯にでかい蛾が止まっているのを発見した。他の虫を威嚇するように気味の悪い模様の羽をめいっぱい広げている。

吉男はその下を通る一瞬だけダッシュをした。

12

日曜日ということもあって、公園は親子連れで溢《あふ》れていた。広い敷地内に点在しているアスレチック遊具はどれも幼い子供によって占拠され、叫声がけたたましく園内を飛び交っている。

その周囲には、我が子を見守る父親たちの姿がある。母親の多くは、公園を囲う木々が作る木陰を避難所にして、談笑を繰り広げていた。

林野愛美は、手を広げたら枠からはみ出してしまいそうな小さな木陰のひとつで、煙草を吹かしていた。敷地内禁煙の立て看板があちこちにあるせいか、他者から冷たい視線を浴びているが、知ったことではない。

十メートルほど離れた先に恐竜をモチーフにした滑り台があり、そこに帽子をかぶった美空と、首にタオルを巻いた佐々木の姿がある。

美空は他の子に遠慮しているのか自発的に動けない様子で、佐々木が美空の手を引いて階段を登り、膝《ひざ》の上に乗せて一緒に滑り降りている。美空の口から白い歯がこぼれているのが遠目にもわかった。

それを愛美は不思議な気持ちで眺めていた。あの子、あんなふうに笑うのか。それが率直な感想だ。

山田の指示通り、昨夜、佐々木に電話を入れた。高野の件で話したいことがあるので、明日また来てほしい。そう告げると、佐々木はしばらく黙り込んでいたが、最後は「伺います」と無機質な声で返答した。

昼前に佐々木は家にやってきた。水色のTシャツに、ベージュのハーフパンツといういでたちだった。その姿はとても社会人には見えず、小柄な体格も相まって少年のようだった。

佐々木が駅前で買ってきたというスイーツを三人で食べた。高野の件はそのときにさらっと話した。

「なぜ、昨日は否定なさったんですか」

「怒られると思ったから」

「誰にですか」

「高野さんに。怒ると暴力振るわれるから」

支配されていたかわいそうな女を演じろ。これも山田の指示だった。徹底的に高野を悪者に仕立て上げることによって、佐々木は愛美に対し同情心を強める。

その言葉通り、佐々木はひどく憤慨している様子だった。「許せない」と眼鏡の奥の眼をぎらつかせて憤っていた。ただし、高野を告発するつもりはないとも伝えた。根掘り葉掘り質問攻めにされるのは御免だからという理由も付け加えた。事が事だけに佐々木は、「女性からすればそうですよね」と察してくれている様子だった。

続いて美空の話題になると、佐々木は唐突に、「公園にでも行きませんか」と切り出してきた。表に出たくなかったが状況的に断りづらく、仕方なく愛美は外出の支度をしたのだった。

「林野さんもいかがですか。童心にかえりますよ」

美空の手を引いて愛美のもとにやってきた佐々木が汗をぬぐって破顔した。顔や腕が日焼けで赤くなっている。

愛美はかぶりを振った。

佐々木は苦笑している。「では、もう少しだけ遊んできます。退屈かと思いますがもう少しだけお時間下さい――美空ちゃん、次はブランコまで競走ね。よーい、どん」

佐々木と美空の背中が並んで遠ざかっていく。

青空の下、陽射しを浴びて走る美空のうしろ姿を見て、自分はこういう光景を目にするのは初めてかもしれないと愛美は思った。意外と退屈ではなかった。

公園を出たあと、近所のファミリーレストランに行くことになった。これは愛美から誘った。単純にお腹が空《す》いたからだ。空腹を覚えるのは久しくなかった。人間は太陽を浴びるだけでエネルギーを使うのかもしれない。

窓際の四人掛けテーブル席に案内された。愛美と佐々木が対面に腰掛け、美空は佐々木の隣に位置している。自然とそうなったのがおかしかった。きっとはたから見れば若い夫婦とその娘の三人家族に映っているのだろう。

美空がお子様ランチ、佐々木が和風ハンバーグセット、愛美は海鮮パスタを注文した。

手を動かしながら他愛ない会話を交わす。主にしゃべっているのは佐々木だ。間が空くのが嫌なのか、次から次へと話題を振ってくる。「美空ちゃん、もう少し練習すればきっと一人でブランコ漕《こ》げますよ」佐々木が言うと、美空はにかっと笑った。完全に佐々木に心を許しているようだった。

「あんまり深く考えない方がいいのかもしれませんね」

食事を終え、コーヒーを飲んでいた佐々木が静かに言った。

「美空ちゃんとのこと。頭で悩むより、たまにこうして一緒に外に出たりとか、そうやって時間を共有することが林野さんには大切な気がします。一緒に遊んでみて少しは気分もちがったんじゃないですか」

「一緒に遊んだのは佐々木さんだから」

「まあ、そうですけど」佐々木は鼻の頭をぽりぽりと掻《か》いている。「では、次は林野さんが遊んであげてください」

「佐々木さんも、一緒にいてください」

佐々木は眼鏡の奥の眼を丸くさせていた。

「ダメですか」

「え、えーっと、わたしはその——」佐々木は視線をせわしなく散らしている。「あくまで社会福祉事務所のイチ職員であり——」

「美空のこと、嫌いですか」

「いえいえ。そんなことないです」慌てて両手を振っている。「美空ちゃんのことはもちろん好きですよ」

「あたしのことは、どうですか」

石化したように佐々木がぴたっと止まった。

じっと視線を合わせる。ほどなくして佐々木は愛美に視線を向けたまま、そろりとコップに手を伸ばした。

が、摑《つか》み損ねてテーブルの上に水をぶちまけてしまった。

「あーっ」慌てて佐々木が立ち上がる。

すぐさまウェイトレスが小走りでやってきた。「こちらでやりますので」ウェイトレスにそう断られているのに、佐々木は自ら屈《かが》みこんで床まで拭《ふ》いていた。

愛美はそれを黙って傍観していた。考え事もしていた。昨日、なぜ自分はこの男に抱きついたのだろう。計算して取った行動ではなかった。あの瞬間、クローゼットの中にいた山田の存在を完全に忘れていた。

ゴンッ。鈍い音が辺りに響く。立ち上がろうとした佐々木がテーブルに頭をぶつけたのだ。顔を歪《ゆが》めて後頭部をさすっている。

そして今日の、いや、今の自分は演技しているのだろうか。

愛美は自分の感情がまったくわからなかった。

13

月曜日になった。相変わらず喉《のど》の不快感は続いている。結局、土日も病院に行くことは叶《かな》わなかった。それに、今日は睡眠不足も手伝って身体はずっしりと重い。けれども、矛盾したことにその足取りは妙に軽かった。

昨夜から守の頭の中は林野愛美によって占拠されていた。愛美は教養も常識もなく、身も蓋《ふた》もない言い方をしてしまえば品のない女である。何より、幼い娘に対し手を上げるような軽蔑《けいべつ》すべき人間だ。

けれども、自分に好意を寄せている。このたった一点が、他のマイナス要素を相殺してしまう。

改札を通り抜け、ホームに向かうエスカレーターに乗った。五連勤のはじめの朝とあって、皆浮かない表情で機械的に歩いている。

おまえ、どうかしてるぞ。あんな女に惚《ほ》れてどうするつもりだ。相手はろくでなしじゃないか――。もう一人の自分がしきりに警鐘を鳴らしていた。しかし、心に芽生えた愛美への淡い感情が、守の耳に蓋をしてしまう。もう一人の自分はより一層声を張り上げる。今度はその声の届かない場所へ逃げ込む。そんな攻防を一晩中繰り広げていたのだ。

――黄色い線の内側に下がってお待ちください。アナウンスがプラットホームに響き渡り、ほどなくしていつもの電車が姿を現した。

　これは、恋なのか。自分でもよくわからない。いや、もう一人の自分が邪魔をして、素直に認められないだけなのかもしれない。

　車内は相変わらずの人いきれだった。守は揺られながら、時折、水槽の中の金魚のように上を向いて空気を吸った。背丈の低い守は、そうでもしないと呼吸すらままならない。目を閉じ、ぐっとこの状況に耐えた。

　愛美に抱きしめられた感覚は守の心に残滓《ざんし》のようにこびりついていた。これまで、守の人生はまったく女気のないものだった。小学生の頃、人並みに異性に恋をした。中学、高校では好きな人ができなかった。たとえ恋心を抱いたとしても、それが進展することはないという絶対的なあきらめが根底にあった。いつのまにか自らの感情にブレーキをかけることを身につけてしまっていた。

　それでも大学生になって初めて彼女という存在ができた。同じサークルの子だった。周りから「お似合い」と囃《はや》し立てられ、その流れでなんとなく付き合うことになったのだ。守を女にしたような地味な子だったので、言葉は悪いが気後れすることなく、守から見ても釣り合いは取れていると思った。交際が始まり、守は彼女のことを愛そうと思った。自分を好きになってくれた女性を大切にしようと思った。けれど一週間後、「別れたい」相手の一方的な言葉でその恋はあっさり幕を閉じた。どうして？　そう思っただけで口には出せなかった。

結局、その恋は手すら握らずに終わってしまった。ゆえに、守は女性に触れた経験すらなかった。

電車が目的地に到着する。ドアが開くと否応《いやおう》なく冷房環境から追い出され、入れ替わりに熱気が身体中にまとわりついてきた。それを引き連れてホームの階段を下りていく。

きっと、自分は今夜も愛美の家へ向かうのだろう。守はハンカチを額にあてながら思った。昨日の別れ際、愛美から「明日も来て」と誘いを受けている。曖昧《あいまい》な返事をしたが、きっと瞬時に答えは決まっていた。その証拠に、夜になれば愛美に会える、そう思うと心が浮き立つ自分がいる。結局のところ、恋の萌芽《ほうが》を自ら摘むことなど不可能なのだ。

いつのまにか庁舎が目の前にあった。グレーのコンクリートの外壁が太陽の光を反射して白く輝いている。考え事をしていたのであっという間だった。

オフィスに足を踏み入れると、電話の受話器を耳にあてている課長の嶺本と目が合った。守が頭を下げる。

「なるほど。状況はわかった。とりあえず病院に行って正確な診断をしてもらえ。お大事にな。ん？　おまえに話？　おう、あるぞ。おまえはもうクビだ。この忙しいときに離脱しやがって。ははは。冗談だ冗談。早く治して出勤してこい。それじゃあな」

嶺本が受話器を置き、守を見た。

「おう、佐々木。悲報だ。高野がこの時期にインフルにかかりやがった。今週の復帰は厳しいかもしれんな。そういや、おまえも喉が痛いなんて言ってたろう。大丈夫だろうな」

「ええ、まあ」適当に返事をしてしまう。

「やめてくれよ、二人も同時にいないなんてシャレにならんぞ」

高野がインフルエンザ？　絶対に嘘だ。

「やつが抱えている仕事はみんなでカバーしてやってくれ」

高野は守が土曜日に自宅を訪れたことを夫人から聞いているはずだ。そこで何か察したのかもしれない。守は高野の携帯電話に着信も残している。折り返しはなかった。

「ところで今日の夜、久しぶりに付き合わないか？　駅の向こうにこっそりとレバ刺しを食わせてくれる店を見つけてな。どうだ、暑気払いってことで」

高野は絶対に許せない。ここ数日で守の怒りの感情は急激に増幅していた。その大部分が私情であることは否めないが。

「おい、聞いてるのか」

「あ、はい」

「そうか。じゃあ仕事終えたら一緒に出よう」

「え、いや、すみません。今日は予定が……」

「なんだ」嶺本が鼻に皺《しわ》を寄せた。「まさかおまえ、女でも作ったんじゃないだろうな」

作ったらいけないのか。「いえ、そういうわけじゃないんですが」

嶺本は目を細め、探るように守の顔を見ている。

守は頭を下げて場を離れ、そそくさと自分のデスクに向かった。宮田有子から嶺本がゲイと聞いて彼を見る目が変わってしまった。同性愛者を差別する気はないが、自分が狙われているかもしれないとなれば話は別だ。

ほどなくして、順々に同僚たちが登庁してきた。その中に宮田有子もいた。

「おはよう。体調はどう？」

宮田有子が守の傍にやってきて慇懃《いんぎん》な態度で言った。

一瞬、なんのことを指しているのかわからなかったがすぐに思い出した。

「ああ、昨日はすみません。おかげさまでもう大丈夫です」

実のところ、日曜日も宮田有子と共に高野の家に行く予定だった。というより、強引に約束させられていた。それを守は体調不良を理由にドタキャンしたのだ。もちろん、林野愛美に会うために。

「ずっと家で寝込んでたわけ？」

「ええ、まあ」

「にしては、ずいぶん日焼けしてるけど。腕なんか真っ赤よ」

「え？　えーっと、病院に行ったんです。歩いて行ったからきっとそれで。半袖《はんそで》だったし」

自分でも無理な言いわけをしてるなと思った。「ふうん」当然その顔に信用した様子はない。

林野愛美とのことは宮田有子に話していない。愛美からも秘密にしてくれと頼まれている。守も伝えるつもりはなかった。話せば批難されるに決まっている。下手すると守も高野と同類に分別される可能性がある。

「それよりも宮田さん、高野さんの件でちょっとお話が」

守は声を落として言い、そのまま宮田有子を廊下に連れ出した。

「実はですね――」

守が、高野が本日欠勤をする旨を告げた。

宮田有子が眉根《まゆね》に深い縦皺を刻んだ。「あの人、逃げたわね」

「やっぱり、高野さんは林野さんの件をぼくが知っていることに勘付いたんでしょうか」

「おそらくそうでしょうね。じゃないと、逃げる道理がないもの」

「でも、それならぼくに探りを入れてくると思うんですよね。気が気でないでしょうから。それにいつかは出勤しないといけないわけだし、今この場をやり過ごしても結局は時間の問題というか」

「怖いんでしょ、単純に。子供と一緒。困ったらまず逃げる。そういう人だもの」

宮田有子は鼻で一笑して、そう吐き捨てた。

「よし、佐々木くん。今日仕事終わったら高野さんの家に行くわよ」

守が顔を上げる。「えーと、今日はちょっと」

「何、ダメなわけ？」

「ええ、まあ」

「何か予定があるの？」

「その、課長とご飯を食べる約束をしてしまいまして」

咄嗟《とっさ》にそんなことを口走ってしまう。後悔したが遅かった。

「ふうん」と言いながら意味深な笑みを寄越《よこ》してきた。「そういうことか」

「いや、その、変な勘違いしないで下さいよ」

「ま、いいけどね」宮田有子が肩をすくめる。「わかった。高野さんの件はまた次の機会に。逃げ切れるわけないし、このまましばらく放っておくのもいいかもね。きっと今頃、布団の中で震えてるんでしょうから」

宮田有子は残酷な笑みを浮かべ、それを隠すように口元に手を添えた。人を追い詰めるのが楽しくて仕方ないといった表情に見えた。この人のカタルシスはこれかと思ったら、うすら寒くなった。

宮田有子のあとをついていく形でオフィスに向かう。

「じゃあ今日はわたし一人で林野愛美宅に向かうわね」

歩きながら、さらっと言われた。

守は驚き、早足で宮田有子の横に並んだ。

「また行かれるんですか」

「そうよ。しっかり彼女を落とさないと」

「いやあ、それはどうかと思いますよ」

宮田有子が足を止め、守を怪訝《けげん》そうに見る。「何よ。何か都合悪いわけ?」

「いや、そんなことはないんですけど、一昨日《おととい》に行ったばかりですし、もう少し間隔を空けた方がいいんじゃないのかなと」

「空けちゃダメなの。何度言えばわかるの。こういうのは徹底的に追い詰めないと。彼女にしっかりと被害届を出してもらうまでわたしは毎日でも通うわよ」

守の中に落胆の気持ちが広がる。これで本日、愛美の家には行けなくなった。ということは愛美に会えないということだ。

「あ、ダメだ」宮田有子が思い出したように手を叩《たた》く。「わたしも今日は予定があったんだ」

「本当ですか」思わず声が上ずってしまった。

「うん。人と会う約束を入れてるの忘れてた。危ない、危ない。林野さんのお宅に行くのはまた今度にしないと」

妙に芝居がかっているのが気になるが、守は安堵《あんど》した。これで愛美に会える。己が滑稽《こっけい》だった。この一喜一憂はなんなのか。まるで十代の恋煩いのようだ。

業務が始まり、オフィスの電話が慌ただしく鳴り始めた。守のデスクの電話もピピと短い音で鳴る。この音は内線だ。受話器を取り上げると、パートの事務員から、「市民からです」と機械的な声で告げられた。「どういった用件でしょう」訊《たず》ねると、「問い合わせです」と答えにならない返答を受ける。

仕方ないので出ると、坂本《さかもと》という老人だった。坂本は八十四歳の独り身で、何かにつけて社会福祉事務所に電話を掛けてくる面倒な相手だった。パートがこちらに回してきた理由がわかった。

〈あのねえ、うちの家の前にまた犬の糞《ふん》があるんだよねえ〉

「はあ」

〈わざわざ張り紙までしてるのに、困ったもんだよねえ。飼い主はいったいどういう教育を受けて育ったのかねえ。そういう飼い主に育てられたペットもまた不憫《ふびん》なものだよねえ〉

この調子で延々と話が続くのだ。一時間捕まったこともある。

ここはそういうクレームを受け付ける場所じゃないと撥《は》ね付けられたらどんなに楽だろうか。かといって、この手の電話をどこにも回すことはできないのだが。

出掛けの宮田有子と目が合った。誰と話しているか察したのだろう、ご愁傷様、と唇だけで伝えてきた。守は受話器を耳にあてながら苦笑いを浮かべ会釈を返した。

昼下がり、守はひとり庁舎を出た。本日はケース訪問をする予定はないので、外に出られるのは昼食休憩の一時間のみだ。

飲食店が立ち並ぶ商店街の方へ向かう。その道中で守は適当な路地裏に入った。周囲に人気《ひとけ》がないのを確認して、守は携帯電話を取り出して耳に押しあてた。発信先は高野洋司だ。

昨夜から考えていたことだ。宮田有子に悟られないように高野を排除するには守から接触をするしかないのだ。すべては愛美を守るために。本当は電話ではなく、直接連れ出す算段でいたのだが、当人が逃げているので仕方がない。

コール音が耳の中で鳴っている。十秒、二十秒――。守があきらめようとしたとき、コール音が止まった。留守番電話に切り替わったのかと思ったが、そういった案内の音声は流れてこなかった。一旦《いったん》耳から離して、画面を確認する。表示が通話になっていた。

「もしもし」守が声を発した。

何も返答はない。ただし、かすかに人の息づかいが聞こえる。

「高野さん、聞こえてますか」

〈……ああ〉

沈み込んだ高野の声が聞き取れた。

守は奇妙な感覚に囚《とら》われた。これまでふつうに接していた相手だが、電話の向こう側の相手は、その人物とは別人であるかのような気がしたのだ。

「インフルエンザと聞きましたが、お身体は大丈夫ですか」皮肉のつもりでそう言った。

〈……〉

「ぼくがなぜこうして電話をかけているのか、わかりますか」

〈……〉

「高野さんが担当されている、林野愛美さんの件です。土曜日にあなたのご自宅に伺ったのもそのためです」

〈……おまえは、どこまで知ってるんだ〉

「すべてです」

〈林野愛美がチクッたのか〉

その言い方に守はかちんときた。「情報源がどこであろうと関係ないでしょう」

〈おまえ以外に、このことを誰が知っている〉

守は少し考えてこう答えた。「ぼくだけです」

宮田有子からこの件は守一人が知っているということにしてくれと言い渡されている。もっとも理由はどうも釈然としないのだが。

「ぼくは誰かにこのことを話すつもりはありません。林野さんも告発するつもりはないと話してました。しかし——」守は息を吸った。「あなたはすみやかに辞職するべきです」

自分の人生でこういった台詞《せりふ》を他人に吐く日が来ようとは夢にも思わなかった。けれど今は、戦うときだ。守は再び大きく息を吸って言葉を続けた。

「あなたのしたことは最低です。できるなら刑罰を受けさせたいです。けれど、事が公になれば傷つくのは林野さんです。ですから、よくないことかもしれませんが、今回のこと、ぼくは、ぼくの胸の内だけにとどめておくことにしようと思います」

守が腹に力を込めて言葉を吐き出していく。ここ数日で自分は強くなった。きっと恋をしているからだ。

「あなたが助かったと思っているなら大きな間違いです。ぼくは、人生は因果応報だと思います。この先、必ず報いを受けるときが来るはずです」

〈佐々木。おまえは、どこまで知ってるんだ〉

高野がまた同じことを訊《き》いてきた。

「先ほども言ったでしょう。ご本人からすべて――」

〈あの金本とかいうヤクザのことも知ってるのか〉

「ヤクザ?」

〈あれが因果応報か〉

「ちょっと待ってください。なんのことをおっしゃってるんですか」

〈……〉

「高野さん」

〈……いったいどうなってやがる〉

「高野さん?」

〈……どちらにしろ、おれの人生は終わりだ〉

「どういう意味ですか」

〈辞めりゃいいんだろう。辞めてやるよ〉

そのまま通話が切れた。高野の捨て台詞が守の耳の中でしばらく残響していた。

あの野郎……被害者のつもりでいやがる。開き直ってやがる。猛然と怒りがこみ上げてきた。守は足もとにあった空き缶をおもいきり蹴飛《けと》ばした。カン、カカンと乾いた音を立てて転がっていった。

路地裏を離れた。灼熱《しゃくねつ》の太陽の下、街路樹が作るまだらな日陰の中を進んだ。

高野は妙なことを口にしていた。高野はヤクザと揉《も》めているのだろうか。違法な金貸しに借金があり、返済に窮している――。高野のことだ、さもありなんである。しかし、それは守になんら関係ないことだ。むしろヤクザが高野をとっちめてくれるならありがたいような気もする。天誅《てんちゅう》が下ったと思えばいい。

とりあえず必要なことは伝えた。いささか楽観的すぎるかもしれないが、これで高野と愛美の件は解決するはずだ。もしもこれで高野が守の最後通告を無視して、のうのうと職場に復帰してきたら、それはそのときだ。辞めなければ事務所に報告すると脅しをかけるしかない。きっと今の自分ならできるはずだ。

守は額の汗を手の甲でぬぐった。今夜、愛美の家に行ったら高野に退職するよう勧告した旨を報告しよう。きっと喜んでくれるはずだ。

飲食店が立ち並ぶ通りに出たところでふいに腹が鳴った。けれどあまり食欲はない。まだ微量の興奮が身体に残っていた。

そういえば、夕飯はどうしよう。守はふと思った。夕飯時は愛美の家にいる。また外食に出るべきか。いや、あの家の周辺に飲食店はない。だとしたら家しかないが、愛美は手料理を振る舞ってくれるだろうか。いやいや、きっと愛美は料理などしないだろう。だとしたら出前か。それもなんだか味気ない気がする。それなら、食材を買って行くというのはどうだろうか。夕飯を一緒に作るのだ。そうだ、それがいい。

守は夜のことで頭がいっぱいだった。

14

小さなこぶしが握る箸《はし》が、ボウルの中をくるくると回転し、先程すり下ろしたところに波をおこしていた。お絵描きに没頭しているときとは種類がちがうが、美空の目はまるで泥遊びをしているように真剣だ。

「さ、今のうちに林野さんは野菜を炒《いた》めてください」

佐々木が手を叩いて愛美に言った。

十八時を過ぎてから、家にやって来た佐々木は両手にビニール袋を提げていた。中身は食材と調味料の類《たぐい》がぎっしりと詰まっていた。エプロンまであった。ちなみにエプロンは愛美と美空の分まで用意されていた。

「せっかくだから一緒に夕飯を作りましょう」

そう嬉々《きき》として提案してきた佐々木に半ば強引に付き合わされる形で夕飯作りが始まった。佐々木はエプロンを纏《まと》うと、まるで料理番組のそれのように慣れた手つきで野菜に包丁を入れた。愛美が「上手ですね」と言うと、佐々木は「独り暮らしが長いですから」と鼻の頭を掻いて照れていた。

愛美はフライパンを振っている自分が滑稽だった。こんなのきっと中学の家庭科の授業以来だ。料理は面倒なのと、時間を無駄にしている気がするので敬遠してきたが、不本意ながら悪くない気分だった。

「いただきます」

三人で合掌し、声を合わせた。テーブルいっぱいに料理が並んでいる。豚肉と野菜の炒め物、サーモンカルパッチョ、にんじんの味噌《みそ》きんぴら、えんどうの玉子とじ、トマトの入った春雨サラダ、大根と油揚げの味噌汁。美空がすり下ろしたとろろもある。あきらかに作り過ぎだ。三人で食べ切れる量じゃない。

愛美はこの居間に漂う空気がどこかこそばゆかった。ふだん点《つ》けっ放しのテレビも消えているので音もない。心なしか蛍光灯がいつもより明るく感じられた。

「おいしぃ」訊いてもいないのに美空が言った。

「よかった。美空ちゃんがお手伝いしてくれたおかげだね」

佐々木が手を伸ばして美空の頭を撫《な》でる。

「林野さんも美空ちゃんも、昨日一日でだいぶ焼けましたね。ぼくも昨日シャワーを浴びたら身体が痛くて痛くて。ひとりで叫んでました」

たしかに昨日、長く公園にいたせいでずいぶん肌が焼けてしまった。それでも愛美はほとんどの時間を木陰で過ごしていたので、佐々木や美空に比べれば被害は少ない。美空は鼻の頭の皮膚がめくれ上がっているほどだ。

「今日も、公園行く？」昼下がりに愛美は何気なく美空に声を掛けてみた。「いく」と美空は返答したが、結局行かなかった。なんとなく訊いてみたかっただけなのだ。

愛美は不思議な感覚で咀嚼《そしゃく》をしていた。家で手料理を食べるのはいつ以来だろうか。記憶を探ってみたがすぐには思い出せなかった。

愛美が子供の頃は、食事といえばインスタント食品か、出来合いの物だった。それが当たり前であったから、家で手料理が出てこないことに疑問も抱かなかった。もちろん他の家庭とちがうことはわかっていたが、うちはそういうものだと子供ながらに受け入れていた。

湯気の立った味噌汁に口をつけた。熱気が舌を通して身体に染み込んでくる。胃がじんわりあたたかくなった。

「林野さん。食事中になんですが、高野さんの件をお話ししても……」

佐々木が上目遣いで探るように愛美を見て切り出した。愛美が頷くと佐々木は箸を茶《ちゃ》碗《わん》の上に置いた。

「本日、高野さんと電話で話をしました。今回の件を表沙汰《おもてざた》にしない代わりに辞職するように伝えておきました。一応本人は了承しましたが、どうなるかはわかりません」

「そうですか」

「本当に、このたびはご迷惑をお掛け致しました」

佐々木はテーブルに手をついて頭を下げてきた。

「もういいんです」

愛美は短くそう答えたが、頭の中では別のことを考えていた。

高野はあれからどうなっているのだろうか。佐々木は、高野が金本から脅されていることを知らないはずだ。そして、愛美が自分を罠《わな》に陥れようとしているとは夢にも思っていないだろう。

この複雑な状況の先を愛美は深く考えないようにしている。なるようになるだろうと達観している部分もあるが、考えたくないというのが本音だ。もしかしたら取り返しのつかない事態が待ち受けているのではないか、そう思うと強大な壁に押しつぶされるような恐怖に支配されるのだ。

突然インターフォンが鳴った。愛美は弾《はじ》かれたように立ち上がり、インターフォンの液晶を確認した。

ここ最近、この音が怖くなった。心臓が小突かれたように跳ねるのだ。

画面には女の姿が映っていた。土曜日に佐々木と共にやってきた宮田有子という女だ。

「佐々木さんと一緒にいた女の人です」愛美が振り返って告げた。

佐々木が目を見開き、表情を一変させた。「まずいです、まずいです」言いながら立ち上がる。泡を食った様子で右往左往していた。

「大丈夫。追い返すから」

「あの人今日は来ないって言ってたのに——。ぼく、林野さんとのこと内緒にしてるんです」

「知ってますよ。こっちからお願いしたんだから」

つい二日前も同じようなことがあったなと愛美は微苦笑して、インターフォンの通話ボタンを押した。

〈先日お邪魔した社会福祉事務所の宮田です。夜分遅くに申し訳ありません。改めてお話しをさせていただきたいのですが〉

「話すことはもうないと言ったはずだけど」

〈そうおっしゃらずに少しだけお時間いただけませんか〉

「今夕飯食べてるんで」

〈そうですか。では、また改めて伺わせていただきます〉

あまりにあっさり引き下がるのが意外だった。もっともこれ以上食い下がるようなら一方的に通話を切るつもりだったのだが。

〈ただ、つまらないものですが、粗品をお持ちしましたのでそれだけ受け取っていただけませんか〉

愛美は佐々木を見た。どうします？　目でそう訊ねたつもりだったが、佐々木はどちらとも取れるような曖昧な首の振り方をした。

物を受け取るだけならいいだろうと判断し、愛美は玄関へと向かった。

ドアを三十センチ程度開ける。その向こうに取ってつけたような笑顔の宮田有子が立っていた。

「夜分遅くに申し訳ありませんでした。これ、駅前のデパートで買ったゼリーなんですけど、よかったら娘さんと一緒にお召し上がりください」

宮田有子が紙袋を両手で差し出してきた。愛美がそれを受け取ろうとドアを大きく開いたとき、宮田有子の視線がすっと下がった。

「それでは、また改めて伺います。おやすみなさい」

宮田有子はそう言葉を残して帰っていった。カツ、カツ、カツとヒールの音が外廊下に響いている。

あの女はやっぱり危ない。愛美は改めてそう思った。言葉に表すのは難しいが、なんとなく目の奥が薄気味悪い。それは金本のような人間が持つ、悪意のこもった瞳《め》とはまた別種の、真意の見えない恐ろしさがある。

居間に戻ると佐々木の姿がなかった。隣の部屋の襖《ふすま》を開ける。暗闇の中、部屋の片隅で身を潜めるようにして佐々木は膝を抱えていた。

「帰りましたよ」

愛美がそう告げると、佐々木は脱力して安堵のため息をついていた。


「宮田さんは曲がったことが嫌いなんです」

佐々木が洗いものをしながら言った。眼鏡の縁に洗剤の泡が付着している。

愛美は椅子に腰掛け、煙草を吹かしながら佐々木の話に耳を傾けた。佐々木が来てからそれが一本目の煙草であったことに気付き、愛美は自分に驚いた。

「宮田さんに内緒で林野さんと会っていることがバレたら、きっと大変なことになります。ぼくも高野さんと同じだと軽蔑されます」

愛美は適当に相槌《あいづち》を打っておいた。

美空はテレビの前に陣取ってアニメを見ている。やたらと集中して画面を凝視していた。ふだんは大抵、愛美が好みの番組をつけているので、アニメが珍しいのかもしれない。

「美空ちゃん、もう少しだけテレビから離れようか」

佐々木の声が台所から上がる。美空は素直に従い、床を滑って後退した。

洗いものを終えた佐々木はしばらく美空の隣で一緒にアニメを眺めていたが、ほどなくして「ではそろそろ」と立ち上がった。

その瞬間、美空の表情があからさまに曇った。だからだろうか、愛美は佐々木に向かって、「まだ八時じゃないですか」と引き留めていた。

佐々木は時計に目をやり考え込んでいたが、ほどなくしてはにかんでこう言った。

「それでは、もう少しだけ」

愛美は冷蔵庫の中にあった缶チューハイを二本取り出し、一本を佐々木に差し出した。互いに床に腰を下ろし、缶をこつんとぶつけ合う。

十代の頃から飲んでいるが、酒の味は未だによくわからない。愛美にとって酒は酔うためだけのものだ。好きでもなければけっして強くもないので、自分のペースでゆったりと飲んでいたが、佐々木は意外にいける口らしく、次々と缶を空けていった。そしてどんどん饒舌《じょうぜつ》になっていった。

「ぼくは高野を絶対に許しませんよ。なんですかあいつは。暴力に訴えるのは許されないことですが、一発ぶん殴ってやらないと気が済みません。立場を利用して人の弱みに付け込むような真似がどうしてできるのか。ああ、腹が立つ。職場でもですね、卑怯《ひきょう》な男で通ってたんですよ、やつは」

この段になると佐々木の顔はのぼせ上がったように上気していた。傍らには五本も空いた缶が並んでいる。

テレビを観ていた美空はいつのまにかソファの上で眠っていた。短い手足を広げて大の字になっている。

「ほら、天使じゃないですか」

佐々木が虚《うつ》ろな目で美空の寝顔を覗《のぞ》き込んだ。

「天使は愛してあげなきゃだめですよ」

天使、か。愛美は酔いの回った頭で反芻《はんすう》した。佐々木に付き合う形で二本目を空けていた。

佐々木がリモコンを手にし、テレビを消すと、静寂が訪れた。かすかに美空の寝息が聞こえるだけだ。

「ぼく、だまされてませんよね」佐々木が虚空を見つめながらぽつりと言った。「だって、ぼくなんかを好きになるなんて――。あ、林野さんはぼくを好きだなんて言ってないか」

一人で肩を揺すっている。

愛美は佐々木の膝の上に手を置いて告げた。

「好きだよ」

佐々木が充血した目を向けてきた。愛美はそのまま顔を近づけた。佐々木の瞳孔《どうこう》がかっと開いたのがわかった。互いの唇が数センチのところまで接近する。

その瞬間、佐々木は前触れもなく嘔吐《おうと》した。愛美は咄嗟に身体を引いた。直撃は避けられたが、床に嘔吐物が飛び散った。本人も予想外だったのだろう、手を当てる余裕もなかった感じだ。

「すみません、すみません」

佐々木は動転した様子で身体を震わせていた。口元から黄色い唾液《だえき》が糸を引いて垂れている。

「ぼく、本当はあんまりお酒飲めなくて――」

「いいから。とりあえずお風呂《ふろ》行って」

愛美は強い口調で言い、浴室の方を指差した。

佐々木は頷いて立ち上がり、壁にぶつかりながら浴室へふらふらと歩いて行った。

愛美はとりあえず収納からいらないTシャツを取り出した。家に雑巾がないのでその代わりにしようと思ったのだ。それを台所で水に浸す。

ほどなくして浴室からシャワーの音が聞こえてきた。愛美はしばらく身動きを止めた。その分思考を巡らした。

――。

この先、自分が取るべき行動の答えが出なかった。そして答えの出ぬまま、愛美は一歩、足を踏み出す。これが正解かわからない。誰かに背中を押された感じだ。

洗面所の鏡の前に立つ。二十二歳の幼い女がそこに映っていた。触れたら崩れてしまいそうな、砂で作られたような女だった。

すぐそこには佐々木がいる。磨《す》りガラスにうっすらとその姿が滲《にじ》んでいる。

愛美はゆっくり衣服を脱いだ。下着を外し、裸になった。そしてノブに手を掛け、そっと押しあけていく。

佐々木の背中がそこにあった。少年のような小さい背中だ。

佐々木は前の壁に両手をつき、頭からシャワーをかぶっていた。「ゔー」と低い声で唸《うな》っている。うしろに愛美がいることにまったく気づいていない。

愛美は、佐々木の背中に身体をそっと密着させた。シャワーの水滴が弾け愛美の顔を打った。

佐々木は反応を示さなかった。けれど今、自身の身に何が起きているのか、これから何が起きようとしているのかはきっとわかっているはずだ。

「吐いたから汚いですよ。そ、それと、ぼく、少し前から喉が痛いんです。風邪かもしれないから、その――」

うしろから両手を回して、包み込むように佐々木を抱きしめた。

愛美は、なぜか、自分が抱かれているような気がした。

15

診察室にやかましい携帯電話の着信音が鳴り響き、目の前の石郷が冷淡な視線をぶつけてきた。山田吉男は手刀を切ってから通話ボタンを押した。立って石郷に背を向け、口元に手を添える。

「愛美ちゃん、何してたんだよ」

一声目でクレームをつけた。一昨日から林野愛美に何度も着信を残したのに、一向に折り返しがなかったのだ。このまま電話がなければ、吉男は今夜にでも愛美の自宅まで出向くつもりでいた。

〈すみません。気がつかなくて〉

そんなことあるわけないだろう。吉男は脱力したが、話を先に進めることにした。

「で、どうなの？　撮れた？」

それまでの報告で、愛美と佐々木が毎日会っていることまでは聞いていた。ただ、肉体関係を築くには至らず、プラトニックなやりとりを続けているようだ。かれこれ二週間近くもそんな状態が続いている。

当初、順調な滑り出しに満足していた吉男であったが、ここ数日は業を煮やしていた。ゴールはすぐそこまできているのに、なぜ最後の一押しに手間取っているのか理解に苦しむのだ。

〈いえ、まだ〉

その返答で吉男の苛立《いらだ》ちがさらに増幅した。

「奴はもう家に泊まったりもしてるんだろう。あれだってまがりなりにも男なんだから誘惑すれば乗ってこないはずないって」

〈誘ってるんですけど、断られるんですよね〉

「なんでよ」

〈さあ。淡泊なんじゃないですか〉

「そんなはずないって。男なんだからやりたくて悶々《もんもん》としてるに決まってるじゃない」

〈男ってみんなそうなんですか〉

「当たり前だろう。子供じゃないんだからそんなアホなこと言うなよ」

〈変わったタイプなのかも〉

「もう――」吉男が頭を乱暴に掻きむしる。「とにかく今夜勝負しかけてみてよ。絶対だぞ」

吉男はため息をついて通話を切った。

「なんだかおもしろそうなことしてるな。聞かせろよ」

石郷が興味津々といった顔で身を乗り出す。

「いえ、別に」

吉男は携帯電話をしまい、再びスツールに腰を下ろした。

「なんだ、言いたくないのか」

「そんなたいしたことじゃないですよ」

「だったら話してくれてもいいだろう」

妙に食い下がってきた。このヤブ医者は芸能リポーターのように下世話なネタが好物なのだ。むろん、教えるわけがない。

「夫婦生活のないさみしい主婦の相談に乗っているだけです」

石郷が鼻で一笑する。「まあ、どうだっていいか」つぶやいてうしろに大きく仰《の》け反った。石郷専用だというアーロンチェアがギシィと軋《きし》んだ。「それよりな、金本におれの電話に出ろと伝えてくれ。こっちは留守電も残したのにあの野郎、一向に折り返してきやしねえ。恩を忘れると取り返しのつかないことになるぞ」

「そんなことおれに言われても。たしかに金本さんは電話不精ですけどね」

「ふん。そんなの知らん。こっちは親切にあいつに忠告してやろうと思ったのに」

「忠告？」

「ああ」

石郷は吉男の顔を上目遣いで見ていた。「聞きたいか」ヤニで黄ばんだ歯を覗かせた。よく見たら、石郷の目はプールから上がったあとのように充血していた。いくつもの毛細血管の線がはっきり確認できる。そして妙に昂《たか》ぶっている気がする。もしかしたらクスリでキマっている状態にあるのかもしれない。

「まあ、あんたに話したところで無害だろうしな」

たるんだ顎《あご》を摩《さす》り、ニヤつきながら独白している。そして一方的に口を動かし始めた。

「金本が裏で勝手にいろいろ動いてるのは組だって知ってるわけだ。上だって馬鹿じゃねえ。大目に見られてんのは結局のところあいつが稼ぎ頭だからだ。がしかし、ここ最近の金本はいくらなんでも調子に乗り過ぎなんじゃねえかって声もちらほら上がってるわけだ」

「そうなんですか」

「ああ。何をするにしても相談もなけりゃ報告もない。金さえ納めればいいんだろう。そういう態度を隠そうともしない。きっと森野組の連中を食わせてやってるのはおれだくらいに思ってるんだろう。そうなると上だって気分は良くないだろう」石郷が細い目をさらに細めて吉男を見た。「何も起きなきゃいいが。あんたも気をつけろよ」

「ちょっと。脅さないで下さいよ」

石郷が下品に笑った。あまりに声がでかいので隣の診察室に迷惑じゃないかと要らぬ心配をしてしまう。

「才覚はあるんだがな、金本はその辺りの配慮に欠けるんだ。これはおれの持論だが、ああいうタイプは組織にいちゃいけない。独りがいい」

「はあ」

「しかし、今放り出されたら、あいつは生きちゃいけないだろうな」

乾いた口調で石郷が言った。

「こういう世界だと、独りは何かと大変でしょうしね」

「そういう意味じゃない。この世にいられないってことだ」

「えーと、それはどういう――」

「まんまだよ。殺されるかもしれないってことだ」

吉男が眉をひそめる。聞き捨てならない話だった。

「あんた、金本がもともと新宿の八代組ってとこのヤクザだったたって知ってるか」

「いえ……」

初耳だった。金本は自らのことを吉男にまったく話そうとしなかった。訊ねようと思ったこともないが。

「そうか。あんたほんとになんも知らねえんだな」

馬鹿にされたようで気分が悪いが吉男は頷《うなず》いて先を促した。

「でだ。金本は昔、新宿で派手にやってたらしいんだな。若いから怖いもの知らずだろう。次から次へと危ない商売に手を出して荒稼ぎしてたらしい。けれどもそんな折、金本はトラブルを起こして、新宿を追われたんだ。そんで、この街に来たってわけさ」

「先生、やたら詳しいですね」吉男が言うと石郷は、「免許は持ってるが闇医者だからな」と自分でつまらないことを言って笑った。

本当に医師か。この男こそヤクザに思える。ただ白衣を纏っているだけだろう。

「で、なんで金本さんが殺されるかもしれないんですか」

「新宿に戻ろうとしてるからだ。あいつはすぐにでもこの街を出たいらしいぞ」

「はあ。金本さんが」

相槌を打ちながらそれは吉報かもしれないと吉男は思った。船岡から金本が出て行ってくれるならその方がいい。売人の仕事を失うかもしれないがそんなのどうでもいい。

「なぜ新宿に行ったら殺されるんですかね」

「新宿には金本をよく思っていない連中がわんさかいるんだと。未だにぶち殺してやるって息巻いてるようなのもいるらしいぞ。一応、味方に犬飼さんっておっさんがいてな、この人は八代組の組長でおれも顔見知りなんだが、この組長の力を以《もっ》てしても周りを納得させるのはむずかしいって話だ。金本はそんな関係ねえって思ってるようだが、周りはそうじゃねえってことよ。おれが金本に忠告してやろうとしてたのはこのことさ」

石郷が頭の後ろで指を組んで、吉男に口の端を持ち上げて見せた。

「あのう、ところで金本さんは何をしたんですかね。どうしてそこまで怒りを買ってるんですか」

「殺しだよ」あっさり言われた。「どういう事情があったのか詳しくは知らないが、結果的にあいつは兄貴分を拉致《らち》して、そのまま殴り殺しちまったんだ。そりゃあ追われるだろう」

噂は――本当だったのか。知らない方がよかった。噂のままでよかった。

「ま、この件とは別にあちこちで恨みを買ってたらしいから、実際はそれすら関係ないのかもしれねえけどな。ただ、新宿があいつにとってあぶねえってのは間違いないみたいだぞ。おれもあいつが今いなくなるとちょっと困るんでな、なんとか翻意させたいわけよ。あんたもひとつ協力してあいつを――」

石郷の声が耳を素通りしていた。吉男は、金本について改めて考えていた。あの男になんらかのトラブルが生じた場合、自分も被害をこうむるのだろうか。金本の側近だからという理由でついでに殺されるなんてことがあってはたまらない。さすがにそんなことはないだろうと思いつつ、吉男は生唾《なまつば》を飲み込んでいた。

病院をあとにしたその足で、吉男は金本との待ち合わせ場所に向かった。いつか縁を切らなくてはならないが、現実には目の前に仕事がある。自分の生真面目さが馬鹿らしかった。

昨夜、手持ちのMDMAが少なくなってきたので補充を要請しておいた。近頃頻繁にこんなやりとりをしている。面倒なので、一度にもらえる量を増やしてほしいと切り出してみたが、金本は首を縦に振ってくれなかった。金本自身、少量ずつ仕入れているので物理的に難しいとの返答だったが、信用されていないのだと吉男は感じた。もっともあの男から信用を得ても困るのだが。

指定のコンビニの駐車場に白のフリードを発見した。その運転席に人が乗っているのが遠目にわかった。金本だ。まさかあの車に極悪人が乗っているとは誰も思わないだろう。

ちなみに金本はフリードの他にもランボルギーニのウラカンを所有している。こちらは黒だ。仕事の種類によって使い分けているらしい。

歩み寄りながら、吉男が道路に痰《たん》を吐く。近くにいた中年女が軽蔑のまなざしで見ていた。睨《にら》みつけるとさっと視線を外し去っていった。

助手席のドアを開け、吉男が車に乗り込む。冷房をつけているのでエンジンはかかったままだ。綺麗《きれい》好きな金本らしく、車内は埃《ほこり》ひとつなく、清掃が行き届いていた。芳香剤の匂いがふわっと香った。

「おつかれさまです。いやあ今日もまた暑いですねえ」

吉男が挨拶《あいさつ》をすると、膝の上にＭａｃＢｏｏｋを置いている金本が手の平を差し出した。レイバンの黒いサングラスをしている。

「出せ」

吉男はセカンドバッグの中から在庫のＭＤＭＡを取り出し、金本に手渡した。

金本がエクセル表で在庫数を照らし合わせる。こうすることで吉男がイカサマをしていないことを確認しているのだ。もちろん数が合わなかったことは一度たりとてない。納得がいったのだろう、「よし」と頷いていた。

続いて金本が足元からコンビニの袋を持ち上げ、それを吉男に差し出した。中には菓子類や飲み物がカモフラージュのために入っている。毎回こうして金本はＭＤＭＡを渡してくるのである。

「今回、少し多めに入れておいた。丁重に扱えよ」

吉男が袋の中を上からのぞく。たしかに今までよりも多量のＭＤＭＡが入っていた。これはどう判断すべきか。信頼度が上がったということなのだろうか。

「たしかに預かりました。それでは」

吉男がドアハンドルに手を掛け、ドアを押し開く。身体半分を外に出したところで、

「待て」と金本に呼び止められた。

「聞きたいことがある」

嫌な感じがした。再び乗り込みドアを閉める。「なんでしょう」

愛美を使った裏工作がバレたのだろうか。まさか、そんなはずはない。自分に言い聞かせる。

「高野の件だ」

やや安堵した。実のところ、吉男も高野があれからどうなったのか気になってはいたのだが、自らその話題には触れないようにしていた。

「ああ。あの野郎どうなりました」

「先日、辞表を提出したらしい。これは嬉《うれ》しい誤算でな、奴はどうやらクビではなく、自己都合による退職という処理をされるそうだ。しかも退職金まで支給されるって話だ」

「本当ですか。なんでそんなことに」

吉男は驚いたフリをした。愛美からそのあたりの事情は聞いて知っていたからだ。愛美は当然、佐々木から情報を得ている。

「おれもさすがに解せなくてな、高野に問い詰めたところ、奴曰《いわ》く、どうやら佐々木ってケースワーカーだけが高野と愛美の件を正確に摑んでいるそうだ。そんでもってその

佐々木ってのが、『事務所には黙っておいてやる。その代わり辞職しろ』と要求してきたらしい。つまり事務所の方は高野が唐突に退職希望を出してきたと思ってるそうだ」

これも愛美に聞いていた通りだ。佐々木は宮田という同僚にも事実を隠しているらしい。

「ところでおまえ、その佐々木ってケースワーカー知らねえか」

「いいえ。自分の担当ではないので」

すんなり嘘が出た。金本も疑っている様子はない。

「それにしてもわからねえ」

「何がですか」

「なぜ事務所に報告しない。黙ってることで佐々木って野郎になんのメリットがある」

吉男が言葉に詰まる。

「高野の話じゃ、事を公にすると傷つくのは愛美だと、佐々木は言ったそうだ」

「ああ、じゃあそれですよきっと」

「なぜ佐々木が愛美を守る」

「……さあ。見方によってはある意味、愛美も被害者だから同情してるとか」

「そんなことがあるわけねえ。あんなのゴミ同然の女だろう。どうも引っ掛かる」

ひどい言われようだった。しかし、相変わらず金本は妙なところでするどい男だ。

「まあいいじゃないですか、金本さんの計画に支障はないわけですし。それに高野に退職金が入るのは喜ばしいことじゃないですか。結局金本さんの金になるわけですから。むしろ状況がよくなったと考えるべきじゃないですか」

「ああ。けどな、やっぱり腑《ふ》に落ちない。おれはこういうはっきりしねえ状況は気持ち悪くてどうも落ち着かねえんだ」髪を撫でつけ、大きく息を吐いている。「そこでだ。莉華を使って、愛美の身辺を探らせようと思う」

吉男の心臓が大きく脈を打つ。「どうしてまた」

「なんとなく愛美が怪しい。おれの勘だが、あの女は何か隠してる気がする」

「何かって、何を?」

「わからねえから探るんだ」

「愛美が裏で動いてるってことですか? どう動くんです?」

「わからねえと言っているだろう」

「あんな小娘がひとりで何かできるとは思いませんけどねえ」

金本は前方を見たまま反応しなかった。

しばらく沈黙が車内を支配した。こっそり吉男が金本の横顔を見る。ぎょっとした。サングラスのすき間からのぞいている目が吉男を捉《とら》えていたのだ。

吉男は咳払《せきばら》いをして、「そういえば高野の奴、今はどこで何してるんですか」と強引に話題を変えた。

「おれの店で従業員として働かせている」

「というとミザンスですか」

「ちがう。コスキャバだ」

「コスキャバ？　なんですそれ」

「コスプレキャバクラだよ。女がナースだ、スッチーだ、セーラーだ着て接客すんだ。ボーイも全員コスプレさせててな、高野なんておまわりの格好して働いてんだ」

「ははは。そりゃけっさくですね」

吉男は手を叩いて笑い声を上げたが、心から笑えなかった。愛美との計画が知られたら大変なことになる。

「さてと」吉男が首を鳴らす。「では自分はそろそろ」

「ああ」

金本が吉男に向け顎をしゃくり、退出を促す。吉男は会釈をしてドアハンドルに手をかけたところでふと手を止めた。

「そういえば金本さん」

「あん？」

「石郷先生からの伝言で、電話に出てくれと」

金本が舌打ちをする。「大した用もねえくせに」

「先生は大切な話があるようなことおっしゃってましたけどね」

それには返答せず、金本はフットブレーキを解除した。

吉男がドアを閉めると同時に車がバックする。百八十度方向転換をしてフリードは駐車場を出て行った。

吉男は腰を折ってそれを見送った。車内は冷房が効いていたのに、手のひらはぐっしょり汗をかいていた。

16

風邪ではないと知って佐々木守はますます不安になった。

喉にある得体のしれない不快感が未だ消えずにいたので、先日ようやく病院へ赴き診察を受けたところ、目の前の医者が首を傾げていた。風邪にみられる炎症もなければ、ポリープがあるといったようなこともないのだ。もちろん腫瘍《しゅよう》だってない。

けれどもたしかに違和感がある、守がそう訴えると、「もしかしたら咽喉頭《いんこうとう》異常感症かもしれませんね」と医者は守が耳にしたことのない病名を口にした。

嚥下《えんげ》運動の際につっかえる感じがあり、けれどもそれに見合う病変が認められない場合、これに該当する可能性があると言う。そしてこの病気は精神的なものからくるそうで、要するに「思い込み」だと言うのだ。

ともあれ、その疾患の原因がストレスからくるものと知り、今度は守が首を傾げた。

たしかに仕事によるストレスが溜《た》まっていたのは間違いないが、今は毎日が楽しくて仕方ない。

現在、林野愛美とは恋人の関係にあり、ほぼ同棲《どうせい》の生活を送っていた。先週、守は自宅から衣服と最低限の生活用品をキャリーケースに詰めて、愛美のもとへ向かった。それまでも愛美の家に宿泊することが多く、守は始発の電車で一旦自宅に戻り、それから出勤するハードな毎日だったため、それなら一緒に住もうという話になったのだ。

人生で一番幸せな日々だった。目覚めたとき、隣に愛する人がいる。これ以上の幸せがどこにあるというのだろう。

「おい。佐々木。聞いてるのか」

カウンターの隣に座る嶺本から肩をどやされた。

今日は嶺本に誘われて彼のおすすめの居酒屋に来ている。連日の上司の誘いを断り続けられるほど守の神経は太くないのである。

もちろん本音は今すぐに帰りたい。愛美に会いたい。美空の顔を見たい。

「ああ見えて意外と繊細だったのかもしれんな」

嶺本が芋焼酎《いもじょうちゅう》の入ったグラスを傾けると、氷がカランと軽やかな音を立てた。

「そうかもしれませんね」

守はウーロンハイを舐《な》めながら相槌を打って調子を合わせた。

「わかんねえもんだよなあ」

話題は高野洋司だ。

守の指示通り、先週高野は辞表を提出した。嶺本の話によると郵送で送ってきたらしい。事実あれ以来、高野は一度も出勤していなかった。退職理由は一身上の都合とだけ書かれていたようだ。

そして嶺本はそんな高野について、仕事で思い悩み鬱《うつ》病になっていたのではないか、というとんちんかんな想像を働かせているのだった。

「やつの荷物はもう送ったのか」

嶺本が刺身をつつきながら訊いてきた。

「ええ。段ボールに詰めて自宅に送りました」

高野のデスク周りを整理したのは守だった。鍵《かぎ》の掛かった引き出しの奥から大人のおもちゃが出てきたときは、守は発狂してしまいそうになった。改めて高野に対し、憎しみの感情を抱いた。そして、激しい嫉妬《しっと》に駆られた。

あの男は何回、愛美を抱いたのだろうか。どんなふうに抱いたのだろうか。高野のような男ができて、なぜ自分ができないのか。あまりに理不尽だった。

守はジョッキの取っ手を強く握りしめた。

何度試してみても、愛美との性交がうまくいかない。守の性器がいざというときに役割を果たさないのだ。ようやく隆起したと思ったら、次の瞬間には萎《しぼ》んでしまう。焦れば焦るほど不能になる。マスターベーションだったら問題ないのにセックスとなるとできない。自分は男として不能なのか。高野洋司よりも劣っているのか――。

愛美は慰めてくれるが、守は自己嫌悪に陥っていた。愛美にも申し訳なかった。そして高野が憎かった。愛美を抱いているとき、あの男の影がちらつくから、きっと自分は勃《た》たないのだ。

「おれもな、多少なりとも責任は感じてるんだ。きっとどこかで奴のSOSを見落としてたんだろうな」

嶺本がグラスを揺らし、回る氷に目を落として言う。

「そんな。課長の責任なんてありませんよ」

事実、高野はSOSなど出していない。

嶺本が深々とため息をついた。「こういう仕事だろう、精神的にまいったって誰も文句言えねえよ。誰が高野みたいになったっておかしくねえよっ」

嶺本が訴えるように声を荒げた。今日はいつもよりピッチが速い。嶺本はすでに七杯目だ。

「ところで佐々木、宮田とはどうなんだ」

唐突に訊かれた。嶺本は覗き込むように守を見ている。

「どうとは」守が首を傾げる。

「おれはこう見えて勘がするどいんだ。おまえらデキてるだろう」

「なんですかデキてるって。何もデキてやしませんよ」

「本当か」

嶺本が念を押してくる。顔は笑っているが目が笑っていない。

「それにしてもあれだな、あの女も変わってるよな」

嶺本が酒をあおって言った。

「まあ……そうですね」

「あれは貰《もら》い手に苦労するぞ」

自分を棚に上げてよく言えるもんだ。ただ、守も同感だった。宮田有子と付き合える男など存在するのだろうか。過去に恋人がいたことはあるのだろうか。絶対に本人に訊くことはできないが。

その代わり、嶺本に訊いた。「宮田さんってどんなタイプの男性が好きなんですかね」

「そうだな」嶺本が宙に目を飛ばす。「まあ、おれでないことはたしかだな」

失笑が漏れた。「きっと聖人君子みたいな男性しかお付き合いできないでしょうね」

守が言うと、嶺本が横を向いて顔をぐっと近づけてきた。「本当にそう思うか」

ひどく酒臭い。「ええ。思いますけど」

「青いな、おまえは。実に青い。人間というものがまるでわかっていない」嶺本が大きくかぶりを振った。「ああいうのに限って変なのとくっつくんだよ。そうやって神様はバランスを取ってんだ」

「はあ。そういうもんですか」

「そういうもんだ。性ってのは、深いんだ」

妙に実感がこもっている。嶺本が言うのだからそうなのだろう。守は神妙に頷いた。

「おまえは人生経験が足りないからな。わからんだろう」

「そうですね。ちょっとわからないですね」

「積んでみるか」

「はい？」

「経験を積んでみるかと訊いたんだ」

　嶺本の目はまっすぐ守を捉えていた。嶺本の手が伸び、守の手の上に重なる。守は即座に手を引っ込めた。「ぼ、ぼくにはまだ早いかと」

「そんなことはない。知らない世界に飛び込む勇気を持ったらどうだ。ちがう景色が見えるぞ」

「そ、そういえば宮田さん、今日もまた悪質なケースを辞退に追い込んだらしいですね」

　守は強引に話題を変えた。そんな景色見たくない。

「ああ」嶺本が不満そうに吐息を漏らした。「あいつはとことんやるからな。おまえもちっとは見習え。今月も先月もゼロだろう」

「はい。勉強します」

「ただ、矛盾するようだがあんまり思い詰めるなよ。おまえまでリタイヤされたらかなわん。これはおまえに限った話じゃないけどな」

「はい、気をつけます」

「ま、少なくとも宮田は大丈夫だろうな。ありゃ精神を病むようなタイプじゃないわな」

それには守もつい肩を揺すってしまった。

宮田有子とはここ最近は話をしていない。毎朝事務所で顔を合わせているが交わすのは挨拶だけだ。あの女は本当に何を考えているのかまったくわからない。

毎日でも愛美の家に通うと息巻いていたが、手土産を持参して一度訪ねて来たきり、一向に姿を見せていない。あのときは寿命が縮む思いだった。

宮田有子は高野が辞表を提出したことを知っても、「先手を打ったか」と鼻で一笑しただけだった。あれほど執着していたのはいったいなんだったのか。守は彼女のことだから、自己退職なんて甘い着地は認めないと思っていた。草の根を分けても証拠を掴み、法的に高野を裁くまでゴールはないと思っていた。もっともそうなると傷つくのは愛美だ。あきらめてくれたのならそれが一番だ。


翌日は例の山田吉男の家に定例の面談に向かった。

先月訪問したときのことを思い出すと今でもムカッ腹が立って仕方ない。腰痛持ち。この一点を武器に守が何を言っても山田は聞く耳を持たないのだ。それさえあれば永遠に生活保護を受けられるとタカをくっているのだろう。ああいう救いようのない男と真っ向から対峙《たいじ》しなくてはならないのだからこの仕事はやはり一筋縄ではいかない。けれども、今日は必ず辞退届に印を押させるつもりだ。根拠はないが負ける気はしなかった。ここのところ逞《たくま》しくなったと自負している守である。

山田は薄ら笑いを浮かべ守を出迎えた。ふだんとどこか様子がちがって見えた。いつものように守を煙たがっていない。

部屋は相変わらずだった。足を踏み入れた瞬間、つんとすえた匂いが鼻孔を突き抜ける。どうしたらこんな不衛生な環境で生活ができるのか。

前回同様、座布団に座り、山田と対面する。時候の挨拶も省いて本題に入った。

「山田さん、前回お話ししていた件はどうでしょう。仕事はお探しになられてますか」

「佐々木さんなんだか男前になったんじゃないの。さてはコレでもできたな」

さっそくふざけている。小指を突き立て、歯茎まで見せてニヤけているのだ。

「話をそらさないでください」

「褒めてるんじゃない。女は男ができると変わるなんていうけど、男も一緒だねえ」

おちょくるような目で守を斜《はす》から見ている。

「ふざけてばかりいないで会話をしてください」

「大真面目だけどねおれは」

「じゃあ答えてください。就職活動はされてるんですか」

「やってるよ、頭の中で。ははは」

馬鹿笑いの声がゴミ部屋に響く。

守は生活保護辞退の同意書を鞄《かばん》から取り出し、すっと山田の前に差し出した。

山田が鼻に皺を寄せた。「何よこれ」

「見ての通りです。前回お約束しましたよね、就職に向けて前向きな姿勢が見られないのであれば受給を停止すると」

「あんたさあ、いくらなんでもやり方が乱暴なんじゃないかい。来月、おれが餓死したら——」

「自己責任です」

守はきっぱりと言い切った。

山田の顔色がさっと変わる。

「なあにが自己責任だよ。それを救うのがあんたらの仕事だろう」

「まったくちがいますね。我々は寄り添うだけです」

「じゃあしっかり寄り添えよ」

守は大きくため息をついて見せた。そしてゆっくり眼鏡を中指で持ち上げ、しっかりと山田を見据えた。

「山田さん。先月も申し上げましたけど、もう一度言わせていただきます。本当にこのままでいいんですか？　こういう毎日をお望みですか？」

「おい。あんたその偉そうな物言いをやめろと言ったろう」

「もっとしっかりと生きたらどうですか」

「やめろと言ってるだろう」

「幸せじゃないでしょう、こんな生活」

守は残酷な気持ちになっていた。もっと挑発してやりたい。汚い言葉で罵倒《ばとう》してやりたい。

山田は歯を食いしばって屈辱に耐えている様子だった。今にも殴ってきそうな勢いだ。ただ、殴れるもんなら殴ってみろという気分だった。

「さ、記入して、印を押してください」

守が同意書を指差し、なおも迫った。我慢の限界がきたのか、突然山田の右手が伸びてきた。乱暴に胸ぐらをつかまれる。

「ガキが。調子に乗るなよ。今に思い知らせてやるからな」

山田が顔を近づけ、凄《すご》んでくる。口臭はきつかったがちっとも怖くなかった。

「ええ、しっかりと仕事をしてわたしを見返してください」

「口の減らねえ野郎だ。言っとくがおまえがこうして偉そうにしていられるのも今のうちだぞ」

山田はそう言い放つと、守の身体をドンと押して解放した。

「どういう意味ですか」襟元《えりもと》を正しながら訊いた。

「今にわかるさ」

「なんですか、その根拠のない脅しは」

「さあね」肩をすくめている。

さすがに少し気味が悪い。何が今にわかるのだろうか。

互いにじっと見つめ合う。このダメ人間が――。守は腹の中で毒づいた。

守が鼻から息を吐く。「何をおっしゃっているのかよくわかりませんが、とりあえず記入していただけますか」ダメもとで最後にもう一度迫った。

山田が同意書に手を伸ばす。そして顔の高さまで持ち上げると、守の目の前で真っ二つに破り裂いた。

「それが答えですね。今日はこれで失礼しますが、そういう態度ならこちらにも考えがありますので。覚悟しておいてください」

「あんたがな」

それだけ言うと、山田は布団の中に潜りこんでしまった。

守は立ち上がってそこにある物体を見下ろした。このまま簀《す》巻《ま》きにして暗い海に投げ落としてやれたらどれほど痛快だろうか。妙に具体的な映像が脳裡《のうり》に映し出され、守はわずかばかり溜飲《りゅういん》を下げた。

「ただいまー」

玄関から声を上げた。すると奥の方からタタタと天使の足音が近づいてきた。美空が勢いよく守に飛び込んでくる。守は美空の頭を両手でくしゃくしゃと撫で、ひょいと抱き上げた。そのまま居間へと向かう。

「おかえり」

エプロン姿の愛美が台所に立っていた。髪の毛をうしろで一つに結っている。

「ただいま」

守の心に幸福が染みわたっていく。ただいま。おかえり。守がずっと口にしていなかった言葉だ。大人になってからは実家に帰省しても使わない。

ここで異臭に気付いた。

「なんかちょっと焦げ臭くない？」

守は鼻をヒクつかせ愛美に訊いた。

「カレー。焦がしちゃったの」

愛美は口をすぼめている。

「あらら。捨てちゃった？」

「まだ。捨てるつもりだけど」

「ああちょっと待って」

言いながら守が台所に入る。鍋《なべ》を覗くとたしかに残念なカレーが湯気を放っていた。スプーンですくって口に入れる。かすかな苦みはあるが手遅れではない。

「愛美ちゃん、冷蔵庫に豆乳あったよね？」

「少しならあるけど」

「じゃあ大丈夫。生き返るよ」

あった。

「うん、マジマジ。カレーを移し替えるから新しい鍋用意して」

豆乳を入れると味がまろやかになり、苦みが和らぐのだ。守は何度か実践したことがあった。

「マジ？」

復活したカレーを三人で食べた。美空がいるので甘口仕様だ。

「やっぱ苦い。マズくてごめん」

愛美が顔をしかめて言った。

「そんなことないって。気にならないよ。ね、美空ちゃん」

美空が口の周りにカレーをいっぱいにつけて頷いた。実に愛らしい姿だった。

食事を終えると「お風呂沸いてるから」と愛美が食器を台所に運びながら言った。

「じゃあ美空ちゃん。いこっか」

守が床でお絵描きをしている美空に声をかける。ここ最近、美空の入浴は守の役割だった。美空も守と風呂に入るのを喜んでくれている。

しかし、美空は立ち上がろうとしない。いつも通り、お絵描きに夢中の様子だ。

「美空。風呂だって」

台所で洗いものを始めた愛美が咎《とが》めるように言った。

「ああ、いいよ。もう少しで描き終えそうだから。もう少し待ってる」

守はそう言ってソファに腰掛けた。居間でこうしてくつろいでいる時間が贅沢《ぜいたく》で幸せだった。

「あ、そういえばボディソープそろそろ切れそうじゃなかったっけ」

守は思い出して言った。

「あ、うん。もうほとんどないかも」愛美が皿を洗いながら答える。

「買い置きある？」

「ない」

「じゃあ明日帰りに買ってくるよ」

守が言うと愛美がぴたっと手を止めた。そして首をひねって守をまじまじと見た。

「何？　どうしたの？」

「ねえ、なんでそんなに優しいの」

急にそんなことを言う。

「え」守が小首を傾げる。「ボディソープを買って帰るのがそんなに優しいの」

「そうじゃなくて……なんでもない」愛美が再び皿洗いを始めた。

しばらくして、「なんかさ、怖いんだよね」と愛美は手を動かしながらぽつりと漏らした。

「怖いって、何が？」

「……わかんない。なんか怖い」

「何それ」守が吹き出す。「この家にオバケでも出るわけ」

愛美は守の冗談には応《こた》えず「ありがと。いろいろ」と改まった口調で言った。

また守は肩を揺すった。「よくわからないけど、どういたしまして」

「いなくならないでね」

なんだか切実な響きがあった。憂いを帯びたようなまなざしで守を見つめている。

守は軽く息を吸い込んでから答えた。

「もし、愛美ちゃんが今の生活がなくなることが怖いと思ってるなら、心配いらないよ。ぼくはずっと一緒にいたいと思ってるから。——さあ、美空ちゃん、そろそろお風呂入るぞー」

守は腰を上げ、お絵描きを終えた様子の美空を抱きかかえ、居間を離れた。

脱衣所で美空の服を脱がせ、浴室に入る。頭と身体を洗い、共に湯船に浸《つ》かる。

「これがミソラ、これがママ、これがマモルくん」

湯船に浮かべたおもちゃのアヒルを美空が一つずつ指差して言った。

「どうして守くんのアヒル、美空ちゃんのより小さいの」思わず笑ってしまった。

ずっと続けばいいと思った。ずっとずっと、この生活が続けばいい。一生、愛美と美空といたい。守は幸せを嚙《か》みしめていた。

17

手元を見ながら小走りしていたら、若い男の子と肩がぶつかり舌打ちをされた。今日、三回目だ。船岡の街が寝静まりかえった深夜、古川佳澄はハンディタイプの黒い検品機を手にして、海沿いに立ち並ぶ一角の倉庫の中をせわしく駆けずり回っていた。

ここはサッカーコートがおさまるほどのだだっ広い敷地を持つ巨大倉庫だった。鉄製の棚がドミノのように等間隔を刻んで立ち並び、その棚には数え切れないほど種々雑多な商品がびっしり並べられている。すべて大手インターネットショッピングサイトで売っているもので、食品、衣服、本、ＤＶＤ、おもちゃ、電化製品、なんでもある。

ようやくありついた仕事だった。日雇い派遣のバイトに登録し、その際に人前に出ないものであればなんでもやると希望を出したら、エージェントにこの仕事を紹介されたのだ。夜十時に船岡駅を出発するバスに乗り込み、海沿いにあるこの工場地帯へ連れて行かれ、そして朝六時まで働いて、再びバスで船岡駅へと戻される。時給は千五十円。佳澄が今まで経験してきた仕事の中で一番高い時給だった。

そのぶん仕事は過酷だ。ひとりひとりに検品機が与えられ、機械に指定された商品をピックして集荷場所へと持ってくる。それを延々と繰り返す。立ち止まることは許されない。とくに佳澄はまだこの仕事に慣れていないので、いちいち時間がかかる。検品機に映し出される数字とアルファベットから商品のある棚がわかるようになっているのだが、その棚がどこにあるのかがわからないのだ。今日で五日目なのでだいぶ配置をつかんできたものの、それでも周りと比べるとあきらかに遅い。ただ仕事内容は佳澄は嫌いではなかった。たぶんこの単純作業が性分に合っているのだろう。常に身体を動かしているので考え事をしなくて済むところもよかった。

耳をつんざく笛の音が響き渡る。集合の合図だ。これだけ広々とした倉庫にあっても、どこにいても聞こえる。嫌な音だ。ちなみにこれが二時間に一度ある。

周りの作業員が手を止め、一様に集合場所へと向かう。八十人ほどの作業員たちの構成は半分が二十歳前後の若い男、もう半分が四十過ぎの中年の男女だった。あきらかに六十歳を超えているような者もちらほらいる。逆に佳澄のような三十代の人間はまったく見当たらなかった。

大勢の作業員がドーナツ状に固まる。その輪の中央に木箱が置かれており、そこの上に図体《ずうたい》のでかい男が立っている。佳澄たち作業員に指示を与える社員スタッフだ。

社員は周りを睥睨《へいげい》して、ハンドスピーカーを口元にあてた。

「はい、呼ばれた人は残って。8、14、17、22、30、34、39、55――」

社員がかったるそうに数字を読み上げていく。佳澄は72が呼ばれないよう心の中で祈った。

「72」

肩を落とし、ため息をついた。

ここではひとりひとりに番号の入った拳《こぶし》サイズのバッジが渡され、胸元にそれをつけなくてはならないのだが、今、番号が読み上げられた者は作業成績の悪かった作業員なのだ。

呼ばれなかった作業員は合格とみなされ五分の休憩が与えられる。佳澄たちはそのまま検品作業を続行しなくてはならない。つまりは懲罰だった。

十人くらいの落第者が残り、社員のもとに集められた。皆、年配の作業員だった。当然佳澄がこの中で一番若い。

「あんたらやる気ないなら帰れよ。給料泥棒だろう。ったくよォ」

この二十代の社員は毎回こういう悪態をつく。ただ、この男も上司に同じような怒られ方をしているのを佳澄は知っている。「テメェがナメられてるから日雇いがサボるんだろうが」と尻《しり》を蹴《け》飛《と》ばされていたのだ。

「ほれ、じゃあさっさと作業に戻って」

社員が手で追い払う仕草をして言った。

佳澄がその場を離れようと、社員の前を横切ったとき、「72」と番号を呼ばれた。「あんたなんでいつも帽子かぶってんだよ。そんなのかぶってるから遅いんじゃねえのか」

佳澄は「すみません」と頭を下げたが、意味がわからなかった。帽子と作業効率となんの関係があるのだろうか。

その場を離れると、「ブタゴリラの言うことなんか気にするだけ損よ」と同じく落第者のおばさんが耳打ちしてきた。鬢《びん》に白いものが交じっている。年齢は五十代半ばといったところか。

「ブタゴリラ？」

「みてくれ、あいつの」おばさんが小さく社員の方に顎《あご》をしゃくった。「きっとプライベートで女に相手にされないのよ。だからあんなに性格がねじ曲がってるのよ」

「はあ」

「それとあなた、急がなくていいからね。ちんたらやってりゃいいの。どちらにしろ給料は変わんないんだからさ」

おばさんは佳澄の腰をぽんぽんと叩《たた》いて離れていった。

それでも佳澄は頑張った。要領が悪いなら、移動のスピードで稼ぐしかない。

作業終了の朝六時を迎えたときには、ふくらはぎがぱんぱんに張っていた。ただその甲斐《かい》あって、最後に手渡された一日の総合成績表を見て、佳澄は胸をなで下ろした。72の数字が真ん中にあったのだ。これまではもっと下に数字が位置していた。誰が褒めてくれるわけでもないけれど、佳澄には小さな達成感があった。

「帰り際に見かけたんだけどさ、ブタゴリラのやつ、また上司に怒られてた。いい気味」

帰りのバスに揺られながら例のおばさんが言った。おばさんは佳澄と同じ会社から派遣されているらしく、バスが同じだったのだ。名は中村《なかむら》というらしい。中村はバスで佳澄を発見すると、隣に座ってきた。

「あいつ、うちの息子と同じくらいかな。あ、ちなみにうちのはＩＴよ、ＩＴ。でもそこにもきっとパートのおばさんがいるだろうし、うちのもあんな態度で接してるのかと思うと嫌になっちゃうね」

中村はよくしゃべった。それに地声が大きい。周りを見渡すとみんなぐったりしていて、眠っている者も多いので、佳澄はいつ「静かにしろ」と怒られるかと気が気でなかった。

「ねえ、古川さん。ちょっと訊《き》いていい？　あんたなんでずっと帽子かぶってるの」

中村が視線を佳澄の頭部にやって言った。

「ちょっと、髪が抜けてしまって……」

「あら」大袈裟《おおげさ》に顔をしかめた。「円形脱毛症ってやつ？」

佳澄が小さく頷《うなず》く。

「ああ、じゃあ気苦労が絶えないのね。ストレスからだよそれは。わかるわかる」大きく首を上下している。「ところで古川さん、旦那《だんな》さんは？　お子さんはいるの？」

中村はずけずけと質問を続けた。佳澄は困惑しながらも、「小学三年生の子供と二人で暮らしてます」と返答した。

「旦那いないの？　もったいない。若いし、美人なのに。まだ三十くらいでしょう。いくらでも再婚できるじゃない。ただ、慎重にならないとだめよ。あたしも再婚したクチだけど、完全に失敗したからね。去年、旦那が会社にリストラされてさ、それからもう毎日家でごろごろしてんのよ。『飯はまだか』なんて言われるとほんと殺意を覚えるよ。人ってこうゆう瞬間にやっちゃうんだなって、人殺しの気持ちがわかるもん」

中村は穏やかじゃないことを笑って話した。

「あーあ。なんでこんな人生になっちまったかねえ」

佳澄は窓際に座る中村越しに外を見ていた。まだ朝早いので通りには人も車も少ない。太陽の光を浴びた街路樹が青々と茂っている。蝉のけたたましい鳴き声がバスの中にいても聞こえた。

「そういえばあたし、春先にさ、生活保護受けようと思って役所に行ったのよ」

中村がそんな話を始めた。

「でも断られた。嫌な女の職員に当たっちまってさ、『条件と適合しませんから無理ですね』なんてはっきりと言うのよ。アッタマきたから文句言って帰ったんだけどさ。結局、金はなくても旦那もいるし、子供も成人してるから手がかからないでしょう。こういう中途半端な主婦が一番損するのよね」

佳澄はただただ話に合わせて首を上下するばかりだ。

「あ、古川さん。あんた、相談に行ってみれば。あんたなら受けられるんじゃないの、生活保護」

佳澄は首をひねって中村を見た。

「子供もまだ手がかかるし、旦那もいないんじゃさすがにわかってくれるでしょうよ。その条件とやらは詳しくわかんないけどさ」

生活保護、か。佳澄は頭の中に文字を浮かべた。もちろん知っているが名称だけだ。中身についてはまったくの無知だった。どうすれば受けられるのかなんて考えたこともなかった。いや、むずかしい手続きがたくさん待っていて、自分にそういったことはできないだろうと最初から選択肢に入れていなかった。

きっと自分のように情報に疎く、行動力のない人間が世間には大勢いるのだろう。いくら手をさしのべられようと、当人がそれに気がつかないのなら意味がない。

「あたしのアパートの隣に七十過ぎの婆さんが独りで住んでんだけどね、この婆さんが生活保護受けてんのよ。でも絶対に不正受給なの。だって、あたしよりよっぽどいい生活してるもん。それにちょっと聞いて。その婆さん、子供とは縁を切ったなんて言ってるんだけど、月に数回、あたしと同い年くらいの男が家に来るわけ。これがどう見ても息子なのよ。でさ、その息子の車がベンツよ、ベンツ。ちょっと安っぽいベンツだけど、それでも高級車に変わりないでしょう。そんな車に乗ってる息子がいるのにさ、生活保護受けてるってちょっと許せないじゃない。だからあたし、車見かけたときはすぐに役所に通報すんのよ。でも役所の人間は、やっぱりお役所仕事だから――」

生活保護、か。もう一度胸の中で反芻《はんすう》する。ただその響きはなんとなく佳澄を嫌な気持ちにさせた。そんな悠長なこと言ってる現状じゃないのだけれど、勇太にも、勇一郎にも申し訳ない気がしてしまうのだ。

もっとも、毎日小さな犯罪を重ねている自分がそんなことを思うのも滑稽《こっけい》な話だが。

「――こんな理不尽がまかり通ってるのよ。あたしみたいな人間を救わないでさ。ほんっと腹が立つ」

中村の口はバスが停まるまで閉じなかった。

家に着いて、起床してきた勇太に朝ごはんを食べさせてから佳澄は床についた。ここからお昼まで眠って、昼ごはんを作って、また三時まで眠る。不規則な生活だが、仕方ない。どちらにしろこれまで夜に布団に入っても不安に駆られ、すぐに目覚めてしまい、ほとんど眠ることはできなかったのだ。それを思えばこうした生活の方が健康的かもしれない。

佳澄が眠っている間、勇太は一人で家で遊んでいる。夏休みなので学校がないのだ。勇太はもともと友達と連れ立って表で遊ぶタイプの子だったが、三年生になって変わってしまった。はっきりとした理由はわからないけれど、原因は自分だと佳澄は思っている。貧乏なことで周りの子に気後れしているのだ。ニンテンドーDSを持っていない子供は勇太だけらしい。

意識を失うとそのまま昼までぐっすり眠れた。久しぶりにまともな睡眠を取った感覚があった。きっと肉体が疲れているからだ。

今日は夕方に派遣会社の船岡支店に出向き、先ほど働いたぶんの給料を受け取る予定だ。すぐに給料がもらえるところが日雇いのいいところだった。滞納していたガス代は最初の給料で払ったので、すでに復旧していた。あとは電気代と水道代と携帯電話代を払わないとならない。それと二ヶ月滞納している家賃も。

管理会社からは何度も催促の手紙が届いていた。電話もかかってきた。無視していると家にまで人がやってきた。佳澄が窮状を訴えると管理会社の人間は同情の言葉を口にしてくれたが、退去も示唆された。

ただ、きっとこれからは大丈夫だ。夜に検品の仕事をすれば一日七千三百五十円もらえる。ということは月に二十五日働けば十八万三千七百五十円の収入になる。もちろんそこから保険やらなんやらで消えていくが、親子二人、なんとか暮らしていけるはずだ。

昼ごはんを作りながら、佳澄はひたすら生活のことを考えていた。

昼ごはんを食べたあとは、予定を早めてスーパーに向かった。再び横にはなったのだが眠気がないので、先に用事を済ませておこうと考えたのだ。

スーパーでは細切れの豚肉と野菜をカゴに入れた。そして、マヨネーズを自分のトートバッグに入れた。

一度して以来、万引きは癖になっていた。仕事が始まったらやめられるだろうと思っていたら、そうではなかった。なぜこんなことをするのか、自分でもよくわからない。

罪悪感はあるのだが、やめられない。

　佳澄は本当に自分という人間がわからなかった。いくら考えてみても自分の心が理解できない。最初は偶然だった。次は金に困ってやった。じゃあ今はなんだ。マヨネーズひとつ買うくらいの金は財布にあるのだ。

　買い物カゴの中のものはレジを通した。マヨネーズはバーコードリーダーにあてられることなくトートバッグの底に収まっている。その間、心臓はどくどく脈を打っている。このスリルに酔っているのだろうかとも考えるが、それも微妙にちがう気がした。

　財布をしまって、店の出口に向かって歩を進めていると、「タノムカラヤメテクレ」耳元で勇一郎からささやかれた。今日はこういう言葉だったかと思った。

　佳澄が万引きをするたびに、夫がささやいてくる。咎めるような言葉もあれば、今のように哀願されることもある。もちろん声が届くたびに胸が痛むが、ここ最近は仕方ないじゃないと開き直っている自分もいる。あなたがわたしと勇太を残して死んじゃったからこんなに苦しんでるんじゃない。そんなふうに思ってしまうのである。

　もしかしたら、勇一郎へのあてつけなのだろうか。佳澄は歩きながらふとそんなことを思った。正義感の強かった勇一郎の嫌がる行為をすることで、先立った夫に仕返しをしているのだろうか。

　そうかもしれない。これが一番近いかもしれない。

　そんなことを考えていた佳澄が出入り口の自動ドアを出た直後だった。

「ちょっとストップ」

背中に女の声が降りかかった。

振り返ると中年のおばさんが冷たい目で笑んでいた。

「奥さん、まだお会計の済んでないものがあるんじゃないのかしら」

佳澄は凍りついた。直後、思考回路がショートし、気が遠くなった。

そんな佳澄の横を一人の中年男が足早に通り過ぎていく。どこかで見たことのある顔だったが、思い出せなかった。

18

林野愛美は穏やかな日々の中にいた。これまでの人生においてこういう時間はあったろうか。いつだって自分は不安と虚《むな》しさを両手に抱えていた気がする。孤独と背中合わせだった気がする。

佐々木守という人間が好きなのかもしれない。愛美はそう思い始めていた。

佐々木は今まで出会ったことのないタイプの男だった。見た目も中身も、絶対に関わることはないだろうと思っていた種類の男だった。けれども今、佐々木守は愛美の精神安定剤だ。恋をした感覚とはどこかちがう気がするが、一緒にいると不思議と気持ちが落ち着くのだ。今まではいつだって心の中にさざ波が立っていた。それがおさまった。

行動にも変化があった。美空に手を上げなくて済むようになった。時折腹が立つこともあるが、抑えようのない激情に駆られることはなくなった。煙草も減った。もしかしたら、十年近く吸い続けている煙草をやめられるかもしれない。

テーブルの上のスマートフォンが震えた。この振動はメールだ。

愛美はスマートフォンを手にして舌打ちした。守からのメールかと思ったら莉華からだったのだ。『電話出ろ』その一言だった。句読点もない。その前は『シカトこいてると殺すぞ』だった。

穏やかだった心の中に風が吹く。愛美の心の水面を波立たせる嫌な風だ。

愛美はスマートフォンを再びテーブルの上に戻して、代わりに煙草の箱に手を伸ばした。一本抜き取って火を点《つ》ける。

ここ最近頻繁にある、莉華からの連絡を愛美はすべて無視していた。山田から莉華に用心するよう注意を受けたからだ。

愛美は肺に溜《た》めた紫煙をゆっくり吐き出した。

山田の話によると、どうやら金本は愛美が隠し事をしているのではないかと疑っているらしい。そこで莉華を使って愛美の身辺を探ろうとしているようなのだ。つまり莉華は金本の差し金で動いているのだ。

もっとも、高野がケースワーカーの職を失った以上、金本との縁はなくなったのだから、何を言われる筋合いもないのだが、佐々木との関係がばれるのはさすがにまずい。

必ず良くないことが起きる気がする。

　すでに愛美の中に佐々木を陥れる気はこれっぽっちも残っていなかった。なので、山田との関係も早々に終わらせたいと思っている。

　山田も山田で絶えず連絡をよこしてきていた。そして一刻も早く映像を撮れと焚《た》きつけてくる。のらりくらりかわしているがそろそろ限界だろう。気が変わったのであきらめてくれ。これで山田は納得するだろうか。

　実際の話、愛美は佐々木と毎日のように肌を重ねていた。ただし、佐々木は重度のEDらしく、性交がうまくいったことは一度もない。そんなこと愛美は微塵《みじん》も気にしていないが、佐々木はひどく落ち込んでいる。だったらやめればいいのにと思うが、佐々木は毎晩意地になって挑んでくる。たぶん、精神的なものだろうと愛美は想像している。佐々木は高野の幻影と戦っているのだ。たかだかセックスなのに、男というのは面倒な生き物だ。

　ただ、愛美はそんな佐々木を素直に受け入れていた。元来淡泊な方なので行為自体はあまり好きではないが、求められることに嫌な気はしていない。少なくとも佐々木の息づかいは、愛美に自分は一人じゃないと思わせてくれる。

　愛美はすっと目を閉じた。佐々木に引っ越しを提案してみようか。心機一転、環境を変えたいと訴えるのだ。金本や莉華、山田のような連中から離れ、佐々木と美空と三人で穏やかに暮らしたい。遠くがいい。知っている人間が誰もいない遠くが。

生活保護に頼らずとも、佐々木がいれば金の心配はいらない。美空のことだってきっと佐々木がなんとかしてくれる。どちらにしろ生活保護は今月いっぱいで終わりだ。まだ手続きを終えていないが、佐々木からそのように指示された。佐々木は「ずっと一緒にいたい」と、結婚をほのめかす発言もしてくれた。

指先に熱を感じ、愛美は目を開けた。煙草の火種がフィルターに差し掛かろうとしていた。

考え出すと気が滅入《めい》る。問題は山積しているのだ。金本のこと、山田のこと、そして佐々木のこと――。

またスマートフォンが震えた。無視できず、手を伸ばす。

『家に行くからな』莉華だった。

愛美は二本目の煙草に火を点けた。

一時間後、正午に差し掛かろうとしている時刻に莉華は本当にやってきた。愛美は仕方なく莉華を家に上げた。

居留守を使っていたら莉華はドアを蹴り続け、それでも愛美が無視していると、『窓ガラス割って入るぞ』と脅迫のメールが届いたからだ。莉華ならやりかねない。

「何テメェずっとシカトこいてんだよ」

莉華が床に唾《つば》を吐いた。ぴちゃと液体が弾《はじ》ける音が居間に響く。そもそもこの女は土足だ。

「おまえがうっとうしいからだよ。早く帰れ」

愛美も言い返した。美空は、「出てこないでよ」と言いつけて隣の部屋へおいやっている。

愛美の思わぬ反抗に莉華が目を剝《む》いた。「愛美、いい度胸してんな。恩人に向かって」

「誰が恩人だよ」愛美は鼻で笑った。

直後、額に衝撃を受けた。座っていた椅子からずり落ち、愛美は額を両手で押さえた。

傍らにテレビのリモコンが落ちていた。これを莉華が投げつけたのだとわかった。血は出ていなかったが、痛みで起き上がれなかった。

莉華はその間に家中を動き回り、金目の物を探す泥棒のごとくいたる所を物色していた。引き出しやクローゼットを開け、中の物を引っぺがすように取り出しては床に落としている。

「おい。おまえ誰と住んでんだよ」

しばらくして莉華が倒れ込んでいる愛美の頭上から言った。

「誰と住んでんだって訊いてんだよ」

髪の毛を摑まれ、強引に顔を上げさせられた。

「誰とも住んでねえよ」

愛美が下から睨《にら》みつける。

「男もんのスーツがあるじゃねえか。洗濯機の中に下着まであったぞ」

愛美が返答をしないでいると、髪の毛を持って乱暴に頭を揺さぶられた。

「言えよオラァ」

激しく揺れる視界の中に美空の姿があった。隣の部屋から顔だけ覗《のぞ》かせている。この騒動の様子を窺《うかが》っているのだ。

愛美が落ちていたテレビのリモコンに手を伸ばす。摑むや、おもいきり莉華の脛《すね》を引っ叩《ぱた》いた。莉華が短いうめき声を上げ、あとずさりして屈《かが》みこむ。

「殺すぞテメェ」苦悶《くもん》に満ちた顔で脛を押さえている。

その隙に愛美は台所へと走り、シンク下の収納から包丁を取り出した。

「莉華、刺すよ。早く出ていけっ」

その場から愛美が叫ぶ。包丁の切っ先は数メートル先の莉華に伸びている。

「上等だよ」

莉華が色をなして立ち上がる。

そしてテーブルの上にあった灰皿を手に取り、投げつけてきた。なんとかかわしたが、煙草の灰が舞い視界が奪われた。

立て続けにガラスのコップが飛んできた。これは愛美のうしろの壁に当たり、派手な音を立てて弾けて割れた。

莉華は手を止めなかった。荒れ狂う猿のように手当たり次第、物を摑んでは投げつけてくる。そのうちいくつかが愛美に直撃した。もう何が当たったのかもわからない。

いつのまにか莉華に包丁を持つ手首を掴まれていた。もつれ合うようにして倒れ込む。みぞおちに膝《ひざ》蹴《げ》りを食らった。呼吸ができず、愛美は脱力した。

莉華が愛美の上に馬乗りになる。すでに包丁は莉華の手の中だ。

「ナメんじゃねえぞっ」

包丁の柄の部分でこめかみを突かれた。衝撃で脳が揺れ、意識が飛びそうになった。

愛美に抵抗の意思がなくなったのを確認して、莉華はスマートフォンを取り出し、どこかに電話をかけた。「とりあえず今すぐ愛美ん家《ち》来て。お願い。今すぐ」荒い息づかいで誰かと話していた。金本だろうと予測がついた。

痛みと苦しみの中、薄目を開く。

美空の姿を捉《とら》えたが、視界が歪《ゆが》んでいてその表情まではわからなかった。


「何してくれてるんだおめえは」

十数分後、家にやってきた金本は荒れはてた部屋を見て目を丸くし、怒気を含んだ口調で莉華を睨んだ。

「おれは様子を探れと言っただけだぞ」

「だってえ。こいつ電話にも出ないし、メールもシカトするし。あたしも別にこんなことするつもりなかったけど、こいつが包丁持って襲い掛かってきたんだもん」

莉華が大袈裟に伝える。先ほどと打って変わり甘えた声色を使っていた。

愛美は両手両足をビニール紐《ひも》で縛られ、自由を奪われていた。起き上がれないので床に転がされている格好だ。派手にやり合ったわりに目立った外傷がなかったのが救いだった。

美空は隣の部屋にいる。先ほどまで開いていた襖《ふすま》は完全に閉まっていた。

「で、何かわかったのか」

金本が鼻息を漏らして言った。

「こいつ男と同居してる。でも誰だか言わないの」

「同居？」

金本はつぶやいて、愛美の傍らまで移動し、屈みこんだ。

「愛美」金本が愛美の耳元でささやいた。「おれはおまえに危害を加えるつもりはねえ。これはこの馬鹿が勝手にやったことだ。ただ一つだけ答えろ。おまえ、誰と住んでんだ」

愛美は返事をしなかった。佐々木のことをしゃべるわけにはいかない。

「ふん。まあいい。どちらにしろここで張ってりゃわかる」

そうなるともう逃げようがない。いや、もうこの時点でアウトなのかもしれない。

「……カレシ」

仕方なく愛美は言った。しばらく声を出していなかったので声がかすれた。

「誰だ、そのカレシってのは」

「ふつうの人」

「だからそのふつうの人ってのはどこの誰だ」

「なんで言わなきゃいけないの」

金本は愛美の心を透かして見るように目を細めている。

「龍ちゃん、もしかしたらこいつかも」

離れたところから莉華の声が上がった。

歩み寄ってきた莉華の手の中に名刺の束があった。ヤバいと愛美は思った。その名刺は佐々木の取り置きの物なのだ。

「社会福祉事務所、ケースワーカー、佐々木守」

金本はそれを手にすると、ゆっくり三つの名詞を口にした。そのまま身動きせずに名刺に目を落としている。

愛美はこのあとの展開を想像してみた。けれども思考はすぐに回るのをやめてしまった。考えたくないのだ。心に麻酔を打たれたように愛美の感情が麻痺《まひ》していく。

金本が低い声で唸《うな》り出した。「どういう状況なのか、さっぱりわからねえ」

「龍ちゃん、これからどうする？」莉華が嬉々《きき》として訊いた。

「おまえは隣の部屋でガキ見てろ。邪魔だ」

金本が莉華に向けて顎をしゃくった。莉華は気分を害した様子だったが、しぶしぶ美空のいる部屋へと消えた。

金本が愛美を真上から見下ろした。

「愛美、洗いざらい話してもらうからな」

脅しの意味を込めてだろう、金本は威嚇するように目を見開き、口の端を持ち上げて見せたが、すでに愛美に抵抗する意思はなかった。

愛美はもうどうでもよくなっていた。

19

バッタを想起させるシャネルのサングラスはその顔に対してあまりに大きく、そのせいで女の痩《や》せこけた頬がよけいに強調されてしまっていた。歳はおそらく四十代半ばだろうが、吉男はこの女の素顔を見たことがないので正確なところはわからない。

大型スーパーの地下駐車場、そこに等間隔に並ぶ丸柱の一番端、ちょうど他者からは死角となる場所で二人は向かい合っていた。

この女の指定する場所はいつもここだった。昼間でも薄暗く、地下であることが悪事を働く者にとって都合がいいのかもしれない。

女は身に着けている服も靴も鞄《かばん》もブランドものなのかもしれないが、まったく統一感がなかった。みっともない成金の標本のような姿である。とはいえ吉男にとって、いや、金本にとっての上客であることは間違いない。

「数合ってますよね」

吉男が訊《たず》ねると、女はこくりと頷き、ビニールパックを鞄の中にしまいこんだ。そして吉男に背を向け、足早に自分の車へと戻っていった。

女の駆る車が吉男の前を横切る。吉男は会釈程度に頭を下げたが、女は何の反応も見せなかった。

女は左の薬指に指輪をしていた。旦那は自分の女房が薬物中毒だと知っているのだろうか。それとも、旦那と共に楽しんでいるのだろうか。いつも大量に注文するので、もしかしたらどこかのマンションの一室で、夜な夜な如何《いかが》わしいパーティーでも開いているのかもしれない。

違法ドラッグの顧客は人種の坩堝《るつぼ》だった。先ほどの成金のようなのもいれば、見た目はそこらのふつうのおばさんもいる。もちろんおじさんだっている。年齢も様々で老人から未成年までなんでもござれだ。

ゆいいつ、彼らに共通するのは目だった。彼らは自分が薬物中毒者であることを棚に上げて、売人である吉男に対し、蔑《さげす》みの目を向けてくるのである。馴々《なれなれ》しく接してくる者でもそうだった。目は口ほどに物を言うのだ。もしかしたら、吉男のせいで薬物から抜け出せずにいると考えているような輩《やから》もいるかもしれない。

このまま帰ろうかと思ったがどうせなので自動ドアをくぐり、スーパーの店内に入った。冷房が火照った肌にありがたい。相変わらずクソ暑い毎日だ。待ち望んでいるからなのか、秋ははるか遠い未来のように思えてくる。

平日の昼なので客は主婦ばかりだった。吉男はだだっ広い店内をのんびりした歩調で回った。試食コーナーでは漏れなく足を止めた。

ウインナーに刺さっていた爪楊枝《つまようじ》を咥《くわ》えて歩きながら、おれも真面目だよなと吉男はしみじみ思った。雀の涙のような報酬で麻薬の売人を務めているのだ。リスクばかり高くて、ちっとも得がない。ミスもなく、堅実に業務をこなしているのにあんまりだ。やはりこの先、いい思いをしないと割に合わない。そのためにも、なんとしても佐々木を強請《ゆす》り、金を巻き上げなきゃならない。金本なんかに邪魔されてはかなわないのだ。

愛美には、金本が莉華を使って身辺を探ろうとしているから気をつけろと忠告していた。愛美は莉華からの連絡を無視しているから問題ないと余裕の構えでいたが、本当に大丈夫だろうか。どうも不安がぬぐえない。そもそもあの女はどうしてしまったのか。若い男女が一つ屋根の下で暮らしておいてヤラないなんてことがありえるのだろうか。

考えられる理由は二つ。佐々木が本当に奥手で愛美に手を出さない。佐々木を思えばこれは考えられなくもない。もう一つは、愛美が計画に前向きでなくなったということだ。しかしそうなる理由がない。事が上手《うま》く運ばない限り金が入ってこないことはあの女もわかっているはずだ。罪悪感に苛《さいな》まれてなんてことはあるまい。

鮮魚コーナーに立ち寄る。魚の生臭い香りが食欲をそそる。漫然と目を散歩させていると、一角に並べられていた鰻《うなぎ》の蒲焼《かばやき》に目が留まった。鹿児島《かごしま》産の霧島湧水鰻とパッケージに書かれている。昼飯はこれにするか――。

さりげなく周囲を見渡す。そして、商品を手にするとTシャツを捲《まく》り、さっとズボンの中に半分ほど差し込んだ。すぐにTシャツで覆い隠し、その場を離れた。

厚みがあるので、よく見れば不自然にTシャツが膨らんでいるが、さほど気に留めなかった。誰も自分の腹など見ていない。

万引きは慣れた。緊張して上がることもない。もちろん過去に捕まったこともあるが、まず警察を呼ばれることはない。結局は店側の厳重注意という着地しかないのだ。そしてそれはお咎めなしと同じだ。となれば、やらない手はない。

吉男はそのまま出口へと向かった。自動ドアが開く。

店の中と外、その境界線に片足を踏み出した瞬間、吉男は心の片隅にある違和感を覚えた。

数歩進んでその正体がわかると、一瞬にして血の気が引いた。手の中にあるセカンドバッグに目を落とす。自分は今、違法ドラッグを所持している。

何をやってる、おれは――。とてつもなく危険な状態じゃないか。全身の毛穴が拡張し、一気に汗が噴き出した。

「ちょっとストップ」

背中に声が降りかかった。生唾を飲んだ。恐るおそる振り返る。

「奥さん、まだお会計の済んでないものがあるんじゃないのかしら」

中年の女が吉男の近くにいる帽子をかぶった女に冷めた視線を飛ばしていた。この中年の女が万引きGメンであることは明白だった。

吉男は一瞬パニックになったが、すぐに状況を理解した。万引きGメンは、自分ではなく、この帽子の女を捕えようとしているのだ。

助かった。命拾いした。吉男は帽子の女とGメンのわきを横切って、再び店内に入った。商品を元あった場所に返し、また出入り口に戻ってくると女たちはまだそこにいた。一人、吉男と同い年くらいの男も加わっていた。エプロンをつけて白いエナメルの長靴を履いている。この店の従業員だろう。

「ふざけんなっ。金払えばいいってもんじゃねえだろう」

「店長、ここは人目につきますから事務所の方で」

Gメンが男の袖《そで》を引っ張ると、男はその手を振り払った。どうやら店長らしい。

「いんだよ。こういう犯罪者は恥かかせてやんねえとわかんねえんだよ。うちが毎月いくら被害被ってるか知ってるだろう」

「お気持ちはわかりますが、よくありません。さ、店長も奥さんも事務所の方へ」

「あんた、何回目だっ。何回うちの店でパクったんだっ。なんとか言えっ、この泥棒女。冗談じゃないぞ」

男は顔に青筋を立てて怒鳴り散らしていた。Gメンが必死になだめようとしている。帽子の女は生気のない顔でうつむいている。

そんな女の顔をまじまじと見ていると、吉男は、あれ、と思った。この女、どこかで見たことがある。どこだ……ああ、病院だ。病院の待合室で泣いていた、あの奇妙な女だ。

顔見知りではないが、少し同情を覚えた。いくらなんでもこれはやりすぎだろう。こんなに騒ぎ立てられたらこの女はこの街で生きていけなくなる。

気がついたら周囲に野次馬が集まっていた。それがまた人を呼び、三々五々主婦たちが輪に加わる。皆、好奇の目で三人を見ていた。

「店長、いい加減にしてください」

Gメンが必死に説得を続けていた。

「亭主はどこだっ。子供は？　仕事は？　連絡先を教えろっ。あんたの知り合い全員にこのことバラしてやるからな。ああ情けねえ。どうしてマヨネーズくらい買わねえんだよ」

日頃溜め込んだ鬱憤《うっぷん》を晴らすように、男の難詰は止まる気配がなかった。

吉男は見切りをつけてその場をあとにした。

どぎつい陽にさらされて駅まで歩いた。熱したフライパンのようなアスファルトが吉男を焼き焦がそうとする。

それにしても危機一髪だった。自分のあまりの軽率さに吉男は呆《あき》れた。きっと考え事をしながら店を徘徊《はいかい》していたからだ。そして思い立ったまま万引きを実行した。どこま

ってそうだった。


でも愚かだ。けれど、今日のおれはツイてる。吉男は無理やりそう思うことにした。

最近は慣れてきてしまったのか、違法ドラッグを持っているという意識が麻痺してきている。そしてこういうときに災いはやってくる。これまでの人生を思い返せばいつだってそうだった。


ちょうど自宅に到着したところで携帯電話が鳴った。金本だった。

〈どこにいる〉出た瞬間、そう訊かれた。

「客にバイアグラを届けに行って、ちょうど今家に帰って来たところですけど」

〈そうか。ご苦労だったな。今から迎えに行くから待ってろ〉

吉男は眉《まゆ》をひそめた。「何かご用でしょうか」

〈ああ。おまえにちょっと相談があってな。悪くねえ話だ。儲《もう》けたいだろう。来た方が得だぞ〉

「はあ」

〈十分程度で着く。すぐに出れる準備しておいてくれ〉

通話が切れる。

吉男は訝《いぶか》った。唐突だが、こういった急な誘いは今までにも何度かあった。

しかし、先程の金本はなんだか変だった。心なしかふだんに比べ、声が柔らかかった気がする。だからだろうか、妙な胸騒ぎがした。

金本は十分を待たずにやってきた。吉男は炎天下の中、自宅前の通りに出て待機していた。

今日は黒のウラカンだった。バットモービルを思わせる外形である。マニアにはたまらないのかもしれないが、吉男は苦手だった。車高が低いのでスピードを出されると生きた心地がしないのだ。

吉男は腰を屈めて助手席に乗り込んだ。ドアを閉めるや否や車が発進する。

「悪いな急に」

吉男はシートベルトを締める手をぴたっと止めた。金本が謝った。出会ってからきっと初めてのことだ。

「なんですか、相談って」

「ああ。着いたら話すさ」

「近いんですか」

「ああ。すぐに着く」

吉男は落ち着かない心持ちで流れる景色を眺めていた。ウラカンが吠える重低音だけが車内に響いている。

数分後、吉男の鼓動の間隔は短くなっていた。車は見覚えのある住宅街を走っている。この道は、今向かっているのは、林野愛美の家じゃないのか——。

「愛美の家に向かってるんですか」

だが金本から返答はなかった。

吉男は悟った。間違いない。バレたのだ。

心臓の鼓動が駆け足になる。

隙をついて逃げようか——。緊迫した空気の中、吉男は真剣に吟味した。カーブでスピードを落としたところでスタントマンのように体を投げ出す。馬鹿か。自分にそんな芸当ができるわけがない。しかしこのままだとどうなるかわかったものではない。金本は間違いなく怒っているのだ。

そうこうしているうちに愛美のアパートの前に到着してしまった。車の片側を砂利道に入れ、エンジンを切った金本は、降りるなりすぐに助手席に回り込んで吉男のシャツの襟首《えりくび》を摑んだ。そして引きずるように吉男の身体を愛美の部屋へと運んでいった。この段になると反抗しようとはつゆほども思わなかった。

外廊下で住人と思《おぼ》しき若い男とすれちがった。何か危険なものを感じ取ったのだろう、男はうつむき目を合わさないようにしていた。

愛美の家はとんでもないことになっていた。家具は倒れ、食器類が割れて散乱している。まるで家の中を大型台風が通り抜けていったような荒れ模様だ。

愛美自身は手足を縛られ、床に転がっていた。吉男は一瞬、死んでいるのかと思ってしまった。莉華もいた。吉男を見るなり、莉華はニヤリと笑った。

金本に押し飛ばされ、吉男の身体が床を滑っていく。

ちょうど目の前に愛美の顔がきた。目が合う。すでにあきらめた目をしていた。虚脱感すら漂っている。

「山田、そこに座れ」

金本の指示に従い、吉男がその場に正座した。

「顔上げろ」

その指示には従えなかった。逆らうつもりはないが首から上が言うことを聞いてくれないのだ。

「大方愛美に聞いたが、これまでの経緯をもう一度おまえの口から聞かせろ」

しゃべりたいが言葉が喉元《のどもと》より先に進んでくれない。

「おい。聞こえねえのか」

金本が歩み寄ってくる。一瞬、鈍い光が吉男の目に飛び込んだ。金本はいつのまにか包丁を手にしていた。

「金本さん、ちがうんです――」

「今さら言いわけするんじゃねえ。おまえから持ち掛けた話だってことも愛美から聞いてんだ。おれには黙っておけだ。立派じゃねえか」

「その……金本さんは高野を狙っていたので、それなら自分は佐々木をと思っただけで――」

吉男はふいに息を呑《の》んだ。首に包丁の刃を押し当てられたからだ。

動いたら危ないとわかっているのに顎がバイブレーションのように小刻みに震えてしまう。

「やらないと思ってるだろう？　こんな真っ昼間に人の首かっさばくなんてありえねえと思ってんだろう。おれはやるぞ。ナメたことを言ってるとマジで頸動脈《けいどうみゃく》切るぞ」

金本の目は本気だった。少なくとも吉男にはそう見えた。

吉男は顔を左右に微動させた。やめてくれ、すべて話すから——。

金本は吉男の目を見てわずかに頷いた。押し当てられていた包丁が遠ざけられる。同時に全神経が弛緩《しかん》し、腰が砕けた。正座の状態すらままならず、吉男は横に倒れ込んだ。首に手をやる。べっとり赤い血が付着した。ウソだろう。切れているじゃないか。

「そんなかすり傷で青ざめてるんじゃねえ。放っておけば止まる。さっさと話せ、クズ野郎が」

吉男は経緯をおずおずと語った。しかし、そのほとんどが言いわけに終始した。思いがけぬ僥倖《ぎょうこう》が舞い込んできてしまった。けっして金本を出し抜こうなどという気持ちはなかった。報告を怠ったことは謝るが、それは金本の手を煩わせたくなかったからだ。

我ながら無理があると思ったが、自己擁護を口にせずにはいられなかった。

金本はソファに身を預け、観察するように目を凝らし、吉男の話に耳を傾けていた。

「おおむね愛美に聞いた通りか」一通り話が終わると、金本は両手で髪を撫《な》でつけて立ち上がった。「つまり佐々木との映像が撮れりゃいいわけだろう。そんなところでなぜ手間取ってるんだ」

　吉男は首をひねって愛美を見た。それはこっちが聞きたいくらいなのだ。

「愛美、どうしてだ」

　金本が愛美に訊いた。

「やってないから撮れないだけ」

　愛美がぶっきらぼうに答える。

「龍ちゃん、それ絶対ウソ。枕元の引き出しにこれ入ってたもん」

　莉華が異議ありとばかり声を上げた。手にはパッケージの開いたコンドームの箱があった。

　金本が愛美に歩み寄る。髪の毛を摑み、強引に顔を自身に向けさせた。

「愛美、おまえ、まさか佐々木って野郎に惚《ほ》れちまったのか」

　愛美は黙っていた。

「なるほどな」金本が笑う。「人質が誘拐犯に惚れちまうってのは聞いたことがあるが、人質に惚れちまったってパターンか」

　吉男はまじまじと愛美を見た。愛美が佐々木に惚れた？　冗談だろう。

「愛美。高野の件はもともとおまえが相談を持ち掛けてきたんだよな」

　金本が愛美の耳元でささやく。

「そしておれは約束通りきっちり高野を追い払ってやった。もちろんおまえに金も払ってやるつもりだ。おれだっておいしい思いをさせてもらったわけだしな。次は佐々木だ。上手くいけばまた金をやる。協力してくれるよな」

愛美は反応しなかった。

「愛美。途中で降りられると思うなよ。おまえがおれと縁を切るって言うなら、おれはどこまでもおまえを追い込むぞ。絶対に逃さない。よく考えろ」

それでも愛美は何の反応も見せなかった。

金本がため息をついた。

「莉華。隣の部屋にいる娘を連れてこい」

金本が莉華に向けて顎をしゃくる。一瞬、莉華の顔が歪んだ。

「おい、早くしろ」

金本に促され、莉華が隣の部屋の襖を開け、「ちょっと来て」と声を掛けた。

美空が姿を現した。怯《おび》えた表情をしていたが泣いてはいなかった。

「この嬢ちゃんの目の下からこうして縦に刃を入れる。大人になっても消えねえ。くっきり跡が残るぞ」

吉男は耳を疑った。「金本さん、さすがに——」声を発した瞬間、吉男の身体は後方に吹き飛んでいた。

顔を足蹴にされたのだ。意識が遠のく。脳が激しく揺れていた。ブランコのようにスイングする視界の中、吉男は必死に焦点を定める。

ほどなくして揺れが収まると、金本が美空の頬に刃物を押し当てているのがわかった。まさか本気でやる気か。吉男は生唾を飲み込んだ。

「愛美、どうすんだ」

金本が低い声で訊いた。

「やるよ。やればいいんでしょ」

愛美が投げやりに答える。

金本がゆっくり口角を持ち上げた。「今の言葉、信用していいんだな」

「ちゃんと、お金ちょうだいよ」

「ああ、約束する」

金本が美空を解放する。美空は隣の部屋へ走って逃げて行った。

「ねえ、龍ちゃん」莉華が口を挟んだ。「それだけで上手くいくの」

「ああん？　どういう意味だ」

金本が片眉を上げて莉華を見た。

「高野は愛美を脅してたからあれだけどさあ、佐々木っていう奴はちがうじゃん。ふつーにサツに逃げ込むんじゃない」

具体性に欠けているが莉華の言いたいことは吉男にも理解できた。つまり、佐々木と愛美の情事を映像に収めて脅したところで、自分は嵌《は》められたんだと佐々木が主張してきた場合、分が悪いのではないか、そう言いたいのだろう。映像さえ突きつければ佐々木が警察に助けを求めることはなく、泣き寝入りするだろうというのが前提の計画だったが、吉男も懸念していたことではある。

「そこを知恵絞るんだろうが。とにかく、まずは映像を撮ることが先決なんだ。——わかったな、愛美」

金本が言うと、「でも、あの人、勃《た》たないよ」と愛美がぽつりと言った。

全員で愛美を見た。

「どういうことだ」

「インポなんだよ、佐々木は」

莉華がギャハハと笑い声を上げた。

逆に金本は神妙な顔で愛美を見ている。「愛美、それ本当か。嘘じゃねえだろうな」

「嘘じゃない。だから本当にやってない」

「おいおいおいおいおい」

金本のそれは独白だった。宙を静かに睨んでいる。やがてぶつぶつと小声で何か唱え始めた。「完璧《かんぺき》じゃねえか」かすかにそう聞こえた。

金本が向きなおり、改めて愛美を見た。

「愛美、おまえには大女優になってもらわねえとな。とりあえず莉華、おまえはこの部屋を元に戻せ」

「あたしが？」莉華が自分を指差す。

「おめえがこんなしっちゃかめっちゃかに荒らしたんだろう。山田、おまえも手伝え」

今度は吉男が顔を上げた。

「今回のことは条件付きで水に流してやる。条件はこの計画が上手くいくことだ。失敗したら一生歩けない身体にしてやる。その年で車椅子は嫌だろう。なら死ぬ気で働いて貢献しろ」

吉男は頷く以外なかった。

「それと莉華、おまえ明日までここの嬢ちゃん預かれ」

金本が隣の部屋に向けて顎をしゃくった。

「ウソ？」莉華が目を丸くした。「無理無理」

「一日くらいどうとでもなるだろう」

「どこに泊めるの？　うちだってガキいるんだけど」

「なんとかしろ」

「なんとかって――」

金本と莉華のやりとりの声を遮断するように、吉男は目を閉じた。

やっぱり、ツイてねえなと思った。今日じゃない。人生がツイていないと思った。

20

「ねえ、本当に大丈夫なの」

守は愛美の背中についてまわっていた。いくらなんでも四歳の子を他人の家に一人で泊めるなんて聞いたことがない。

「大丈夫。仲いい友達だから」

愛美はすまし顔で守をあしらう。

「それにしたって――。それなら愛美ちゃんもその友達の家に泊めてもらえば？　じゃないと何か起きたときに困るでしょう」

「だから大丈夫。今までもこういうのたくさんあったし。美空も慣れてる」

「けどなあ」

守は釈然とせず、腕を組んで唸った。家に帰って美空がいないことの淋《さみ》しさもあった。自分は美空の笑顔に癒《いや》されたいのだ。

守は日に日に美空への愛情が深まっていくのを感じていた。もう他人の子ではない。近い将来、自分の娘になる子だ。きっと周囲の人間には浅はかに思われるだろうが守は真剣だった。

愛美は椅子に腰掛けて気だるそうに煙をくゆらせている。テーブルの上にある灰皿が吸殻の山になっていた。

「ちょっと吸い過ぎなんじゃないの。朝は空だったんだから、今日一日でそんなに吸ったってことでしょう」

守は言いながら空気清浄機の起動ボタンに手を伸ばした。先週、守が購入したものだ。できれば愛美に煙草をやめてもらいたいが、口に出すことは控えている。自分のエゴを押し付けたくない。

守は鼻息を漏らした。煙草はさておき、愛美には少しずつ一般常識を教えていかなくてはならない。やはり四歳の子を友達の家に平然と預けられる感覚は理解できなかった。一緒に暮らしてみて、愛美の常識からかけ離れた考え方には度々驚かされてきた。きっとそれは育った環境によるものだろう。人間は環境の産物なのだ。

そんな事情もあってこの日は、初めて二人だけの夕食だった。けれどもすべてスーパーの惣菜《そうざい》だった。ここ最近、愛美は料理を頑張っていたはずなのに。

「今日は作らなかったんだ」

嫌味に聞こえたかなと守は口にしてから後悔した。

「今日はなんかダルかったから」

愛美はインスタントの味噌汁《みそしる》のカップに口をつけている。

「もしかして、どこか体調悪いの」

「別に」

素っ気ない返事だ。白けた空気が居間に漂っている。

やっぱり今日の愛美はどこか様子がおかしい。守と目も合わそうともしない。

「ねえ、何かあった？　なんか今日ちょっと変だよ」

愛美の動きが止まる。視線の先は守の胸のあたりだ。

しばし沈黙が流れる。

「言いたくないなら言わなくていい。言いたくなったら聞くから話して」

きっとこういう日もあるのだろう。もしかしたら生理なのかもしれない。ああ、きっとそうだ。守は無理やり自分を納得させ、浴室に向かった。

今日は風呂も沸いてなかった。

きっと明日になったら戻っているさ。守は再び自分にそう言い聞かせ、シャンプーを乱暴に泡立たせた。

浴室を出て居間に戻ると、愛美が待ち構えていたように水の入ったコップと一粒の紫色の錠剤を手渡してきた。

「これ、何？」

守が訝って訊く。

「バイアグラ。必要でしょう」

愛美が抑揚のない声で言った。

守が手の中にある紫色の錠剤に目を落とす。「こんなものどこで」

「友達にもらったの。その子の旦那もインポなんだって」

言葉を失った。そして狼狽《ろうばい》した。いろんな感情がない交ぜになって守の中で渦を巻いている。

「なんか、この歳で薬に頼るなんてかっこ悪いな」

「とりあえず飲んで」

「いや、でも――」

「いいから」

「だけど……」

「お願い」

愛美に促され、守は不安な気持ちを残したまま手の中の錠剤を口元に運んだ。そして口に入れようとした瞬間、愛美がその手をぱっと摑んだ。

「やっぱりいい。飲まないで」

守が困惑する。「どういうこと」

「飲まなくたっていい、こんなの」

ますますわけがわからない。愛美の目は小刻みに揺れていた。若干潤んでいるように見えた。

「せっかく用意してもらったんだし、飲むよ。ぼくが気分を害したと思ってるならそんなことないから」

守はさっと口の中に錠剤を放り込んだ。そして水でごくりと流し込んだ。

なぜか愛美は数秒、目を閉じていた。そして、開いたら目の色がなくなっていた。

「寝よう」

愛美が再び守の手を取り、静かに言った。まだ九時前だった。さすがに早いんじゃないかと思ったが、従うことにした。何よりこの薬はそういうことのために使うものだ。

導かれるように寝床へ移動した。部屋の電気をつけ、エアコンを起動させた。ゴォーと音を立ててエアコンがカビ臭い息を吐き出す。押し入れから布団を取り出して畳に敷いた。今日はひとつだけだ。ふだんは布団二つ並べて、美空も入れて三人で川の字で寝ている。

守の中である思いが首をもたげた。美空がいないということは心置きなく、愛美を抱けるということだ。ふだんは隣で美空が寝息を立てているのでどうしても遠慮が入る。美空は眠りが深いので途中で目覚めるようなことはないが、やはり気にはなる。それが今夜はないのだ。

そんな想像を巡らせていると己の身体の変化に気付いた。股間《こかん》に目を落とす。破裂しそうなほど猛《たけ》っていた。

それだけではなかった。妙に頭が冴《さ》えている。五感が研ぎ澄まされ、色も音も匂いもすべてが鮮やかに守の中に飛び込んでくる。えもいわれぬ活力が身体の内側から次々と湧き出ていた。これがバイアグラか。当たり前だが初めての経験だ。性的な滋養強壮くらいの知識しか持っていなかった。気分まで劇的に高揚させるとは――。これが合法なのが怖いくらいだ。

「なんか、すごいことになってるんだけど」

どう伝えればいいのか、適当な表現が見当たらず、守は抽象的な言い方をした。

「そう。よかった」

愛美の腕が伸び、守の首に回る。即座に粟立《あわだ》った。うなじの一本一本の産毛が押しつぶされ、肌と肌が触れ合う感覚がはっきりわかった。とてつもなく触覚が鋭敏になっている。

「これって、いいのかな」

「何が？」

「なんていうか、この感覚が」

愛美はそれには答えず、「はやくしよ」と扇情的な、ただ、どこか冷めた目で言った。

守が電気を消そうとすると「消さなくていい」と愛美に止められた。

今夜の愛美はやはり変だ。ただ、今は興奮が先立っていた。

飛びかかるように愛美の身体に覆いかぶさる。

すぐに快楽の世界に引きずり込まれた。無心で身体を動かした。性の魔物が、守を掴んで離さなかった。

21

ただ朝と夜をなぞる生活が続いていた。感情を切り離し、理性を遠く向こうに投げ捨てた。

もう佐々木に対して罪悪感もない。胸の内に芽生えていた恋心もあっさり姿を消した。もしかしたらそれはもともと幻だったのかもしれない。ただ、金本から与えられた任務を遂行するだけの日々だ。

「行ってきます」

佐々木が革靴のつま先でトントンと三和土《たたき》を叩き、ドアノブに手を掛けた。

「待って」

その佐々木の背中を愛美が呼び止めた。佐々木が振り返る。

「ちょっと手を出して」

愛美が言うと、佐々木が訝りながら「こう?」と右手を差し出した。

愛美は用意していた封筒を、ぎこちなく、緩慢な動作でその手の平に置いた。

「何これ」

佐々木がその場で中身を覗く。眉根に皺《しわ》を寄せ、中身を引っ張り出した。

「なんなの、このお金」佐々木の手には一万円札が三枚ある。

「何も訊かないで。少しだけ預かっててほしいの」

佐々木の眉間《みけん》の皺がさらに深くなる。

「どういうこと」

「だから何も訊かないで預かって。あとで返してもらうから。遅刻するよ」

佐々木は釈然としない顔で頷くと、その金を鞄の中にしまいこんだ。そして「行ってきます」と出ていった。

佐々木を見送ると、愛美はドアに鍵《かぎ》をかけた。そして履物棚を開け、豆粒のようなビデオカメラを取り出した。

居間へ行き、配線を繋《つな》いでテレビにたった今撮影した動画を映し出す。画角は問題なさそうだ。ただ、まったくダメだった。あきらかに佐々木は愛美の指示で動いている。音声を切っても、佐々木が愛美に金を要求している画《え》にはまったく見えない。

愛美は深いため息をついた。きっとまたやり直しをさせられる。

もう、佐々木を陥れるための映像は両手に余るほど撮っている。金本から何度もやり直しを命じられているからだ。「やらせているように見える。やられているように見せろ」金本の検閲は厳しかった。まるで、お芝居の演出家のように事細かに動きにケチをつけてくるのだ。そんなこと不器用な自分にできるはずがない。

くだらないと愛美は思った。そもそもこの計画はどうなのか。こんな子供だましの映像を用意したところで本当に佐々木を脅せるのだろうか。そして操れるのだろうか。

佐々木は高野とは決定的にちがうのだ。

しかし、それもどうでもいいことだ。自分だって操り人形の一体なのだから。

愛美は煙草に火を点け、窓の外に視線を投げた。八月も終わりに差し掛かったがまだまだ太陽はぎらつき、街を炙《あぶ》るように燃えている。

きっと佐々木は終わりだ。自分みたいな人間と関わったのが運の尽きだったのだろう。同情はしない。こんな人生が自分の運命なのであれば、佐々木もこれが運命だということだ。

愛美は煙草を深々と、肺いっぱいに吸い込んだ。

22

「ちょっとあなた、わたしの話ちゃんと聞いてるの」

目の前に座る中年の女が憤慨した様子で眉をひそめていた。

「ええ、もちろんです」

佐々木守は慌てて神妙な顔を作り、場を取り繕った。

指摘通り、生活保護の相談に訪れたその市民の陳情を守はまったく聞いていなかった。

朝から頭がぼうっとして、身体中に倦怠感《けんたいかん》がまとわりついていた。理由は判然としている。昨晩もバイアグラを摂取したからだ。

バイアグラを服用してから数時間は気分が高揚し全能感に包まれるのだが、その反動で効き目が切れると一気に身体がだるくなる。そのせいもあって先週は寝坊し、遅刻もした。

「だからね、もう家計は火の車なのよ。わかるでしょう」

不安になる症状も現れている。時折、じっとしていると胃の辺りを得体の知れない虫が蠢《うごめ》いているような感覚に襲われるのだ。もちろんそれは一過性のもので、深刻なものではないと己に言い聞かせているが、焦燥感はぬぐえない。

そうなるとわかっていても、愛美に勧められると断れないのだから、バイアグラの持つ魔力は恐ろしい。いつか禁止薬物として認定されるのではないかと思うほどだ。

「おじいちゃんはすぐにおむつを替えろ替えろってうるさいし。うちの人なんて自分の父親なのに一度だってやらないんだから」

しかしインターネットで調べてみたところ、バイアグラ自体にそういった気分を高揚させるような効能は一切なく、ただ男性機能を手助けするだけのもののようだ。ならば服用後に湧き起こる、あの恍惚《こうこつ》とした気分の説明がつかないが、きっとそれは気持ち的なものなのだろう。咽喉頭《いんこうとう》異常感症が病は気からなのであれば、その逆でバイアグラを摂取したことによる思い込みから興奮を得るということもあるのだ。そう考えれば納得できた。

「子供たちだって自分のことばっかり。アルバイトしたって家には一銭も入れようとしないのよ」

ただ、別の悩みも抱えている。初めてバイアグラを摂取した日から二週間ほど経つが、あの日以来愛美の様子がどこかおかしいのだ。常に心ここにあらずといった感じで、態度がよそよそしい。妙に守と距離を取りたがる。その一方、夜は積極的なのだから困惑してしまう。

「ねえ、だからなんとかならないのかしら。生活保護」

面談が一段落したところで席を離れ、ウォーターサーバーで水を二杯続けて飲んだ。ここ数日、やたらと渇きを覚える。自分でも少々異常な気がするほど、身体が水分を欲している。さすがにこれはバイアグラの副作用とは思えないが、トイレが近くてかなわない。

終わりの見えない仕事に区切りをつけ、早々に支度をして帰路に就いた。

残業をしたので時刻は二十時に差し掛かろうとしている。例のごとく嶺本に食事に誘われたが、友人と会食の予定があると言って逃げてきた。

愛美の家の最寄り駅で電車を降りた。もうすっかり見慣れた駅舎だ。

エスカレーターに身体を運んでもらいながら、『駅に着いたよ』と愛美に短いメールを打った。

本来の自宅にはしばらく帰っていなかった。きっと次に敷居を跨《また》ぐのは引っ越しの荷造りをするときだろう。ただ、肝心の解約の手続きはまだだった。忙しさにかまけて怠っていたわけではなく、心のどこかで自宅を引き払ってしまったら後戻りできないという思いがあった。

けれどもう、守は決心していた。愛美と一緒になる。愛美と夫婦になり、美空の父親になる。

守は疲労感を背負いながら、足早に愛美のアパートを目指した。街は昼間の熱気を宿し、夏の香りがそこかしこに漂っていた。上空は風が強いのか、雲が駆け足で流れていた。

23

「駅に着いたみたい」

愛美が手の中のスマートフォンに目を落とし、無機質な声で言った。

その声でテレビの前で配線の接続をしていた山田吉男は手を止めた。

「ヤバ。あたしちょっとテンション上がってきちゃった」

ソファに座っている莉華が嬉々として、隣の金本の袖を揺さぶる。金本は煩わしそうに横目を向け、「おまえは大人しくしてろよ」と莉華に釘《くぎ》を刺した。

吉男は複雑な心境だった。自分が思い描いた計画がようやく大詰めを迎えようとしているが、この場に金本と莉華はいないはずだった。金を独り占めする予定だった。なので、すでに吉男の中でこの計画に対する興味はほとんど失われていた。

金本に計画がバレたあの日から今日に至るまで、吉男はそれまで以上にこき使われてきた。従順に命令に従っていたのはくだんの一件の負い目よりも、単純に金本に対する恐怖からだった。

美空の頬に刃物を押し当てたときの、あのときの金本の顔は思い出すだけで背筋が凍りつく。なんら力むことなく、その表情は一切変わらなかった。愛美が首を縦に振らなければ、金本は本当にその手を引いたのだろうか。

金本と縁を切らなくてはならない。常に心の片隅に置かれていた思いだったが、近頃吉男は真剣に実行に移そうと考えている。このまま金本の周辺で生きていると、いつか必ずとんでもないことに巻き込まれる気がする。取り返しのつかない事態に陥る気がする。

「ねえ山田、あんたスマホ持っておきなよ」

莉華が唐突にそんなことを言ったので、吉男は小首を傾げて見せた。

「記録用にカメラ回すの。佐々木がどんな顔するのか、撮っておきたいじゃん」

「はあ。でも自分のガラケーですから画質良くないですけど」

「じゃああたしの貸してあげっからさ」

二十歳年下の小娘に呼び捨てにされ、こちらは敬語を使わなくてはならない。いつのまにかそういうヒエラルキーができ上がっていた。

「おい、そういう無意味なことをするんじゃねえ」金本が言った。

「だってえ、こんなシーン中々見れないじゃん。同棲《どうせい》してる女からずっと騙《だま》されてたんだよ？　これヤバいっしょ。あたしだったら絶対ショック死する」莉華が顔を上気させて捲し立てる。「しかもヤク中でしょう。なんで気づかないいんだろう」

「知らず知らずのうちに違法ドラッグを摂取しているなんて話は腐るほどあるさ。そんなことより、頼むから大人しくしててくれ。今夜が肝なんだ」

バイアグラと偽って、佐々木にＭＤＭＡを服用させる。この悪魔のような計画を思いついたのはもちろん金本だ。

中毒性の高いＭＤＭＡの虜《とりこ》にして佐々木の退路を断つ。高野のときと同様の手を使って脅したところで佐々木がそれに屈せず、警察に逃げ込む可能性も否めない、それならヤク漬けにしてしまえという二段構えの作戦だ。さすがにそんな身体で警察に相談できないだろうという算段なのである。

とはいえ、正直なところ本当にこんな計画が上手くいくのか、佐々木を操れるのか、吉男は疑問を抱いている。自分も同様の、いや、もっと稚拙な計画を立てていたのだから偉そうなことは言えないが、こうして一歩引いて全容を眺めるとそう都合よく事が運ぶとは思えないのである。

ただし、金本は余裕の構えだ。吉男がそれとなく疑問を呈しても、「おまえは洗脳の仕組みを知らねえからだ」と意に介さない。

　こうした脅迫は洗脳することが肝なのだという。思考を奪い、判断力を失わせ、サーカスの動物のように調教し、マインドコントロール下に置く。支配する。そのためには佐々木の精神を一旦《いったん》、粉々に破壊することが必要なのだと金本は説いた。要するにMDMAも、隠し撮りも、佐々木の精神破壊の小道具に過ぎないということらしい。

「おまえらいいか、佐々木とはおれが話をする。勝手にしゃべるんじゃねえぞ」

　金本が吉男と莉華の顔を交互に見て、改めて念を押した。

　吉男はテーブル椅子に腰掛けている愛美に目を転じた。仮にも一度惚れた男がこれからとんでもない目に遭うというのに、愛美はどこか他人事《ひとごと》のような態度で髪をいじっていた。

　そんな愛美を見ていると、吉男は金本の言う洗脳の話はさもありなんと思えてくる。破壊されてしまったあとの姿が愛美なのだ。

　しばらくして、ドアに鍵が差し込まれる音がした。とうとう佐々木が帰って来たのだ。金本が愛美に向けて顎をしゃくる。愛美が立ち上がり、玄関へと向かった。吉男と金本、莉華の三人は姿を隠すために隣の部屋へ素早く移動した。

「あれ、美空ちゃんは？　もう寝ちゃったの？」

　襖越しに佐々木の声が聞こえた。美空はここにいない。邪魔なので莉華の家に預けてある。

足音が居間へと近づいてくる。吉男は息を潜め、耳をそばだてた。

「誰かお客さん来てたの？　コップいっぱい出てるけど」

声がすぐそこまできたところで金本が勢いよく襖を開け飛び出した。莉華、吉男の順で続く。

いきなり人が現れたことに驚いたのだろう、佐々木が弾《はじ》かれたように尻《しり》もちをついた。

「佐々木さん、驚かせてすまないな。少しばかり込み入った話になるが、付き合ってもらえるかい」

金本が佐々木の前に屈みこんで凄《すご》んだ。

佐々木は動転した様子で金魚のごとく口をパクパクとさせている。そして、説明を求めるように愛美の方に視線を飛ばした。

視線の先の愛美は枝毛でも探しているのか、髪の毛を眼前に持ってきてそれをじっと凝視している。

「口で説明するより、こいつを見てもらった方が早いだろう。山田、再生しろ」

指示で吉男が動いた。

そしてようやくここで吉男の姿を認めた佐々木が目を見開いた。なぜこの家に自分の担当ケースがいるのか不可解なのだろう、佐々木の表情が混乱を物語っている。

吉男がリモコンを手にし、再生ボタンを押した。

すぐさま映像が流れる。まずは、佐々木が愛美に金を要求しているシーンだ。手を差し出した佐々木に対し、愛美が金を手渡している。続いて場面が切り替わり、佐々木と愛美とのベッドシーンが映し出される。佐々木が荒々しく動作をしているのに対し、その下に組み敷かれている愛美は人形のように無反応だ。

もうこの映像は何度も見た。そのたびに思うのは、そう見えなくもない、ということだ。どことなく漂う違和感は拭《ぬぐ》えないが、知らない人間が目にすれば、脅迫、強姦《ごうかん》という単純な構図として捉えるかもしれない。

佐々木は茫然《ぼうぜん》自失の状態で映像を見ていた。以前の高野も似たような表情をしていたが、佐々木のそれは種類がちがった。魂が抜けるというのはこういうことだと吉男は思った。

「もう十分だ。消せ」

指示された吉男がテレビの電源を落とした。同時に音が消え、静寂が訪れた。

「鑑賞会は以上だ。あんた、この映像の意味がわかるだろう」

金本が佐々木の耳元でささやくように言った。

「愛美ちゃん、どういう……こと」

佐々木がもう何も映っていないテレビ画面に目をやったままつぶやいた。

愛美はその声が届いていないかのように無視をしている。

「よく聞け。あんたは最初から狙われてたってことだ。この映像をあんたの職場に送ったらどうなるだろうな」

「ねえ愛美ちゃん、どういうこと」

「だからおまえは嵌められたんだよ」

金本が佐々木の髪の毛を鷲摑《わしづか》みにした。

「愛美ちゃんどういうことなんだよっ」

佐々木は叫ぶと同時に金本の手を振り払って立ち上がり、愛美のもとへ駆け寄った。

「ねえっ。なんとか答えてよ」

愛美の肩を両手で摑んで揺さぶっている。愛美は無抵抗で揺れていた。

「このクソガキが。おい山田、このチビを押さえつけろっ」

金本と二人がかりで佐々木の身体を押さえつけにかかる。佐々木はその身体からは考えられない力で抵抗を示し、なお愛美に食ってかかった。

「愛美ちゃんっ。愛美ちゃんっ」

「うるせえっ」

吉男が背後から佐々木を羽交い締めにし、その隙に金本がみぞおちに拳をねじ込んだ。

佐々木が崩折れ、床をのたうちまわる。

「こいつを縛り上げろ」

金本が吉男にガムテープを放って寄越《よこ》した。

吉男は悶《もだ》え苦しむ佐々木に馬乗りになり、莉華に手伝ってもらいながら、手首と足首をガムテープでぐるぐる巻きにした。

作業を終えたのを見届けて、金本はソファに座り込み、改めて開口した。

「佐々木さんよォ、どんな商売でも客に手出すのはご法度だろう。それも弱みに付け込んで、金巻き上げて身体弄《もてあそ》んで、最低もいいところだな。いいか、おまえのやったことは犯罪なんだよ」

佐々木は床に頬を付け、呆《ほう》けたように虚《うつ》ろな目をしていた。口元からよだれが垂れ、床に小さな水たまりを作っている。もう抵抗する意思はないのだろう、微動だにしない。

「おれの要求はシンプルだ。こちらから紹介した人間の生活保護申請を通してほしい。それだけだ。安心しろ、それなりの適合者を連れて行くつもりだ。上申書も用意する。けっして難しい話じゃない。それだけであんたは安泰だ。理解できるな」

その問いかけにも、佐々木は一切反応を示さなかった。

あの生意気で憎かった佐々木が目の前で絶望している。吉男はもっと溜飲《りゅういん》が下がるかと想像していたが、意外とそうでもないというのがこの場の感想だ。

どこか遠い気持ちで傍観している自分がいる。

「おれに力を貸してくれるな」

佐々木はやはり無反応だ。

「愛美、あんたもなんか言ってやりなよ」

莉華が邪気のこもった目で焚きつけた。

「別に何もない」愛美は素っ気ない態度だ。

「何が別にだよ」莉華が舌打ちする。「代わりにあたしが言ってあげる。おまえみたいな男と一緒になるわけねえだろ。クスリがなきゃ勃たねえようなインポ野郎のくせに」「莉華。黙ってろと言っただろう」金本が莉華を一喝する。「ああ、そうそう。佐々木さん、あんたにもう一つ伝えておかなきゃいけないことがある。あんたが毎日飲んでたもんはバイアグラじゃない」

金本がビニールに入った錠剤を振った。「MDMA、麻薬だ」

佐々木が初めてその虚ろな目をゆっくりと金本に向けた。

「毎日のようにキメてたんだ。すっかりハマっちまっただろう。恐喝、強姦、そしてヤク中。逃げ場はねえ。どんな言いわけしようが、さすがにサツだって耳貸しちゃくれねえぞ。いいか、もう一度言う。あんたは嵌められたんだ」

佐々木は瞬《まばた》き一つしなかった。今の佐々木に何を言っても無駄なのかもしれない。よく見ると佐々木の視線は金本ではなく、そのうしろにいる愛美に向かっていた。

愛美はそんな佐々木に背を向けていた。

24

佐々木にすべてをぶちまけた日から今日で一週間が経った。

そして暦は変わり九月になった。愛美はあれから美空と佐々木、そして山田を含めた四人の奇妙な共同生活を送っている。もちろん金本の指示だ。山田は佐々木の監視役である。

同じ屋根の下に暮らしているとはいえ、佐々木とはあれ以来一切口を利いていない。佐々木は美空に声を掛けられても無視していた。何か察したのか、美空もここ数日は佐々木に近寄らなくなっていた。

金本は早速、社会から離脱した人間を捕まえては、佐々木の職場である社会福祉事務所を度々訪れさせているらしい。ただし、金本自身が同行しているわけではなく、金で雇った民生委員を付けているようだ。このあたりの事情は山田から教えてもらった。

「だからあんたも龍ちゃんのとこで働けばいいじゃん、ねえってば」

莉華が先ほどからしつこかった。この女はここ最近毎日のようにこの家へやってくる。時間はきまって十五時。おそらく昼下がりに起床して、その足で向かってくるのだろう。そして小一時間ほど愛美相手に駄弁を撒《ま》き散らし、やがてその顔面に濃いメイクを施し、夕方になって出勤するのである。

心の底からいい迷惑だ。何度も「来るな」と伝えたが、莉華は耳を貸さない。「友達じゃん」とすり寄ってくるのである。

ついこの間、人をリンチしたのは誰なのか。この女の神経もだいぶ狂っている。

「あんただって家にこもりっぱなしじゃつまんないでしょ。ね、働こうよォ」

「無理。絶対にあそこでは働かない。金本さんから約束のお金貰《もら》ったら、あんたとの関係もそこで終わりにする」

愛美は毅然《きぜん》と言い放った。

金本と莉華と山田、そして佐々木との関係を終わらせる。これが愛美の目下の目標である。毎日それればかりを考えて生きている。ようやく見つけた小さな心の支えだ。

莉華が鼻を鳴らして一笑した。「そ、別にいいけどね。どっちにしたってあたしだってもうすぐこの街出るかもしれないし」

その言葉で愛美は煙草を咥《くわ》えかけていた手を止め、莉華を見た。

「龍ちゃんがね、もう少しで東京に戻るかもしれないんだって。そうなったらあたしも一緒に付いていくの」

莉華は恋する少女のような目でしゃべっている。

「高野から巻き上げたお金をね、偉いヤクザの人に差し出すんだって。それで昔のことは帳消しにしてもらって東京に戻してもらうって言ってた。森野組が納得しないかもしれないけど、佐々木のおかげで新しいビジネスルートを開拓できたでしょう。それを近いうち後任に引き継ぐみたい。置き土産としてはじゅうぶんだろうって」

莉華の話は愛美にはよくわからなかった。ただし、金本と莉華が遠くへ行くというのは吉報だ。

「でもね、ひとつだけ悩みがあんだよね」莉華が表情を曇らせ、ため息をついた。「東京に行くとしたら華蓮のことどうしようかなーって。さすがに連れてはいけないよね。

龍ちゃんに嫌がられちゃうもん。かといって置いて行ったらママも怒るだろうなあ」

莉華には華蓮という二歳の息子がいる。ほとんど莉華の母親が面倒を見ているらしい。

「愛美、あんたさ、もらってくんない？」莉華がペットをゆずるような感じで言った。

「馬鹿じゃない」愛美は相手にしなかった。

「いいじゃん。美空の弟ってことで」

愛美は無視した。どこまで莉華が本気なのかわからないが、隙を見せようものならこの女は本当に押し付けてきそうな気がした。

「そんなことより、いつ佐々木はこの家から出ていくの？　もう一緒に住む意味ってないでしょ」

「知らないよ。龍ちゃんがしばらくはって言ってるんだから我慢しなよ」

「じゃあせめて山田だけでも追い出して。あいつがいると家が臭くなる」

愛美がそう訴えると莉華は手を叩《たた》いて笑い声を上げた。「だよね。あいつ体臭きついよね。でも無理だと思うよ。あいつは佐々木の監視役なんだから」

「何を監視するわけ？　佐々木は素直に言うこと聞いてるんでしょ」

「だからわかんないって。仕事が安定するまでなんとなく目を光らせておこうってことなんじゃないの」

愛美は鼻から息を吐き、莉華から視線を外した。

「話変わるけどさあ、高野いたじゃん。あんたを脅してた奴。あいつさあ、奥さんに捨てられたらしいよ」

愛美は再び、莉華を見た。「離婚したってこと？」

「そう。よくわかんないけど、あんたにやってたこととかバレたみたい」

「金本さんがバラしたの」

「ううん。龍ちゃんがそんなことするわけないじゃん」

そうなると誰がリークしたのだろう。愛美は少しばかり思考を巡らせた。高野が自ら告白したとは思えない。

いいか、別に。すぐに考えるのをやめた。自分にはもう関係のない話だ。

「ところで佐々木の奴、どうしてる？」と莉華。

「どうしてるって何が？」

「家でどんな感じ？」

「しゃべってないから何も知らない」

「あいつもかわいそうだよねえ。あんたにマジ惚《ほ》れてたんだもんね。っていうかさ、あの映像見てるときの佐々木の顔、マジヤバかったよね。あたし思い出すだけで笑えるもん」

そんなことを言われてもわからない。愛美は佐々木の顔をまったく見ていなかったのだ。

「知ってる？　龍ちゃんから聞いたんだけど、佐々木の奴、今完全にヤク中らしいよ。

ＭＤＭＡじゃなくてシャブ。自分で注射打ってんだって」

愛美は耳を疑った。あの佐々木が――。愛美は信じられなかった。覚せい剤の依存度はＭＤＭＡの比ではないと聞いたことがある。

「龍ちゃんが一度打ってあげたらハマっちゃったみたい。人間、転落すんのってあっという間だね」

愛美はずっと手にしていた煙草にようやく火を点《つ》けた。

転落か。それは佐々木にだけ当てはまる言葉だと思った。自分は常に谷底にいる。金本も、莉華も、山田もだ。そして自分たちが佐々木をこちら側に引きずり込んだ。佐々木はこの先、どんな人生を歩むのだろう。愛美は紫煙をくゆらせながらぼんやり思った。

けれども、考えるだけ無駄なのですぐに頭から追い払った。

佐々木に限らず、誰の人生も先のことなどわからない。それが自分ならなおさらだ。

25

夏休みを終えたというのに勇太は外に出ない。家にいる。二学期が始まり、始業式だけは登校したのだが、その翌日から学校へ行かなくなったのだ。担任に理由を聞いて佳澄は死にたくなった。クラスメイトの一人から「万引き犯」と指差されたらしいのだ。

帰りの会の最中だったらしいので全員に聞かれてしまったらしい。

もちろん勇太は万引きなどしていない。したのは母親である、わたしだ。

佳澄は薄暗い部屋の中で、布団に横になっていた。眠いのではなく、起き上がる気力が湧かないのだ。

あのとき、きっとクラスメイトの母親の誰かが見ていたにちがいない。勇太くんのお母さんは万引きしてるのよと子供に話したにちがいない。

ただ、そんなことは今さらの話だ。

仕事は失った。例のスーパーから登録していた派遣会社に連絡がいったからだ。「派遣先でやられたらたまったもんじゃない。もうどこも紹介できないよ」とエージェントからはっきり告げられた。

佳澄は手を伸ばし、隣で同じように横になっている勇太の頭を撫《な》でた。フケが溜《た》まっている。風呂《ふろ》に入っていないからだ。続いて腕をさすった。細い腕。ろくなものを食べていないからだ。

先日、ついに水が止まった。水が断たれるということがどれほど人間の生活に影響を及ぼすのか、佳澄は身を以《もっ》て思い知らされていた。この根源的な問題の解決策は金だ。しかし金はない。だから親子二人、ただただ抱き合って眠るだけの時間を過ごしている。

わたしは、なぜ、あんなことをしたんだろう。なぜ、あんなことを――。

佳澄は重い身体を起こして、立ち上がった。

「お母さん、出掛けてくる。すぐに戻るから」

そう告げると、勇太の頭がかすかに動いた。

佳澄は帽子をかぶり、空のペットボトルを二つ抱えて、外に出た。

ふらふら歩いた。足取りがおぼつかない。食べていないから力が出ないのだ。ついこの間までの生活が夢のようだった。貧乏のどん底だったが、それでも生きていくのに最低限の暮らしがあった。今は最低とかそういうレベルではない。

金がない。

水が、食べものがない。

ガスが、電気がない。

そして、金がない。

佳澄はもう嫌だった。何もかも嫌だった。呼吸をするのも嫌だった。

目的地の公園に着いた。ここで水をペットボトルにちょうだいして戻るのだ。トイレはそれでなんとか流せる。

水飲み場では、まず佳澄が喉《のど》を潤した。それすら自分に腹が立った。勇太を苦しめているくせに、罪人のくせに、この女は渇きを癒《いや》そうとしている。まだ、生きようとしている。

ペットボトルの口を水道の蛇口にあて、水を溜めていく。じょぼじょぼと音を立て、少しずつ嵩《かさ》が増していくのを佳澄はぼんやり目で追っていた。周囲の人の視線を感じたが、やめようとは思わなかった。人の目が気にならないのではなく、気にする気力すらない。

「カスミ。モウ、イイヨ」

突然の、久しぶりの勇一郎だった。優しい、夫の声だった。

万引きで捕まって以来、夫は佳澄の前から姿を消していた。一切ささやいてくれなかった。

目頭がかあっと熱くなった。一気に涙がこぼれてきた。この蛇口から吐き出される水のように、涙の濁流が止まらない。

「モウ、ジュウブンダヨ」

見捨てないでくれた。あんなことをしたのに、ずっと無視していたのに、勇一郎は自分を見捨てないでくれた。嗚咽《おえつ》が漏れそうだった。

「モウ、ダイジョウブダヨ」

——何が大丈夫なの？　佳澄が心の中で訊《き》く。

「モウ、ガンバラナクテイイ」

——どうして？

「ハヤク、コッチニオイデ」

——行っていいの？　あなたのところへ。

「マタイッショニクラソウ」

——本当？　またあなたと暮らせるの？

「ホントウダヨ。ダカラコッチニオイデ」

——でも……勇太がいるから。

「モチロン、ユウタモイッショニ」

水しぶきが顔にかかって佳澄は我に返った。満タンになったペットボトルの口から水が噴き出している。

水を止め、キャップを閉めて立ち上がる。涙をぬぐい、両腕にペットボトルを抱えて公園を出た。

ほんのわずかだけ、元気が湧いた。

いざとなったら勇一郎がいる。いざとなったら——。


帰り道、アパートが立ち並ぶ住宅街を歩いていると、後ろから女のしゃべり声が迫ってきた。振り返ると、金髪のガラの悪い女がスマートフォンを耳に当て、苛立《いらだ》たしげに声を荒げていた。サンダルばきで、ペタペタと音を立てて歩いている。

「だからさー、連れてはいけないの。東京行ってもちゃんと養育費入れるって。だから見捨てるつもりはないって。あのさァ、ママだってあたしが入れる金がなかったら困るわけじゃん。そういう意味じゃママだって華蓮に助けられてんじゃないの。つまり持ちつ持たれつでしょ。生活保護？　あたしはもう無理だからママが受けりゃいいじゃん。もう何回同じこと言わせんだよだりーな」

　女が佳澄を追い越していく際に、女の腕が佳澄の腕にぶつかった。その接触で持っていたペットボトルが地面に落ちた。

　女が振り返り、佳澄に一瞥《いちべつ》をくれる。目が合った。女の方から目を逸《そ》らした。

「ううん、なんでもない。気味悪《わ》りぃババアがガンくれてやんの。で、生活保護の件は龍ちゃんに頼んどいてあげるから、ママはなんとかして華蓮を――」

　女の背中がどんどん遠ざかっていく。なぜか佳澄はその背中をじっと見送っていた。

　頭の中には、生活保護、の文字が浮かんでいた。

　そういえば検品の仕事で一緒だった中村というおばさんが言っていた。あんたなら生活保護を受けられると――。

　落としたペットボトルに目をやる。くる、くるとゆっくりまだ回転している。そのたびに中の水が、きら、きらと陽光を反射していた。

　佳澄は一瞬目を細め、そして上空を仰いだ。雲ひとつない、抜けるような青空が遠くまで広がっていた。うんざりするほど見慣れた光景だった。

　もう、だいぶ雨空を見ていない。

　自分はこの先、雨を見られるのだろうか。佳澄は、ふと、そんなことを思った。

26

「佐々木、ちょっと来い」

嶺本に顎《あご》をしゃくられ、佐々木守はキーボードをタイピングしていた手を止め、上司と連れ立ってオフィスを離れた。

衝立《ついたて》があるだけの打ち合わせスペースで、机を挟み、嶺本と向かい合う。

「なんで呼ばれたかわかるか」

嶺本が佐々木の目を見据えて口を開いた。

「いえ、なんでしょう」守は無表情を装い、首を傾げて見せた。内心、ついにきたかという感じだった。

「おまえの上げた申請がこの一週間で四件。いくらなんでもこれはないだろう」

「たまたまですよ。そういうのが重なってしまっただけです」

「とはいえこの状況下だろう、中々手厳しいぞ、こいつは。すべて通せってか」

「みんな規定をクリアしていますし、ぼくも心苦しいところですが、致し方なしだと思いますけどね」

「そりゃそうだが……」

目の前の嶺本は苦虫を嚙《か》み潰《つぶ》したような顔で低く唸《うな》っている。

守は、金本から押し付けられた路上生活者と思われる四人の男の生活保護申請を上司である嶺本に提出していた。さすがに看過されることはないと思っていたが案の定だった。

しかし、そうはいっても結局のところ受理されるはずだ。金本は生活保護のシステムを熟知していて、どの男も下地を作ってから申請させていた。生活保護を受けるには、金がない、当然これだけでは不十分なのだ。四人ともついこの間まで不定だったであろう住所も取得していた。恐らく突貫で金本が手配したものだ。

また、どこで見つけてきたのか、金本は民生委員を一名配下につけていた。この抜かりのない民生委員が隣についているので、相談者はただ座ってその場にいればいいという構図になっている。詰まるところ生活保護の受理、不受理はその場のパフォーマンスによるところが大きい。口の上手《うま》い営業マンが仕事を取れるのと同じなのだ。

「とりあえずこの件はさておき、佐々木、おまえ大丈夫か」

嶺本が神妙な顔を作り改めて訊いてきた。

「大丈夫、というのは？」

「ここ最近、様子がおかしいぞ。妙に明るい日があったかと思えばこの世の終わりのような顔をしてるときもある」

「なんですか、この世の終わりって」

「そのままだ。生気がまったく感じられないツラしてるんだよ」

「そんな大袈裟《おおげさ》な。ぼくは元気ですよ」守はわざと歯を見せ、肩を揺すった。

「それは今日がそういう日だからだ。おれだけじゃない。この際だから言っちまうが他の人間もおまえのこと噂してるぞ。病気なんじゃないかって声も聞こえる」

「病気？　ぼくがですか。たしかにずっと喉を痛めてますけど、これは――」

「そんなんじゃない」嶺本は首を左右に振り、話を遮った。「精神的な病なんじゃないかって言ってるんだ」

「躁鬱《そううつ》病とか、そういうことですか」

「ああ。そうだ」

「なるほど。でも心配は無用ですよ。ぼくは至ってふつうです」

嶺本はため息をつき、視線を宙に飛ばした。薄眼でじっと虚空を睨《にら》んでいる。

「佐々木」嶺本が急に手を伸ばし、守の手を取る。両手で痛いくらい強く握られた。

「一度病院へ行ってこい。心配するな。おれが力になる」

「病院？　嫌ですよ」

「それならおれも一緒に行ってやる」

「いや、そういうことじゃなくて」

「だまされたと思ってとりあえず行くだけ行こう。おれはな、もう二度と高野みたいな人間を出したくないんだ。な、行こう」

守はため息をついて、脱力して見せた。やってられないですよ、そういう意思表示だった。

しばらく沈黙が流れた。嶺本は透かすようにして守を見つめている。

「課長。生活保護って、どう思います」

守が訊くと、「なんだ急に」と嶺本は眉根《まゆね》を寄せた。

「つまり、日本における生活保護制度についてどういった見解をお持ちでしょうか」

「質問が抽象的でよくわからんな。何が訊きたいんだ」

「ぼくは最近、日本は甘いんじゃないかなと思うんです」

「甘い？」

「ええ。だってそうでしょう。働きもせずに国の金で飯を食おうだなんて、そんなふざけた連中に手を差し伸べているわけですから」

嶺本は困惑した顔で守を見ている。

「その証拠にぼくがこうして上げた申請だって、結局は断れないわけですよ。仮令《たとえ》それが不正受給であってもね」

「あのな、佐々木」嶺本がネクタイを緩めて口を開いた。「先進諸外国はどこも生活保護制度があるし、そういうセーフティネットがあるからこそ民主主義が成り立つんだ。少なくともおれはそう思っている。不正受給に関しては、こればかりは仕方ない。どんな完璧《かんぺき》なシステムを作ろうとも小さなほころびを見つけて、その穴をかいくぐり悪さを働く連中は必ず一定数生まれちまうんだ。人間なんてそんなもんだ。ただそんな奴らはごく一部の人間で、大半の生活保護費は本当にそれを必要としている国民に使われているだろう。つまりはまっとうなんだ。優秀な国だと思うぞ、我が国は」

「理解あるんですね」

嶺本の顔が歪《ゆが》む。ただ、すぐに真顔に戻って改めて守を見据えた。

「佐々木、とにかく一度病院に行こう。疲れてるんだ、おまえは」

「そりゃあ毎日疲れてますよ。課長だってお疲れでしょう。それでは仕事が溜まってるので」

守は立ち上がり、一方的に話を打ち切った。

病院なんかに行けるはずがない。内科も精神科もどちらもダメだ。カウンセラーにこれまでの内情を話せるはずがないし、身体を調べられたらとんでもないことになってしまう。

今の自分は、クスリなしでは生きていけない。クスリが切れると、圧倒的な現実が襲ってくる。さすれば些細《ささい》なきっかけで衝動的な自殺をしてしまいそうになる。抗《あらが》う術《すべ》はどこにもなく、ただ逃げ惑うだけの毎日だ。

愛美は自分を愛していなかった。守にとってそれ以上でも以下でもなかった。その事実がすべてだった。

不思議と怒りの感情はなかった。ただただ淋《さみ》しかった。自分は独りで盛り上がり、独りで夢を描いていた。すべて独りだった。

昼下がりになり、守の心身は徐々に不穏に陥っていった。おくびもこみ上げてきた。朝打ったクスリの効き目が落ちてきたのだとすぐにわかった。心が着地する場所を求め、慌ただしく徘徊《はいかい》している。

そうなると急に人の目が気になった。周囲の人間が皆、自分を見ているような錯覚に囚《とら》われた。目を合わせると相手の目の奥には敵愾心《てきがいしん》が宿っているような気がした。

そんなときに限って、宮田有子に声を掛けられた。

「佐々木くん、あなた大丈夫？　顔色悪いけど」

「いや、別に」平静を装ったが顔が引き攣《つ》った。

「そう。じゃあ一緒に昼食どう？　佐々木くんもお昼まだでしょう」

「ぼく、今日はあまり食欲なくて」

「そっか。それなら、わたしのランチに付き合ってもらえるかしら」

眼前に宮田有子の有無を言わさぬ微笑みを突き付けられた。返答せずにいたら承諾したと勝手に解釈されてしまった。

職場からほど近い、静かな純喫茶に入った。店内の客はまばらで、レトロなクラシックがうっすらかかっている。

宮田有子はランチと言ったはずなのにアイスコーヒーしか頼まなかった。守は一刻も早くこの時間を終わらせるために何も注文しなかった。

「佐々木くん、最近何かあったでしょう」

アイスコーヒーにミルクを垂らしながら宮田有子が言う。

「いえ、何もないですけど」

「嘘。わたし、色々知ってるよ」

「色々とは?」

「林野愛美さんとはうまくやってるの?」

さーっと血の気が引いた。宮田有子の口から愛美の名前が出てきた。

「前にわたしが一人で林野さんの家を訪ねた日、あのとき、佐々木くん家にいたでしょう。玄関に佐々木くんの靴があったもの。それから何度か仕事終わりに佐々木くんのあとを尾行したこともあるの。ああ、気を悪くしないでね。深い意味はなかったの。で、佐々木くんは林野愛美の家に帰っていった」

守は絶句した。テーブルの下で右手の親指の爪を左手の甲に突き刺し、痛みを与えることで何とか平常心を保とうとした。

深い意味もなく尾行する人間がどこにいるのか。しかし今は宮田有子に対し怒りを覚えている場合ではない。次にどんな話が飛び出してくるのか。はたしてこの女はどこまで知っているのか。

「どういうことなんだろうって、わたし考えたの。で、ここからはわたしの推測だけど」宮田有子はアイスコーヒーを一口、ストローで吸った。「もともと、佐々木くんが林野愛美と知り合いだったとは考えづらい。あれが初対面ではなかったとは思えないもの。そうなると、佐々木くんは高野さんの一件があって、林野愛美と出会い、どういう経緯があったのかわからないけど、交際が始まり男女の関係になった。わたしに内緒にしていたのは、勘違いされたくないからかしら」

「そうです」

守は少し考えて、首を縦に振った。この場で嘘をついても無意味だと思った。

「そう」宮田有子がふうと息を吐く。「結局、高野さんのこと、林野愛美は認めたんでしょう。それをわたしに言わなかったのは、やっぱり大事《おおごと》にされたくなかったから？」

「ふうん。ところで高野さんに退職を迫ったのは、佐々木くん？」

「……そうです」

「やっぱり。なるほど。そういうことか」

宮田有子は納得した様子でひとりで何度か頷《うなず》いていた。

「すみません」

「いいの、謝らなくて。もう終わったことじゃない」ここで宮田有子は目を細めた。「でも、正直ちょっと幻滅したかな。佐々木くんのしたことってあまり行儀がいいとは言えないでしょう」

守は項垂《うなだ》れて話を聞いていた。

「わたしはいいけど、職場のみんなは佐々木くんと林野愛美のこと知ったらどう思うかな。そうなると高野さんの件も白日の下にさらされるわけで、色々と面倒なことになる気がする」

守の心に影が差し込む。それがそのまま顔に出たのだろう、「ああ、心配しないで。わたし何も言うつもりないから」と宮田有子は微笑を寄越《よこ》してきた。

とはいえ楽観できなかった。非常に危険な状況には変わりないのだ。

「そのかわりと言ってはなんだけど、ちょっと佐々木くんにお願い事できないかな」

その声で守は顔を上げた。同時に唾《つば》を飲み込んだ。宮田有子からの頼まれ事はろくなことがない。

「佐々木くんは、高野さんが今どこで何をしてるか知ってる？」

「いえ、まったく」守はかぶりを振った。

「奥さんと離婚して、家を追い出されたところまでは知ってるんだけど、その後の消息がわからないの」

高野が離婚――？　守の知らない情報だった。奥さんにバレたのだろうか。しかし、そうなるといったい誰が。この件に関して知っているのは、守、宮田有子、金本、山田、莉華、そして愛美。高野が自ら話をするとは思えない。

「高野さん、離婚したんですか」

「そうみたいね」

「宮田さんは誰からそれを？」

「風の噂。そんなことはどうでもいいの」話を遮断するように宮田有子はアイスコーヒーをドンと音を立ててテーブルに置いた。「それでこれがお願いなんだけど、佐々木くん、高野さんのこと探してくれないかな」

「ぼくがですか」守は眉をひそめた。

「そう」

「なんでまた高野さんを――」

「理由は訊かないで。とにかく高野さんを探し出してほしいの」

宮田有子の不可解な願いに困惑するばかりだ。

「探せと言われても、彼のケータイを鳴らすくらいしかぼくにできることないですし、それに、これまでのことがあるからぼくの電話に高野さんが出てくれるとは思えないんですが」

「うん。きっとそうだと思う。でも、やってみて。奥さんや知人を当たったり、できる範囲で構わないから調べてみて」

不可解だった。真意がまるでわからない。当初、宮田有子はその強すぎる正義感から高野の件に首を突っ込んでいるのだと思っていた。しかし、今この場において守はその考えを改めている。もしかしたら、宮田有子は高野洋司という男に固執しているのではないか。何があるのか知らないが、この女は異常なまでに高野に拘《こだわ》っている。

守はコップの水を一気に飲み干した。すぐさまおかわりした。食欲はまったくないのに、守の身体はいつだって渇きを覚えている。調べたところ、これは薬物依存症患者にみられる症状のひとつらしい。自分がそんなことになろうとはついこの間まで夢にも思わなかった。

店員に注がれた水をすぐにまた飲み干す。氷まで嚙み砕いて胃におさめた。そんな守を宮田有子は訝《いぶか》し気な目で見ていた。

急用を思い出したと嘘をついて、守は宮田有子を残し、店を出た。

走った。

青空と太陽の下、守はめいっぱい腕を振り、全力で走った。

誰かにぶつかった。文句が背中に降りかかる。もちろん振り返らない。脇目も振らず、赤信号の横断歩道を駆け抜ける。甲高いクラクションが辺りに鳴り響いた。

今、自分を取り巻くこの現実がすべて夢であってほしい。いや、きっと夢なのだろう。暑すぎる夏が、悪い夢を見せているのだ。

しばらくして事務所に戻ると、そのあとは相談者対応に追われた。嶺本に体調不良を訴え早退する算段でいたのだが、現場の繁忙を鑑《かんが》み、言い出せなかった。

話半分で相談者の陳情を聞き流し、ひたすら時間が過ぎるのを待った。

不穏な状態に陥っているとはいっても波があり、比較的落ち着いている時間帯もあった。けれども、それが酷《ひど》いときは相談者が自分を殺しにきた刺客なのではないかと馬鹿げた妄想を抱いてしまうほど歪んだ世界に引きずり込まれた。そんな妄想を馬鹿げていると思えているのだからまだ大丈夫だと自分を慰め、励まし、ひたすら己が作り出す幻覚と守は戦っている。

時計の針が十七時を指し、ようやく最後の相談者の姿を見送ったとき、入れちがいで帽子をかぶった子連れの女が事務所を訪れた。

守はそれだけのことで絶望的な気持ちになった。なぜこのタイミングでやってくるのかと激しい怒りを覚えた。この女がろくでもない相談者達の代表のような気がした。いや、自分に降りかかる災いの元凶のような気がした。

「生活保護を受けたくて……」

女はうつむいたまま消え入りそうな声で来意を告げた。

守は女を殴りつけたい衝動にかられた。スラックスの裾《すそ》をぎゅっとつかみ、必死にその衝動を抑え込んだ。

相談スペースに案内し、デスクを挟み向かい合う。女は古川佳澄と名乗り、三十二歳だという。古川佳澄は暗く、薄幸の雰囲気を纏《まと》っていた。目に生気が感じられないのだ。隣に座る八歳くらいの男児も母親同様だった。力なくうつむいていて、子供らしい活気がない。どことなく飢餓難民の子供を思わせる。

しゃべるのが苦手なのか、古川佳澄はおずおずとした調子で内情を話した。ただその話はあまり要領を得ず、守はますます苛立ちを増幅させた。また、古川佳澄は語尾に必ず、「すみません」と付けた。それがよけいに守の神経を逆撫でした。この場において帽子を取らない非礼にも腹が立つ。この女の何から何まで気に入らなかった。

守は小刻みに貧乏ゆすりを繰り返した。とめどなく溢《あふ》れ出る焦燥の粒が身体の隅々まで行き渡り、守の自律神経を破壊していく。

「つまり、四年前に旦那《だんな》さんと死別して、今はその子と二人暮らしで生活がきつい、要はそういうことですよね」

守が額に手をやって早口で訊く。見やるとべっとり脂汗が付着していた。

「はい。すみません」古川佳澄はうつむいたまま答えた。

「で、仕事はお探しになってますか」

「求人誌などを見て履歴書を送ったんですけど、どこも落ちてしまって。すみません」

「ここ一ヶ月で、何件送りました？」

「……三件くらいです」

守は呆《あき》れて笑った。「お話にならない。真剣に探してる人は何十件とあたりますよ」

「……すみません」

「だいたい今はケータイ一つで応募できるところもたくさんあるでしょう」

「……携帯電話は、先月、止まってしまって」

守は舌打ちしてから、鼻から大きく息を吐き出した。

「近くに助けてくれる親族とかいないんですか」

古川佳澄はそれに返答せず、子供みたいにかぶりを振って見せた。

「古川さんのご家族、親戚《しんせき》、それと亡くなった旦那さんの親御さん、ご兄弟、そういった方にも当然援助は願い出たんですよね。その上でここに相談に来られてるんですよね」

古川佳澄はうつむくというより、真下を見るように頭を下げて黙っていた。

守は人差し指でデスクをコツコツと叩いた。自分の意思を無視したようにその動作は止まらなかった。

「ここを駆け込み寺かなんかと勘ちがいしてるんじゃないですかねえ。これは古川さんに限った話じゃないですけど、皆さん生活ができないできないとわめいてはすぐここにやって来るんですけど、こっちだってそう簡単にかわいそうですねそれじゃあとはならないわけですよ。そうでしょう」

ここで古川佳澄の身体が凍えたように震え出した。芝居してるんじゃねえと髪の毛をつかんで引きずり回してやろうかと思った。

「ここはですね、やるだけのことをやって、それでもどうにもままならない状況になって初めて訪れていい場所なんですよね」守のデスクを叩く指の速度が上がっていく。また他の指も動き出した。ピアノを弾くように守の五本の指が不穏な旋律を奏でる。もう制御が利かない。「古川さんみたいな人ってちょっとおかしいと思うなあ。世間の大半の人はなんとかなってるわけですからなんとかなるわけですよ、本来は。古川さん、ちょっと質問なんですけど、国に迷惑かけてるってわかってます？　ぼくはわかってないと思うんですよねえ。だからのうのうと生きてられるっていうか。ぼくだって大した給料もらってないですけど、その中で家賃払ってご飯食べて親に仕送りして、ほんとぎりぎりのところで生活してるんですよ。いっぱいいっぱいなんです。まっとうに生きているぼくがですよ。それなのにこういう理不尽な仕打ちを受けて、いったいぼくが何をしたのか、ぼくばかり損をしてつらい思いをしてるのに誰も味方になってくれないし耳も傾けてくれない。誰もぼくを愛してくれないんですよ。愛してくれていなかったんですよ。もうなんでこんなことになっちゃったのか――」

自分ではない誰かが勝手に言葉を吐き出していた。どこかで異常だなと思う気持ちも残っていたが、壊れた自分を元に戻す方法がわからなかった。

どれだけしゃべっただろう、いつのまにか古川佳澄の姿は消えていた。

27

ミシミシという物音が鼓膜をくすぐり、居間で眠っていた山田吉男は意識を覚醒させた。薄闇の中で目を開けると台所にだけ電気がついているのがわかった。

どこだここは――。一瞬、今いる場所がわからなかった。ここで生活するようになって大分経つのにまだ環境に慣れない。

台所の明かりの中に人の気配がある。障壁があり、誰がそこにいるのか見えないが、どうせ佐々木だろうと見当をつけた。見てみれば隣に敷かれている布団に佐々木の姿がない。愛美と娘の美空は襖《ふすま》を挟んだ隣の部屋で寝ている。

再び眠りにつこうと目を閉じたが尿意を催したので、吉男は布団を剝《は》いで起き上がった。

通り掛けに台所を覗《のぞ》くとやはり佐々木だった。右手に注射器を持ち、チューブを巻き付けた左腕にその先端を押し当てている。台所には熟れたメロンのような甘い香りが立ち込めていた。覚せい剤を炙《あぶ》ったせいだ。

「ほどほどにしておけよ」

声を掛けたものの、佐々木は虚《うつ》ろな目をしていて、聞こえている様子はなかった。

吉男はため息を残してトイレに向かった。ドアを開け、便座を上げる。座ってしてくれと愛美に言われているが吉男は守れていない。幼い頃から小便は立ってするものと身体が覚えてしまっているので、座ることに抵抗感があるのだ。

じょぼじょぼと音を立て放尿する。深夜なのでやたら音が響く。

愛美の家に住むようになって二週間が過ぎようとしていた。「あいつらが謀反を企てないか見張っておけ」そう金本から佐々木と愛美を監視するよう命を受けたが、二人からそんな気配は微塵《みじん》も感じなかった。その気力すらないといった感じなのだ。そうなると自分がここにいる意味はないのだが、吉男は殊勝にもその使命をまっとうしている。

だいたい何が謀反だ。笑わせるんじゃない。なぜ、どうして佐々木と自分が布団を並べて眠らなければならないのか。

用足しを終えて再び居間に戻ると、今度は居間全体の明かりが点けられていた。吉男は口を半開きにした。佐々木が二つ並んだ布団の上で幼子のようにでんぐり返しを繰り広げているのだ。

「あんた、何してんだ」

「転がってるんですよ」白い歯を見せて佐々木が答えた。

こいつ、いよいよヤバいなと吉男は思った。

完全に気が触れてしまっている。元来、生真面目な性格をしているからか、針が逆に振れてしまったのかもしれない。

「まあ落ち着けよ。夜中だぜ」吉男は腰に手を当てて言った。

「なんかこう力が噴き出してくる感じがして、じっとしているのがもったいないんです」

「そうかい。じゃあおれはちょいと煙草吸ってるから気の済むまで転がってな」

吉男が椅子に腰掛けて、煙草に火を点ける。

佐々木は本当に延々とでんぐり返しを繰り返していた。あんなに毛嫌いしていた佐々木だが、今は憐《あわ》れに思う気持ちの方がよっぽど大きい。

「おれが言う事じゃないけどよ、シャブは止めた方がいいと思うぞ。根本的にＭＤＭＡなんかとはちがうらしいぜ。いつか死ぬぞ」紫煙を吐き出し、吉男は言った。

「いいんですよ、いつ死んだって。ぼくはもうこの世に未練なんてないんです」佐々木が転がりながらあっけらかんと言い放つ。

「若いのにそんなこと言ってどうすんだよ」

口にして以前と逆の立場だなと思った。自分が佐々木を叱咤《しった》する日が来ようとは。それもこんな形で。

吉男が煙草をもみ消し、代わりに携帯電話を手にする。

『夜分に失礼します。佐々木のことですが、そろそろクスリ与えるのを控えた方がいいと思います。奇行が目立つようになってきました』

金本に向けてメールを作成した。佐々木にクスリを分け与えているのは金本だ。送信ボタンを押そうとしたとき、玄関の方から鍵《かぎ》が差し込まれる音が聞こえた。こんな夜中に誰かと思ったらその金本だった。考えてみれば金本以外にいるはずがない。金本以外にこの家の鍵を持っている人間は全員ここにいるからだ。

「……何してんだ」

姿を現した金本は転がっている佐々木を見て眉をひそめていた。

「ちょうど金本さんにメールを送ろうとしてたんですよ。こいつ、大分ヤバいですよ。今さっきも打ってましたから」

吉男が腕に注射するジェスチャーを見せて訴えた。

現に佐々木は金本がやってきても転がることをやめない。金本はそんな佐々木を、目を細めてじっと見ていた。「打ったばかりか」と訊かれたので、「ええ、今さっき」と答えると、「じゃあしょうがねえ。すぐ落ち着く」とえらく呑気《のんき》な台詞《せりふ》を吐いた。

金本が椅子に腰を下ろす。「山田、煙草一本くれ」と指を二本立てて見せてきた。

「吸われるんですか」

吉男が訝って訊いた。金本は煙草嫌いのはずなのだ。だから吉男も金本の前では煙草を吸わない。

「ああ。たまにな」

吉男が煙草を差し出し、火を点ける。金本はうまそうに深々吸い込むと、しばらく煙を溜め込み、細くゆっくりと吐き出した。薄目で立ち上る煙を見つめている。

なんだか上機嫌な様子だった。よく見れば顔が朱色に染まっている。どこかで一杯ひっかけてきたのだろうか。

「ところで急にどうしたんですか、こんな真夜中に」

「まあ、なんとなくな。取り立てて用はないさ」

金本がはぐらかす。ただし口元は緩んでいる。

吉男がそれ以上何も問わずにいると、今度は金本の方から口を開いた。

「山田、おまえ、東京行かねえか」

予想だにしない言葉に吉男が身を引く。「なんですか、東京って」

「単純な話だ。こんなシケた街を離れて、東京でビジネスやらねえかって訊いてんだよ。

おれは行くぞ。もう組とは話がついた。早ければ来月いっぱいでおさらばだ」

「そ、そんな急に言われても。それになぜ自分が……」

「おまえはダメ人間だが意外と使えるからな。与えた仕事はきっちりこなすし手際だって悪くない。この際、おれを出し抜こうとしてたことは水に流してやる。だからおれと来い。今の生活から抜け出せるぞ」

「いや、しかしですねえ」

「何がしかしだ。いいか、仕事はあんだよ。ただ、おれ一人でやるとなるとさすがに手が回らねえ。要するに小間使いが必要ってことだ」

冗談じゃない。誰がついて行くか。本当に、冗談じゃない。

「それ、ぼくじゃだめですか」

横から佐々木が言った。金本と二人で佐々木の方を向く。いつのまにか床で大の字になっていた。さすがに疲れたのか、肩で息をしている。

「何言ってんだ、おめえ」金本が鼻で笑う。

「なんでもいいから離れたいんですよ、この街から」

天井を見たまま、佐々木が乾いた口調で言う。

「そいつはありがたい申し出だが、残念だったな、佐々木さん、あんたに離れてもらうわけにはいかねえんだ。すでにおれの後任が決まっててな、近い内にそいつにおれの業務を引き継ぐことになってるんだよ」

「もう嫌なんですよ、こんな仕事」

金本が首を左右に振って骨を鳴らした。「あきらめろ。あんたは運が悪かった。それにな、きっとこれからは仕事が減るぞ。おれの後任の男は威勢はいいが馬鹿だ。要するに仕事ができねえんだ。そう都合のいい人間なんか捕まえてこれるわけがねえ」

「そうじゃないです。このケースワーカーの仕事自体がもう嫌なんですよ」佐々木は目を閉じ、口だけでしゃべっている。「毎日毎日ろくでもない連中と向き合って、話聞いて、手を差し伸べて——おかしいでしょう、そんなの。気が滅入《めい》るんですよ。しまいにはあんたらみたいな連中に目つけられて、利用されて。もう、ほんと最悪ですよ」

最後は自嘲《じちょう》気味に笑っていた。

「佐々木さんよ」金本が煙草をもみ消して立ち上がり、佐々木に歩み寄って、その傍らで床に胡坐《あぐら》をかいた。顔がくっつくのではないかという距離で見下ろしている。「あんた、不正受給を蔑《さげす》んでるんだろう。だから疲れるんだ。おれはちがう。不正受給を正しいと思ってる。不正だと思ってないんだ。いいか、今の日本の劣悪な就労環境で、自力で生計を立てろなんてのがまずおかしいと思わないか。底辺の人間が職に就いても得られる給与は生活保護より低いのが現実だろう。最低限の社会保障すらない。その現実に目をつむって、理想社会を説いてもそれはまやかしであり、ごまかしだ。つまり世間は、『生活保護を貰ってる奴らは、楽して金を得てずるい』ではなく、『一生懸命働いてるのに生活保護世帯よりも安い賃金しか貰えない社会はおかしい』と考えるべきなんだ。どうだ、批判の矛先は国に向かなきゃ嘘だろう。あんたに限らず、みんな勘違いしてるし、間違ってんだ。反論があるなら言ってみろ。佐々木さんよ、おれはな、今の社会状況なら底辺は皆こぞって生活保護を申請すべきだと思っている。それが国民としての当然の権利だろう。そしてそれがこの矛盾したシステムを作った国に対する一番の圧力になるんだ」

金本は佐々木に染み込ませるようにして持論を説いた。

本当に金本がそう思っているのか知らないが、妙な説得力があった。もっともそれは吉男が不正受給者だからだろう。

佐々木は何も言葉を発しなかった。ただ静かに天井を眺めている。

「さて、そろそろ行くか」

金本が膝《ひざ》に手をついて立ち上がる。去ってくれるのはありがたいが、いったい何をしに来たのだろうか。滞在時間は十分にも満たない。

金本がゆっくりした足取りで玄関へと向かう。一応、吉男も見送りについていった。

「おっと、せっかく来たんだから寝顔でも拝んでおくか」

金本はそんなことを言って踵《きびす》を返し、おもむろに襖を開けた。その先では愛美と美空が寝ている。

「なんだ、起きてるんじゃねえか」

金本が鼻で笑いながら言う。吉男の位置からは部屋の中が見えなかった。

「愛美、もうしばらくの辛抱だ。もう少しでおまえも自由の身だ」

そう告げて襖を閉める。再び玄関へと向かった。

「この時間でも大通りに出ればタクシー捕まるだろう」

金本が靴を履きながら独り言のような口調で言った。

「どうですかね。そんなに走ってないと思いますが。金本さん、車じゃないんですか」

「ああ、酒飲んでるからな。じゃ、夜気にあたりながらのんびり歩いて帰るか。一時間も歩けば着くだろう」

そういえばこの男は絶対に飲酒運転をしない人間だった。そのくせ、麻薬は売りさばくし、人も殺す。そのバランス感覚は常人にはよくわからない。

「山田。東京、考えておけよ。こんなちまちました商売じゃなくて、もっとでかい、将来性のあるビジネスをしようぜ」

その分、リスクも大きいのだろう。そんなこと誰だってわかる。

金本が去ると一気に力が抜けた。吉男は肩を回して、大きく息を吐き出した。

居間に戻ると、佐々木はまだ仰向《あおむ》けで大の字のままだった。再び吉男がため息をつく。

テーブルの上の煙草に手を伸ばした。火を点け、紫煙を吹き上げる。

「山田さん、煙草っておいしいんですか」天井を見たまま佐々木が訊いてきた。

「吸ったことないのか。まあ、美味《うま》いよおれには」

「じゃあ一本下さい」

佐々木が両足を持ち上げ、その反動で勢いよく立ち上がる。

「いいけど、そこにある愛美のにしな。おれのはタール高いからきついぞ」

吉男はテーブルの上にある、愛美の煙草の箱を顎で指した。

「嫌です。山田さんのがいいです」

佐々木がそう言うので、吉男は自分のから一本抜き取り、佐々木に差し出した。佐々木が手に取り、口に咥える。吉男はライターで火を点けてやった。

佐々木は一口吸っただけでむせ返っていた。

「言わんこっちゃないな」

「でもたしかに美味いです」

「嘘をつけ」

「本当ですよ」

「わかったよ。あんたも座ったらどうだい」

促して佐々木を吉男の対面に腰掛けさせた。しばらく黙って二人で煙草を吹かした。

吉男はちらちらと横目で佐々木の様子を窺《うかが》っていた。やはりふつうじゃない。気だるそうなのに、目だけが異常にギラついている。

「そういえば山田さんって、高野さんがどこで何してるのか知ってますか」

思い出したように佐々木が訊いてきた。

「高野？　たしか金本さんが新しく始めた店で働かせてるとかって言ってた気がするな。

なんでもコスプレキャバクラらしいぜ。おまわりさんの格好して働いてるんだと」

「ああ、そんなことになってるんですね。じゃあわざわざ奥さんの所なんて行かなくてもよかったな」

佐々木が煙草を咥えながら小さく舌打ちをした。

「高野がどうかしたのか」

「ええ。同僚から高野さんを探し出してくれと頼まれてまして。けれども高野さんがぼくの電話に出てくれなかったので、今日奥さんの所に行ってきたんですよ。結局奥さんには追い返されちゃったんですけどね。もうあの人とは一切関わりたくないから二度と来ないでくれって怒鳴られちゃいましたよ」

「ふうん。よくわかんない話だな。そういや離婚したんだっけか。なんでバレたんだろな」

「どうやらご自宅に高野さんの悪事が詳細に記された文書が送りつけられてきたようです」

「文書？」

「ええ。奥さんにはそれもぼくの仕業だと疑われました」佐々木の煙草の灰がぽとんと床に落ちた。「ところで高野さんが働いているっていうそのクラブはどこにあるんですか」

「知らん。ちょっと調べりゃすぐわかると思うけど」

「じゃあお願いします」

「ああ」

よく考えずに二つ返事をしてしまう。別にそれくらい手間のかかることじゃないだろうが。

「それはそうとして、あんたこの先どうすんだ」

吉男が抽象的な尋ね方をすると、佐々木は不格好に煙草を吸い込み、ゆっくり煙を吐き出した。そしてその煙を薄目で見つめながら口を開いた。

「知りませんよそんなこと。そんな心配をするなら最初から巻き込まないでくださいよ」

そこに批判的な響きはなかった。目はますます虚ろで、口元には薄ら笑いが添えられていた。

その顔を見て、吉男はどうにかして環境を変えないとなと改めて思った。このまま今の生活を続けていると必ず危険なことが待ち構えている。そしていつか破滅の日がやって来る。それはきっと遠くない日だ。そうならないために金本と縁を切ることが何よりも先決なのだ。東京なんて、とんでもない。

吉男と佐々木、二人の吐き出す煙で部屋の中が霧に包まれているようだった。

28

九月も中程に入った。ようやく暑すぎる夏が終わろうとしていた。前評判通り、今年の日本は戦後最高気温を記録したらしい。

そこに関連性があるのか疑わしいが、例年に比べ、犯罪の発生率が異様に高い夏であったことを佐々木守は今朝がたのニュースで知った。人は気温が上がると悪事を働きたくなるのだろうか。もしそうだとしたらこのまま温暖化が進んでいくと世界はとんでもないことになるなと、守は自分を棚に上げて想像を働かせてみた。

ただし、この日は雨だった。それもバケツの水をひっくり返したようなどしゃ降りだ。今までの帳尻《ちょうじり》合わせをするかのごとく、空から落ちる膨大な雨粒が船岡の大地を打ちつけている。考えたら梅雨明け以来、二ヶ月ぶりの雨だ。夏の終わりを告げるような、そんな雨だった。

職場では正午を迎え、守がデスクワークをしているとうしろを通りかかった宮田有子が背後で足を止めた。

「色々ありがとね」

耳元でささやかれた。昨日、高野洋司が従業員として働かされているというクラブの情報を守は宮田有子に伝えたのだ。

調べてくれたのは山田だ。山田は思いのほか手間取ったと恩着せがましい物言いをした。金本に訊けば手っ取り早かったようだが、変に勘繰られるのも嫌なのでそこを避けて調べたらしい。ただし、山田に聞いた話によると高野は数日前からその姿をくらましているとのことだった。要するに逃げ出したのだろう。もちろん金本はおかんむりで、手下を使って行方を追っているとのことだった。もちろんそういった仔細《しさい》は宮田有子には伝えていない。単純に場所を教えただけだ。

その宮田有子は昨夜クラブを訪れたようだが「そんな人間は働いていない」と従業員から門前払いを受けたらしい。

「だから夕方にお宅にお邪魔させてもらうわね」

宮田有子がさらっと言い、守は耳を疑った。

「今日ですか？　あの、どんなご用で」

「林野愛美に高野さんのことで訊きたいことがあるの。もう彼女しかあてがないのよ」

「彼女はもう何も話すことはないですよ。高野さんの行方だって絶対に知らないし」

「いいの、わたしが直接彼女と話したいだけだから。佐々木くんに迷惑はかけないわよ」

「そんな。急に困ります」

「わたしだって困ってるの。少しでも手がかりが欲しいの。あなたたちのこと黙っててあげてるんだから協力しなさいよ」

脅迫めいた言い方をされる。もういい加減にしてくれと思った。

「すみません。本当に今日は勘弁してもらえませんか」

そんなやりとりをしていると、デスクの内線が鳴った。出ると、「佐々木さんお電話です」とパート職員に告げられた。

「ぼくを指名ですか」守が訝る。「どなたでしょうか」

「矢野っていうおばあさんの隣に住んでいる中村さん」

気が重たくなった。中村というのは、矢野は不正受給なのだから取り締まれと度々訴えてきている中年女性だった。

守はため息をついて、保留を解除し通話を繫《つな》いだ。

用件は想像していた通りだった。どうやら今、矢野の家に絶縁しているはずの息子が訪ねて来ているらしい。だから今すぐ来いとのことだった。この大雨の中を。

〈あたしね、ちょっと前にカマかけて見たのよ。あたしも生活保護受けたいんだけどどうすればいいかって。そりゃもうベラベラと話してくれたわよ。結局強気に出ればもらえるって。ちょろいもんよなんて言ってたのよ。あたしほんと許せなくて。矢野さんてあたしなんかよりよっぽどいい生活してるのよ。間違いなくお金持ってる。息子の車なんてベンツよ、ベンツ。なんか安そうなベンツだけど、それでもそういう車に乗れる息子がいるわけでしょう。ねえ、あなた、とにかく今すぐ来て。じゃないと帰っちゃうもの。ああ、それとあたしが密告したって絶対言わないでよ〉

中村は鼻息荒く捲《まく》し立てた。

「通報、感謝します。しかし、わたしもこのあとの予定があり、すぐにというのは――」

〈何よそれ。じゃあいつ捕まえるのよ。そんなこと言ってるからいつまでも逮捕できないんじゃないの〉

「いや、たとえ不正受給でも逮捕とかそういうことはできないんですが」

〈どうしてよ。ズルして金もらってるんだから犯罪でしょう。泥棒と同じじゃない〉

「ですから、社会福祉事務所はそういう機関ではないんですよ」

〈じゃああたしにも生活保護つけて〉

「はい？」

〈あたし、前におたくのところで断られてるの。本当に生活に困っているあたしがよ。この理由を納得できるようにちゃんと説明して〉

「それとこれとは――」

〈同じ。絶対に同じ。とにかく今すぐ来てちょうだい。ほら、はやく返事して〉

「……わかりました。これから向かいます」

〈急いでよ。すぐにだからね〉

受話器を置いて、腹の底からため息を吐いた。最悪な日だ。

首をひねってデスクワークをしている宮田有子を見る。ただ、すぐに向きなおった。一瞬、同行を願おうかと考えたのだが、借りを作っては危険だと思い直したのだ。これ以上無茶な願いごとをされてはかなわない。

窓の外に視線を移した。守の心境を描いたように、どす黒い雲が街を飲み込むように空を覆っている。

到着したときには革靴の中がぐっしょり濡《ぬ》れていた。雨合羽を着てきたので服には被害がないが、無防備な足元はどうしようもなかった。長靴は持っていない。何が悲しくてこのどしゃ降りの中、自転車を漕《こ》がなくてはならないのか。道中、そんな人間は一人として見かけなかった。

矢野のアパートの前にはたしかにグレーのベンツが横付けされていた。春日部《かすかべ》ナンバーだった。どこかにぶつけたのかフロントバンパーの左端がベッコリへこんでいる。サイドには薄くない擦り傷がいくつも伸びていた。近寄ってそれとなく車内の様子を探る。後部座席に大量のタオルが乱雑に積まれていた。

車の脇に自転車を停め、アパートの階段を登る。矢野の部屋は302号室だ。

ドアの前に立ち、インターフォンを鳴らした。応答なく、そのままドアが開く。姿を現した矢野は目を丸くしていた。

「佐々木くんじゃない。何よ、どうしたのよ」

狼狽《ろうばい》した様子で目を瞬かせている。

「近くに寄ったものですから」

「それにしたって、こんな雨の中……ねえ、なんなのよ」

「息子さん、いらっしゃってますよね」

矢野が黙る。じっと守を睨みつけている。

場に、雨音だけがうるさく響いていた。

「あんた、そうまでして市民を苦しめたいんだ」

「どうなんでしょうね。そうなのかもしれませんね」

矢野が目を見開いた。困惑が顔に広がっている。

「おい、なんだおまえ」

矢野の背後から中年の男がぬっと現れた。まちがいなく息子だとわかった。矢野の遺伝子がその顔にはっきり刻まれている。横に広がった鼻など象《かたど》ってそのまままつけたようだ。

「あんたは引っ込んでな」

矢野が息子の身体を押しやる。

「いいよいいよ。はっきりさせようや」息子がその手を振り払う。「こいつだろう、生活保護やめろって言ってきてんのは」

「いいんだよ、これはあたしの問題なんだから」

「おまえよ、こんなババアいじめてどうすんだよ。いいだろう別に。貧乏なんだから生活保護もらってもよ。それとも何か、このババアに死ねって言ってんのか」

「わたしは、ただ来ただけですから」

二人が同時に眉根を寄せた。

「いいですよこのままで」

沈黙が流れる。

「どういう意味よ」矢野が怪訝《けげん》な顔で言った。

「ですから、このままでいいんですよ。生活保護は止めませんから」

二人の眉間の皺《しわ》がさらに深くなる。

「では、もう行きますんで。さようなら」

守は身を翻し、再び雨の中へ入っていった。雨合羽が雨粒を弾《はじ》いてパパパパとマシンガンのような音を立てる。水たまりを避けようともせず一直線に自転車に向かった。眼鏡に水滴が付着し、視界が滲《にじ》んだ。

自転車にまたがる。顔を上げると、三階の外廊下から矢野と息子が二人並んでこちらを見下ろしていた。ただ、どんな顔をしているのかはわからない。

庁舎に戻ってきたとき、守は歩きだった。自転車は途中で乗り捨ててきた。窪地《くぼち》の水たまりがひどく、ちっとも進まないので漕ぐのが馬鹿らしくなってその場に横倒しにして放置したのだ。明日からのことなど考えていない。

驚いたのが、その自転車が五メートルほど流されたことだ。雨が作った奔流は水嵩が増した渓谷のようだった。道路の排水溝などむしろ水を吐き出しているような状態だ。

雨合羽を非常階段の一角に干し、シャツを着替えてオフィスに戻った。見る限り相談者の姿はない。この悪天候の下、外出を選ぶようなメンタリティの持ち主はそもそもここに来ない。

守の姿を認めた宮田有子が席を立ち、すぐさま歩み寄ってきた。

「どうだったの。行ったんでしょう、矢野さんの家に」

「息子さんなんていませんでしたよ」するりと嘘が出た。

「帰ったあとだったってこと？」

「いえ、息子さんではなかったんですよ。だから矢野さんは不正受給じゃないですね。まったくとんだ誤報ですよ」

宮田有子は何か言いたそうに守の顔を見ている。守は続けて口を開いた。

「それと宮田さん、今日は来ないでくださいね」

「嫌よ」宮田有子がかぶりを振る。「絶対に行くから」

「なんでわざわざこんな雨の日に。こっちの迷惑も考えないで、あんた少しおかしいんじゃないか」

宮田有子の顔が歪んだ。「佐々木くん、あなた、どうしたの」心配そうに訊いてきた。

「どうもこうもないでしょう。来るなって言ってるんだよ」

宮田有子はまじまじと守を見ている。「このまま高野さんが見つからなかったらどうすんのよ」

「ぼくには関係ない」

「永遠に見つからなかったらどうすんのよ。あの人が……高野さんが追い詰められて自殺したらどうすんのよ」

「そういうわけのわからないことを言わないでください」

「いいから林野愛美と話をさせて。なんでもいいから情報が欲しいの。言うこと聞かないつもりならこっちにも考えがあるけど」

互いに睨み合った。宮田有子の黒い瞳がかすかに左右に揺れている。

そのとき、守の視界の端に場に似つかわしくない、二人組の背広を着た男の姿が映った。宮田有子も振り返って守の視線の先を見た。

やって来た二人の男は年齢こそちがえど共に恰幅《かっぷく》がよかった。二人とも一般人とはどこか異質な雰囲気を纏っている。

「なんだろう、あの人たち」

その言葉に守は反応できなかった。妙な胸騒ぎがした。

宮田有子が席に戻ったあとも、守は二人組の男から目が離せなかった。年嵩の方が窓口に立っている職員に、背広の内側から黒っぽいパスケースのようなものを取り出して見せた。その瞬間、守の心が殴られたように大きく脈を打った。警察——。

「課長」職員が振り返り、嶺本を呼んだ。

呼ばれた嶺本も怪訝そうな顔で、二人の男に歩み寄っていく。

何かしゃべっているが、小声で何を言っているのか守の席からは聞き取れない。

しばらくして二人の男は嶺本の先導で奥にある来客室へと入っていった。

まさか、自分のことでやってきたのではないだろうか——。守の心臓は暴れっ放しだった。

突然、窓の外が光った。それに追随するように轟音《ごうおん》が鳴り響く。雷だ。守は窓の外へ目をやった。分厚い暗雲が低く空に敷かれている。その雲を切り裂くように再び閃光《せんこう》が走る。そして雨音がさらに激しさを増した。

「なんだこりゃ。日本が水没しちまうぞ」

近くの職員が顔をしかめて独り言をぼやいていた。

数分後、嶺本が来客室から出てきて、守のもとへ歩み寄ってきた。

やっぱりだ。あいつらは自分を捕まえに来たのだ。逃げなきゃ、逃げなきゃ——。守は素早く辺りを見渡した。けれども椅子と一体化したかのように立ち上がることができなかった。身体が命令を無視する。

そうこうしているうちに嶺本が目の前までやってくる。

「佐々木、先ほどの二人どうやら警察らしいんだが、ちょっと来てもらえるか」

「警察？　どうしてぼくが」平静を努めたが頰が強張《こわば》った。

「怖がるな。とりあえず来い」

嶺本に促され、あとについて来客室へと入った。ローテーブルを挟み、ソファが対面に置かれていて、上座に二人の刑事が座っていた。

その二人が立ち上がり、守に向けて腰を折った。

「お仕事中、お邪魔してしまって申し訳ありません。わたしども、こういうものなんですが、ちょっと佐々木さんにお話を伺えればと思いまして」

若い方が先ほどの黒いパスケースを守にも見せた。警戒させないためか、取って付けたような笑みを顔に貼り付けている。

「ぼくが何かしたと言うんですか」声が震えた。

「佐々木、興奮するな。おまえの名前を出したのはおれだ」

守は首をひねって隣の嶺本を見た。促され、嶺本と共にソファに腰掛ける。

「おまえ、古川佳澄という人間覚えてるか」

「フルカワカスミ？　誰でしょう」

すぐには思い出せず、守は首を傾げて見せた。

「先週、うちにやってきた相談者らしいんだが、記録によるとそのとき応対したのがおまえなんだ」

嶺本が守の前にプリントを一枚、すっと置いた。相談者の来訪記録だった。『相談者古川佳澄　担当佐々木守』たしかにそう明記されていた。肝心の相談内容は、『母子家庭、無職、就労の見込みあり』としか書かれていなかった。

これは自分が入力したものだろうか。まったく思い出せない。守がプリントに目を落としたまま黙り込んでいると、「毎日何人も相手にしているもので」と嶺本が助け舟を出した。

「ええ、そうですよね。このご時世ですからお忙しいことと思います。この方なんですが」

若い刑事が鞄《かばん》の中から一枚の写真を取り出し、守に差し出した。手に取る。一人の女性の顔写真だった。

あ——。守は息を呑《の》んだ。思い出した。あのときの、あの女だ。

「佐々木、見覚えあるか」

「……いえ」なぜだか守は否定していた。

嶺本の片眉がぴくっと吊《つ》り上がる。「本当か」

「はい」

「そうか」嶺本が吐息を漏らし、刑事たちに目を向けた。「で、この方がどうされたんですか」

「ええ、残念なお話なんですが、自宅で亡くなっているのが発見されました」

若い刑事が声のトーンを落として言った。

守は絶句した。

「亡くなった？」反応したのは嶺本だ。

「ええ、亡くなったのはおそらくこちらを訪れたその夜に。しかし、発見されたのは昨日の昼過ぎです。この時期でしょう、近隣の人間から異臭がすると通報があったんです。現場を検証した結果、自殺だろうというのが我々の見解です」

「自殺？」

「ええ。遺書にしては簡単なものでしたが、紙切れに『勇一郎さんのところへ行きます』と一言書かれていたものですから。勇一郎さんというのは古川佳澄さんの死別した夫です」

「はあ」

「どうやら相当生活は困窮していたようなんですな」年配の刑事が話を引き継いだ。

「家を調べたら随分な窮状が見受けられましてね、その日食べるものにも困っていた様子なんですわ。家賃も滞納し、管理会社からの圧力もあったようで、先の人生を悲観して、自ら命を絶ったのだろうと」

「子供がいましたよね？　その子はどうなったんですか？」

守が口を挟んだ。その言葉で二人の刑事が目を見合わせた。

「佐々木さん、思い出しましたか」

「え」守が一瞬身を引く。「ええ。少し、思い出しました。で、子供は？」

「幼い子供をそのまま置いていくわけにもいかなかったのでしょう、その子供も一緒に」

「つまり、心中ということですか」

年配の刑事がゆっくりと頷いた。

守はその刑事に胸を押された気がした。背後に地面はない。闇が広がっているだけだ。その闇に飲み込まれるように守の身体が落下していく。

「で、佐々木さんに伺いたいのはそのときの古川佳澄さんの様子なんです。佐々木さんから見て何か変わった様子など見受けられましたか」

守は何も答えることができなかった。

「おい佐々木。どうなんだ」

「……とくには」

「そうですか」若い刑事が指を組んだ。「ちょっと解せないのが、生活保護の相談に行くということは古川佳澄さんが生きようとしていた証《あか》しだと思うんです。それなのになぜ、彼女はその直後に死を選んだのか。これは失礼なことを申し上げますが、職員からまともに取り合ってもらえなかった、つまり、ぞんざいな対応を受けたのではないかと、そんな想像を働かせてしまうんですね」

「ちょっと刑事さん」嶺本の声量があがる。「佐々木はうちの職員の中で一番、相談者に寄り添い、親身になって話を聞くケースワーカーです。いくらなんでも考えられませんよ」

「そんな丁寧な職員さんがこんな簡単な記録しか残さんわけですか」年配の刑事が皮肉を込めてプリントを指差した。「ほかの相談者の記録はもっとびっしりと書かれているでしょう。こういう仕事しているもんでね、多少なりとも生活保護について知識があるんですわ。こりゃちょっと手抜きすぎやしませんかね。これじゃあ古川佳澄さんが何を語ったのかまったくわからんじゃないですか」

「それは……きっとあまり話をしなかったからでしょう、その古川さんが。そうだろう、佐々木」

守は反応できずにいる。

「先ほどわたしが申し上げたことは、もちろんただの想像です」若い刑事が微笑む。「古川佳澄さんは少々鬱的なところもあったようなので、些細な言葉を拡大解釈してしまうというか、被害妄想に囚われてしまっていたことも考えられます。ただ我々も仕事ですから、状況を正確に把握しなくてはならないんですね。だからこそ、そのときのことを詳しくお聞かせ願えないですか」

「あまり……覚えてないんです」

守はうつむいたまま、ようやくその言葉を絞り出した。

嘘ではなかった。どんなやりとりを交わしたのか、本当にその記憶は守の中で曖昧模《あいまいも》糊《こ》としていて判然としない。しかし、自分が彼女を邪険に扱ったということだけは、はっきり覚えていた。

「覚えていない、ですか」年配の刑事が守の目を正視して言った。「佐々木さん、別にね、あたしらあなたを逮捕したいわけじゃない。仮にあなたが古川佳澄さんを冷たくあしらったとしても罪にはならない。ただ、真実を教えて欲しいんですよ。じゃないと、仏さんも浮かばれんでしょう」

そのあとも刑事たちはあれこれと質問内容を変え、少しでも情報を得ようと粘っていたが、守の話がまったく要領を得ないのでしばらくして帰っていった。「気を落とすな。おまえのせいじゃないことだけはたしかだ。それだけはおれが保証してやる」嶺本が背中を叩いてくれたが、その言葉は守の耳を素通りした。

心底、死にたくなった。古川佳澄の顔が脳裡《のうり》にへばりついていた。そして、あの少年の顔も。二人はただ守を静かに見ている。

仕事は嶺本の配慮で早退することになった。嶺本はタクシーまで手配してくれた。

タクシーのフロントガラスのワイパーがせわしなく左右に運動し、降りしきる雨と格闘していた。それでもけっして前方の視野が開けることはない。「ごめんね、徐行で進ませて」前のめりの運転手が苦笑して言った。

守は後部座席のシートに背中を預け、ゆっくりと流れる、濡れた街なみを眺めていた。その目に映るすべて、色を持っていなかった。

死んでしまいたい、その思いが、死のう、に切り変わったのは、守が家のドアに鍵を差し込んだ瞬間だった。そのとき、心の中で何かのスイッチがカチッと押された。同時に脳がとろんと溶けていくような感覚を覚えた。

守はひっそりと靴を脱ぎ、音を立てず廊下を進んだ。自然とそうなっていた。

薄暗い居間では愛美がテーブルで煙草を吹かしていた。こちらを見ようともしない。山田もいた。山田はソファに寝転がっていて「お、どうした、随分帰りが早いな」と驚いていた。

守は台所へ足を踏み入れ、シンク下の収納から一本の包丁を取り出した。まったく躊《ちゅう》躇《ちょ》することなくその行動を取っていた。

手の中の鋭利な鋼の塊に目を落とす。蛍光灯の明かりを跳ね返し、鈍い光を放っていた。

そして、守の足が一歩を踏み出す。

愛美の背後に立った。

包丁を持つ手が勝手に振りかぶっていた。

家に足を踏み入れてからここまで流れるような工程だった。昂《たか》ぶりもなかった。まるで誰かに操られているかのように。もしかしたらそれは、今まで警鐘を鳴らし続けていたもう一人の守なのかもしれない。

愛美は守が背後にいることにすら気付いていなかった。かわりに山田がぎょっと目を見開いていた。

29

「おいっ、何やってんだっ」

いきなりの山田の怒声で林野愛美は身体を震わせた。

山田は凄《すご》い形相で愛美を、いや、愛美の背後を睨んでいた。

愛美が振り返ると、すぐうしろに表情を失くした佐々木が立っていた。咄嗟《とっさ》に身体を引き、距離を取る。いつのまに――。まったく気がつかなかった。

佐々木の手の先で何かが光った。それが包丁だと理解するのに時間は要さなかった。

反射的に山田のもとへ駆け寄った。心臓が早鐘を打つ。

「お、おまえ何考えてんだ」

狼狽しながら山田が佐々木に向かって吠《ほ》える。

佐々木は何も応《こた》えず、呆《ほう》けたような視線だけを寄越した。目の焦点が合っていない感じだ。

「そうか、またクスリ打ってんだな。だから気をつけろと言ったろう。いや、逆にクスリが切れてるのか。そうだな。佐々木さんよ、今すぐ打ったらどうだ。そうだ、それがいい。手元にないならおれがわけてやる。シャブはないが、ＭＤＭＡならすぐそこの鞄にたんまり入ってるんだ」

早口で山田が捲し立てる。

「おい、なんとか言ったらどうなんだ」

「死ぬんですよ。一緒に」

ようやく佐々木が言葉を発した。

愛美は唾を飲み込んだ。「一緒に」の「一緒」は自分のことだ。

「馬鹿なこと言うなよ。落ち着けって。な、落ち着こう」

山田が両の手を佐々木に突き出して訴える。

「ぼく、思ったんです。ぼく独りで死ぬのはなんかちがうなって。考えたら愛美ちゃんも死ぬ義務があると思うんです。ああ、そうだ。山田さんも一緒に死にませんか」

「ふ、ふざけんなよ。なんでおれが死ななきゃならねえんだよ」

「どうせ生きてたっていいことなんてないですよ」

「人の人生を勝手に決めるんじゃねえ。とにかく落ち着けよ。あんたちょっと前までおれに偉そうなことほざいてたじゃないか」

「あのときとは状況がちがうんですよ」

佐々木はけっして声を荒げることなく、まるで口だけが別の生き物のように淡々と唇を動かしていた。表情はぴくりとも変化を見せない。その無機質な顔に、出会った頃の佐々木の面影はまったく残っていない。

そしてそうさせたのは自分たちだ。いや、あたしだ。

佐々木のそんな顔を見ていたら、すぐそこに自分を殺そうとしている人間がいるというのに、殺意を向けられているのに、不思議と恐怖心が薄らいでいった。窓の向こうの激しい雨音のせいかもしれない。鼓膜同様、心が麻痺《まひ》してきている。

佐々木も愛美を見ていた。その視線を愛美は臆《おく》することなく受け止めた。

佐々木は義務という言葉を使った。もし佐々木が死ぬのなら、自分も死を共にする義務があるのだろうか。

答えは出なかった。死にたくはないが生きていたくもない。これが今の自分の本音だ。

「いいよ。一緒に死ぬよ」

心は決まっていないはずなのに口からそんな言葉がするりとこぼれた。

山田が不可解な顔で愛美を見た。「あんた、何言ってんだ」

「死んでもいいかなって」

愛美はさらっと答えた。そう口にしたらそれが自分にとって適当な言葉であるような気がした。死にたいではなく、死んでもいい。でたらめに飛ばした矢が的を射たような、そんな感じだ。

「二人して何トチ狂ってんだよ。死んだら終わりだろう。死んじまったらそれで終わりだろう」

山田が顔を赤くして唾を飛ばしている。

そのときだった。インターフォンの音が鳴った。誰かやってきたのだ。とはいえ、応対できる状況ではない。愛美は壁かけの時計にちらっと目をやった。十五時。相手が誰だかわかった。きまってこの時間にやってくるのは莉華だ。

数秒経って、今度はインターフォンが連打された。これで間違いなく莉華ということがわかった。せっかちな莉華は愛美の応答が遅いと毎回こうするのだ。

ドアが開く音がした。「あれ、開いてんじゃん。愛美ー、いんのー」玄関から莉華の声が響いている。「マジで雨ヤベー」続いてドスドスと音が近づいてきた。

「はは。勢ぞろいじゃん。っていうか、なんでみんな立ってんの」

居間に姿を現した莉華は能天気に笑っていた。莉華は佐々木の持つ包丁に気がついていない様子だ。

山田が莉華に向けて口を開いた。「いいところに来てくれた。こいつら二人とも頭がおかしいんだ。死ぬ死ぬって。なんとか止めてくれ」

「死ぬ？　なんで？」

「おれが聞きたいくらいだ。きっと理由なんてないんだろう」

「え」莉華が目を見開いて佐々木を見た。「おまえなんでそんなもん持ってんだよ」

莉華の顔色が変わる。勇敢なのか、恐怖に鈍いのか、莉華が佐々木にずんずん歩み寄る。「テメェ、ざけんじゃねえぞ」

その刹那《せつな》、なんの前触れもなく佐々木の右手が動いた。

莉華に向けて素早く右手を伸ばしたのだ。一秒にも満たない、一瞬の出来事だった。

莉華の動きが止まる。着ている薄いTシャツがみるみる鮮血に染まっていく。

莉華はゆっくり腹部に手を持っていった。その手に真っ赤な血がべっとり付着した。

「……ざけんな」莉華が膝をついて屈《かが》み込む。

愛美は言葉を発せずにいた。単純なことなのに、状況を受け入れるのに時間を要した。初めて人が刺される現場を目の当たりにしてしまった。

山田に目を転じる。愛美同様、言葉を失っているようだった。

「馬鹿野郎！」我に返った山田が叫んだ。「大丈夫か」莉華の傍らに屈んでその身体を揺する。

「……痛い、痛い」莉華は顔を歪めて呻《うめ》いている。

「心配するな。すぐに救急車呼んでやるさ」

山田はそう口にしてから、すぐに何かを思い出したようにはっとなり、渋面を作った。

山田が何を思ったのか、愛美にはわかった。救急車を呼べば佐々木の犯行であることを隠せない。佐々木が捕まれば、これまでの経緯が白日の下に晒《さら》されてしまう。大前提、ここにいる人間は一人残らず犯罪者だ。

「龍ちゃん……呼んで」

莉華もそれを察したのか、金本の名を出した。

山田が携帯電話を取り出す。素早く操作して携帯電話を莉華の耳元の床に置いた。スピーカーにしているようでコール音が居間に響いている。留守電に切り替わった。山田が舌打ちをし、再度電話をかける。また留守電になり、三度目でようやく〈なんだ〉と金本の声が聞こえた。

「金本さん、おれです。莉華が倒れたんです。佐々木と愛美もいて、自分だけがこの場でまともなんです」

動揺している山田が意味の通らないことを言う。

〈なんだ。わけわかんねえこと言うな〉

「とにかくすぐに莉華を病院へ連れて行かないと」

〈落ち着け。ちゃんと説明しろ〉

「えーっと、どこから話せばいいのか――」山田は両手で頭を掻《か》きむしっていた。「まず、佐々木が急に帰ってきて、包丁持ち出して、愛美と一緒に死ぬとかぬかして、そうしたら愛美も死ぬなんて言い出して、けど佐々木は莉華を刺したんです」

〈よくわかんねえな〉金本の舌打ちが聞こえた。〈とにかく莉華が刺されたんだな。ヤバいのか〉

「わかりません。でも結構出血してます」

〈結構じゃわかんねえだろう。もういい、愛美の家だな。すぐにそっちに行く。血迷って警察や救急車を呼ぶんじゃねえぞ〉

勝手に通話が切れた。

「聞こえたか。金本さん、今から来るって。もう少しの辛抱だぞ」

山田は莉華に寄り添い、励ますように声を掛けた。

愛美はそんな山田の姿を意外に思うのと同時に、滑稽《こっけい》に思った。莉華が死のうが関係ないではないか。少なくとも愛美にとって莉華はどうでもいい存在だ。

愛美はふと窓の外に目をやった。空が灰色一色だった。目を細め、吸い込まれるようにそのグレーを見つめる。こんなときなのに、久しくこういう空を見てなかったなと思った。

30

激しい雨音が鼓膜を叩《たた》いている。山田吉男はこの場にいることを、こいつらと関わってしまったことを心の底から後悔していた。

さっきから頭の中に飛び交う言葉は、なぜおれがこんな目に、だ。

時間を巻きもどしたかった。佐々木が帰宅する前に。いや、金本に出会う前に。ちがう、まともな人間だった、家族も仕事もあったあの頃に――。

一瞬、彩乃の顔が思い浮かんだ。七年会っていない娘だ。あれだけ思い出せなかったのになぜ今頃――。

いや、今のは彩乃じゃなかったかもしれない。どちらかというと美空の顔に近かった気がする。

吉男は壁掛けの時計を見た。金本はどれくらいでやってくるだろうか。電話を切ってからもう十五分は経っている。おおよその到着時間を聞いておけばよかった。もっとも金本が現れたからといって、奴がこの状況を解決してくれるとは思えないが。

このまま莉華が死んだら、いったい自分はどうなるのか。

莉華の腹部に当てているタオルの大部分が血で滲《にじ》んでいた。絵柄のかわいらしいアニメキャラクターが残酷にも赤黒く染まっている。

佐々木は居間の片隅で、膝《ひざ》を抱え身体を震わせていた。そして聞き取れない声で呪文《じゅもん》を唱えるようにぶつぶつと何かをしゃべっていた。なぜそうなったのか知らない。急に座り込んだと思ったら、そういう奇行に出たのだ。ただし、包丁は手放していない。先ほど唐突に莉華を刺した事実があるので、迂闊《うかつ》に近寄ることもできない。

愛美は話しかければかろうじて反応を示すものの、心ここにあらずといった感じで窓の外を眺めている。

それからしばらくして、激しい雨音に混じって独特の野太いエンジン音が近づいてくるのを吉男の鼓膜が捉《とら》えた。ウラカンだ。ようやく金本がやってきたのだ。

エンジン音が消え、やがて玄関のドアが開く音が聞こえた。

「いったいどうなってやがる」

姿を現した金本は、状況を把握すべく険しい顔で居間を見渡していた。佐々木のところで数秒その目は止まり、すべて悟ったように「クソが」と吐き捨てた。

「莉華、おれだ。ちょっと傷口見せろ」

金本が屈み込んで言うと莉華は薄く微笑んで見せた。金本がTシャツを捲《まく》り上げ、傷口を覗《のぞ》き込む。「ああ、この出血量なら大丈夫だ」

金本が平然と言った。本当か。吉男は半信半疑だ。

「……龍ちゃん、痛いよ」

「我慢しろ。死にはしねえ」

金本は莉華にそう言うとスマートフォンを取り出し、どこかに電話をかけた。

「おれです。ちょっと緊急で一人診てほしい奴がいるんです。腹を刺されまして。――先生、そりゃねえだろう。こういうときのために金払ってるんじゃねえか。ふざけんじゃねえぞ。とにかくなんとかしてくださいよ」

金本は苛立《いらだ》った口調で喚《わめ》いていた。

吉男は会話の内容から金本の電話の相手が石郷だとわかった。

「あの野郎、調子に乗りやがって。いつかぶち殺してやる」

電話を切った金本が語気荒く言った。

金本の顔にいつもの余裕はなかった。きっと莉華の安否を心配しているのではなく、こんな状況になってしまったことに頭を悩ませているのだ。そしてそれは吉男も同じだ。佐々木が本格的に狂ってしまったことで、いろんなことが明るみに出てしまうのではないか。そうなれば間違いなく自分は窮地に立たされる。

「よし、莉華。行くぞ」

「石郷先生のところですか」吉男が訊《き》く。

「ああ。今からおれの車で運ぶ。その前に――」金本が首をひねって佐々木を睨《にら》みつけた。

佐々木はまだぶつぶつと呪文を唱えている。もうどこかちがう世界にワープしているようだ。佐々木は金本が姿を現したときも一切反応を示さなかった。

金本は獲物を狙う肉食動物のように、佐々木に少しずつにじり寄っていった。

そして金本の身体が飛ぶように動いた。勢いそのまま佐々木の頭部を足蹴《あしげ》にした。物凄《ものすご》い一撃だった。佐々木の身体が吹き飛ぶ。包丁が佐々木の手を離れ、床を回転して滑っていく。吉男を目掛けたように足元にきた。咄嗟《とっさ》にジャンプしてかわした。

「山田、こいつを身動きできないようにどこかに縛り付けておけ」

金本は顎《あご》をしゃくって吉男に命令すると、莉華の身体を抱きかかえた。莉華が小さく呻《うめ》く。金本はそのまま居間を出ていこうとした。

「金本さん」その背中を吉男が呼び止めた。「おれはこれからどうすればいいですか」

「言ってんだろう。こいつを拘束しておけ」金本が半身振り返って怒鳴る。

「戻ってきますよね」

「ああ。莉華を石郷のところに預けたら戻る」

「どうしますか、こんなことになっちゃって」

抽象的な言い方をしたが、金本にその意味は伝わったようだった。

吉男は不安で仕方なかった。この場に取り残されるのも、この先自分がどうなるのかも。

「……あとで考える」

金本は少し間をおいてから答えた。その間が、吉男をますます不安にさせた。

金本と莉華が出て行ってから三時間あまりが経過した。

時刻は十八時を過ぎていたが窓の外を見る限り、さほど変化を感じなかった。今日は朝からずっと薄暗いのだ。雨も雨でまったくその勢いを落とすことなく、罰を与えるように船岡の街を濡《ぬ》らしている。

さすがに一時より精神状態は落ち着いたものの、冷静に物事を考えられるようになった分、吉男は事の重大さを改めて痛感していた。

もう佐々木が職場に復帰することは望めないだろう。それは一向にかまわないが、佐々木が明日から出勤しなければ必ず不審に思う人間が現れ、調べが入るはずだ。急な退職をするにしても高野と立て続けとあっては一連の流れとしてあきらかに不自然で、周囲の人間が疑心を抱かないわけがない。

奇跡的に佐々木が今まで通り仕事を続けられたとしたらどうだろうか。

いや、だめだ。すぐにヤク中だとバレる。もう佐々木は壊れてしまったのだ。そうなれば当然警察が動く。そしていつか山田吉男という人間がこの事件に深く関わっている事実にたどりつく――。

吉男はもう何百回目かのため息をついた。考えても考えても、事を丸く収める方策は一向に思い浮かばない。出口のない迷路を彷徨《さまよ》い続け、吉男は疲弊しきっていた。

「美空ちゃん、おじさん、これからどうすればいい」

吉男は隣で絵を描いている美空に力なく声をかけた。

けれどもその声が美空に届いていないことを吉男はこれまでの共同生活で知っている。絵を描いているとき、美空は外の世界を一切遮断しているのだ。

吉男が美空の存在を思い出したのは、金本が出て行ってしばらくしてからだ。正確に言えば、思い出したというより発見したが適当な表現だ。吉男が襖《ふすま》を開けると、そこにはクレヨンを手にしている美空の姿があった。あの騒動の最中もずっと絵を描いていたのだとしたら、美空も美空でどうかしている。

もっともそれは母親である愛美のせいだろう。吉男はそんな愛美に目を転じた。この女は子育ての一切を放棄していて、その結果としてこの少女ができ上がったのだ。

愛美は窓際で胡坐《あぐら》をかき、機械的に煙草を吹かしている。根元まで吸っては、すぐさま次の煙草に火を点《つ》けていた。視線の先は窓の外だが、何を見ているということはなく、その目はどこか所在なげだ。

吉男はまたため息をついて、首を逆方向へひねった。ビニール紐《ひも》で両手両足を縛られた佐々木が床にぐったりと横たわっている。吉男がやったものだ。こちらも魂が抜けたように薄目で虚空をぼんやりと見ていた。

いいな、こいつら。吉男はふとそんなことを思った。二人ともどこか遠くに心を追いやっている。自分も同じように今ある現実から目を背けたかった。

手の中の携帯電話がバイブレーションし、吉男はすぐさま通話ボタンを押した。待ちわびていた金本からの電話だ。先ほどから何度も電話をかけていたのに繋《つな》がらなかったのだ。

〈まずいことになった〉

一声目の声が沈み込んでいた。

そして吉男の気持ちも同様に沈み込んだ。これ以上、何があると言うのか。

「どうしたんですか」

〈莉華の意識が戻らねえんだ〉

「え、それはどういう……」

〈手術は終わったが、昏睡《こんすい》状態から目を覚まさない。石郷も焦ってる〉

「そんな——。だって、金本さん全然平気だみたいなことおっしゃってたじゃないですか」

つい詰問口調になってしまった。キレられるかなと思ったが、金本は〈ああ〉としか言わなかった。

「どうするんですか、この先」吉男が弱り切った声で訊いた。

金本はしばらく黙り込んでいたが、やがてその口を開いた。〈そこに佐々木いるか〉

「ええ。呆《ほう》けてますけど。あと愛美と、娘の美空ちゃんも」

〈とりあえず戻る〉

その言葉で通話は切れた。

吉男は絶望的な気持ちになった。莉華に関しては金本が平気だと言うからきっと平気なのだろうと思っていた。莉華がこのまま死んだら、いや、死なないまでもこの先本当に目を覚まさなかったらどうなるのか。寝覚めが悪いとかそういうことではなく、事が大きくなればなるほど自分に害が及ぶ、それが怖いのだ。

吉男が頭を悩ませていると、今度はインターフォンの音が居間に鳴り響いた。反射的に吉男は飛び跳ねてしまった。

さすがに愛美も反応を示し、その目は吉男を見ていた。誰？　お互いに目でそう訊く。金本でないのは間違いない。いくらなんでも早すぎる。

吉男は立ち上がり、壁付けのインターフォンの液晶を確認した。

吉男は息を呑《の》んだ。制服姿の警察官の姿が映っていたのだ。うつむき、制帽を目深にかぶっているので顔はわからないが、とにかく警察官であることは間違いない。

頭の中が真っ白になった。なぜ警察が、どうして警察がやってきた。

再び、インターフォンが鳴る。

「ごめんください。どなたかいらっしゃいますか」

低く、くぐもった男の声が玄関から聞こえた。ドアに備え付けられている郵便の受け口を開き、そこから中に声を送っているのだろうが、いったい――。

「いらっしゃいますよね」

ドアの向こうの相手はなぜだか吉男たちが家にいることを知っている。それにしても薄気味悪い声だった。

吉男は仕方なしに、インターフォンのボタンを押した。愛美を出すよりはまだ自分が出た方がいいと判断した。

「どちらさまでしょう」恐るおそる吉男が訊《たず》ねる。

〈千葉県警船岡署の者です〉

相手はそう名乗った。わかっていても吉男はさらなるパニックに陥った。

吉男は唾《つば》を飲みこんでから再び口を開いた。「警察の方がどういうご用で」

〈このアパートの前を不審者がうろついていると通報があったんで、少し話を聞かせていただけませんか〉

不審者？　こんな雨の日に？

「う、うちはずっと家にいたのでよくわからんのですけど」

〈ええ、そうだと思うんですが、少しだけ。このアパートの方、全員にお願いしてるんですよ〉

出ないと逆に怪しまれるだろうか。いや、ダメだ。危険すぎる。万が一、部屋の中まで入り込まれたら一巻の終わりだ。しかし、頑《かたく》なに拒めば目をつけられるだろう。玄関先であしらえるだろうか。今の自分の心理状態で上手《うま》く立ちまわる自信はない。いったい今日という日はなんなのか。どうして神様はこんな悪質なイタズラをするのか。

どうすればいい、どうすれば――。

考えがまとまらないうちに吉男は玄関へと足を踏み出していた。もう頭の中は真っ白だった。そして、吉男は操られるように施錠を解いてしまった。

「開けないでっ」居間から愛美の叫び声が上がった。

が、遅かった。直後、向こう側からの力でドアが強引に開けられた。

全身ずぶ濡れの男が立っていた。

絶句する。

高野洋司だった。

31

〈このアパートの前を不審者がうろついていると通報があったんで、少し話を聞かせていただけませんか〉

その警察官と名乗る男はやたらとたどたどしい話し方をした。声も妙に低い。わざとそんな声を出しているように思えた。そして、林野愛美はその声にどこか聞き覚えがあるような気がした。

〈ええ、そうだと思うんですが、少しだけ。このアパートの方――〉

次の台詞《せりふ》で愛美の記憶の中で、声と人物が繋がった。

高野洋司だ。声色を変えているが、隠しきれていない。愛美にはわかる。散々耳元でささやかれたのだ。

そしてこの不自然な訪問や、強引な態度は誰が見てもあきらかにおかしいのに、山田はどうしてしまったのか、素直にその指示に従ってドアを開けようとしていた。

高野が何をしに来たのか知らないが、素性を偽っている以上、危険にはちがいない。

「開けないでっ」愛美は叫んだ。

しかし遅かった。外の雨音が急激に大きくなった。ドアが開いてしまったのだ。

山田がゆっくりあとずさりして居間に戻ってきた。その向こう側に高野洋司の顔が見えた。

高野の姿は変わり果てていた。元々肉付きのいい身体つきをしていたはずだが、空気が抜けた風船のように全体が萎《しぼ》んでいた。頬はこけ、眼球が飛び出ているように見える。垂れ下がった前髪から水がしたたり落ちていた。そして、なぜ、警察官のユニフォームを纏《まと》っているのか――。

「いたな」

高野は対峙《たいじ》している山田から愛美に視線を移し、口の端を持ち上げて見せた。そしてその手には刃渡りが三十センチ近くもあるサバイバルナイフがあった。

直後、愛美の本能が身体を動かした。すぐそこにいた美空の服を摑《つか》み、床を滑らすようにしてその身体を引き寄せたのだ。身体を入れ替え、美空の姿を隠すため自分が壁になった。

「なんなんだよあんた。やめろよ」山田が声を震わせる。

「おまえもぶっ殺してやる。全員ぶっ殺してやる」高野が吠《ほ》える。その目からはっきりした狂気が見て取れた。

「なあ、よせって。おれは頼まれてちょっと手伝っただけなんだって。本来関係ないんだよ。頼むからこれ以上勘弁してくれ。もうナイフだ包丁だ散々なんだこっちは。いったい今日はなんなんだよ、みんなして一緒にトチ狂うのやめてくれよ」

山田が顔を歪《ゆが》めて喚いている。ただし、高野がそれを聞いている様子はなかった。視線が別のところにある。すぐそこに転がっている佐々木の姿を発見したのだ。

「あんた、人殺しまで堕《お》ちることはないだろう。仕事を失ったくらいなんだ、家族に見捨てられたくらいなんだ。おれだって経験したさ。だからといって——」

高野は眉《まゆ》をひそめ、不可解な顔で佐々木を見下ろしている。ここに佐々木が住んでいることを高野が知っていたのかわからないが、どちらにしても佐々木が紐で縛られ、自由を奪われている状態でいることが解せないのだろう。

何より佐々木はこの状況においても高野に一瞥《いちべつ》もくれない。

「——なあ、だから引き返せよ。なかったことにしよう、まだ間に合うぞ」

山田は髪を振り乱して必死に説得を試みているが、誰も山田の言葉を聞いていない。

愛美はベランダにつながる窓の鍵《かぎ》に目をやった。ロックされている。施錠を解除し、窓を開け、柵《さく》を乗り越え、外に逃げる。美空と一緒に——。ここは一階だ。なんとかなる。豪雨だがそんなのは些末《さまつ》な問題だ。ただし、高野が隙を作ってくれればの話である。高野が殺意を持ってこの家に来たということは、当然狙いは自分だろう。仕事を失い、家族に捨てられ、ヤクザに脅されている。すべて自業自得だが、高野は逆恨みをしている。もう失うものは何もないといった心境のはずだ。

自分はちがう。美空がいる。愛美は美空の身体を強く自分に押し付けた。自分でも感情の説明がつかないが、守らなきゃいけない、自分が死ぬのはいいが美空はだめだ、今この瞬間の自分はたしかにそう思っている。

今のうちに鍵だけでも——。愛美がそっと窓の鍵に手を伸ばした瞬間、またインターフォンの音が鳴った。いったい今日何度目だろうか。この音色が死神の笑い声に思えてくる。

その場にいる全員が動きを止めていた。愛美は金本だと思った。山田もそう思ったのだろう、愛美をちらっと見て頷《うなず》いた。

「音立てるなよ」

高野が山田と愛美に向かって、威嚇をするようにナイフの切っ先を交互に向けた。

鍵は開いている。勝手に入ってきてくれ。愛美は心の中で願った。佐々木にしたように、高野も取り押さえてくれ——。

コンコン。ドアがノックされた。

そのとき、突然佐々木が甲高い声で笑い出した。

「おいっ。静かにしろ。刺されたいのか」高野が慌てて、佐々木の頬にナイフを押し当てる。

佐々木はそんなことにまったく動じず、狂ったように笑い声を上げている。もう完全に錯乱していた。

ドアがゆっくり開く音がした。雨音が大きくなる。「佐々木くん、いるのかしら」玄関から女の声が聞こえた。

愛美と山田が顔を見合わせる。金本じゃなかった。

「課長から事情は聞いたけど、大丈夫？　入っていいのかしら。ねえ、入るわよ」そんな声が聞こえる。「いい、お邪魔するわよ」

足音が近づいてくる。高野がさっと物陰に身を隠した。

居間に姿を現したのは社会福祉事務所の宮田有子という女だった。二ヶ月ほど前、佐々木と共にやってきたあの不気味な女だった。

宮田有子は現場の状況を見て言葉を失っていた。

「……何よこれ、どういうこと」

誰に言うでもなくそうつぶやいていた。困惑した様子で、目を泳がせている。

「おまえだったとはな」

高野が宮田有子の背後から唸《うな》るように言った。

宮田有子が反応して振り向く。

「……洋司さん」

宮田有子は目を見開き、口元に手を当ててそう言った。

「やっぱりおまえもグルだったのか。ふざけやがって」唇をわななかせている。

「グル？　それよりナイフなんて持って何してんのよ。なんなのよその格好」

「うるせえっ」

「わたし、ずっと探してたんだから」

「おれを破滅させておいて何が探してただ」

「あなたが悪いのよ。わたしを捨てるから。離婚するするって結局奥さんのところ戻って、挙句の果てにこんな小娘に手出して」

宮田有子は「こんな小娘」のところで愛美を一瞥した。

「だからってここまですることはないだろう。あの文書を家に送りつけたのもおまえだろう」

「そうよ。何が悪いの？　仕事辞めるだけで済むと思った？　奥さんと一からやり直すなんてわたしは絶対に許さない」

「ふざけるな。ヤクザまで雇いやがって」

「ヤクザ？　何の話？」

「今さらしらばっくれんじゃねえ」

「知らないわよそんなの。別れるとき、言ったでしょう。絶対後悔させてやるって」

よくわからないやりとりを繰り広げていた。山田も呆気《あっけ》に取られている。

ただ、なんとなくわかったのはこの宮田有子という女は高野の不倫相手だということだ。そういえば以前、高野は妻に浮気がバレたようなことを口にしていたことがあった。あれはもしかしたらこの女のことだったのかもしれない。

佐々木は宮田有子のことを、「正義感の強い潔癖な人間」と言っていた。愛美もそう思っていた。

「ちょっといいかい」山田が宮田有子に向けて手刀を切った。「おたくが誰だかおれはわからないんだけど、これにはワケがあって、おれは命令されて手伝わされただけというか、そういう意味ではおれも被害者であって――」

「ちょっと邪魔」宮田有子が山田の手を払いのける。「洋司さん、今どこに住んでるの」

「そんなこと言わないで聞いてくれ。もとはといえば金本という悪いヤクザがいて、そいつがおれを巻き込ん――」

「邪魔だって言ってるでしょう」宮田有子が両手を使って山田の身体を押し退《の》ける。

「洋司さん、ご飯は食べてるの」

「おまえに関係ないだろう」高野が吠える。

「そんなことない。もう洋司さんには何も残ってないのよ。わたしのところに戻って来るしかないでしょう」

「なんでそうなる。おれはおまえのそういう気味悪いところが嫌なんだ」

「ううん、嘘。心の底では最後はわたししかいないって、本当は洋司さんわかってるはず」

「ふざけるなっ」

「ねえ、わたしと一緒になろうよ。もうわたししか洋司さんを助けてくれる人いないよ」

その言葉で高野は視線を斜めに落とし、苦々しい表情を作った。「おれは、息子と娘と一緒に暮らしたいんだ」

「それはあきらめなきゃ。あなた自分が何したかわかってる？　もう戻れるわけないんだよ。あの奥さんのことだから二度と子供に会わせてもくれないよ」

「全部おまえのせいだろう」

「ちがうわよ。あなたがいけないの。こうなったのはすべてあなたのせいなの。だからみんなあなたのことを捨てたの。でも、わたしはちがう。だからもうあなたはわたしと一緒になるしかないじゃない」

なんだかおかしな展開になっていた。ただ、宮田有子がなんとなく高野を圧倒している。

愛美は心の中で密《ひそ》かに宮田有子を応援した。どんな形であれ、この場の危険が去るならそれでいい。

ここで山田が愛美を見た。誰だ、という感じで宮田有子を一瞥する。ミヤタ、と愛美は唇だけで答えた。山田が額に手をやり、天を仰ぐ。

「ううっ」急に高野が呻き、肩を震わせ始めた。何事かと思ったら泣いていた。母親に叱られた子供のように顔をくしゃくしゃにして涙をこぼしている。「なんでこんなことになっちまったんだ。ちょっとした出来心じゃねえか。ひでえじゃねえか」

「それはこっちの台詞だっ」山田が怒鳴り声をあげる。そんな山田の目にも今にもこぼれ落ちそうな大粒の涙が溜《た》まっていた。「おまえらのせいでおれの人生めちゃくちゃだ。おれの人生何もいいことないじゃねえか」

「あなたのことなんて知らないわよ。引っ込んでて」

「引っ込んでてだと」山田が怒りの矛先を宮田有子に向ける。「これで莉華が死んだらどうなる。佐々木は人殺しだ。じゃあ佐々木を狂わせたのは誰だ。金本だろう。おれじゃないぞ。おれだって被害者だ」

「さっきから何言ってんのよ。頭おかしいんじゃない」

「おかしいのはおまえらだろう。おれ以外全員頭おかしいんだ。ここにいる全員狂ってやがんだ」

「うるせえ。二人とも勝手にしゃべってんじゃねえ。ぶっ殺されてえのか」

「何がぶっ殺すだ。泣きながら何言ってやがるんだ」

「おまえだって泣いてるだろう」

「洋司さん、落ち着いて」

三人とも愛美を蚊帳《かや》の外に置いて喚いていた。

今のうちに逃げた方がいい。愛美はそう判断した。「行くよ。逃げるよ」美空の耳元でささやき、腕を取る。「マモルくんも」美空が倒れている佐々木を指差した。「それは無理」愛美が諫《いさ》める。「じゃあイヤ。いかない」愛美は耳を疑った。

美空が生まれて初めて反抗した。なんでこんなときに――。

そうこうしているうちに遠くの方から車の重低音が聞こえてきた。ぐんぐん迫って来る。今度こそ本当に金本が戻ってきたのだ。

「ヤバい」反応したのは山田だ。「金本が帰って来ちまった」

愛美も同じ気持ちだった。つい先ほどまで金本に戻ってきてほしかったが、今となっては金本が現れたらよけいに場が混乱する気がした。

「おい、あんたら今すぐここから出ていってくれ。金本が帰って来ちまったんだ」山田が高野と宮田有子に切迫した口調で告げる。

「なんでおまえに命令されなきゃなんねえんだ。金本なんて怖くないぞ。あいつだってぶっ殺してやる」

「震えながら何言ってやがる。金本は拳銃《けんじゅう》持ってるかもしれないぞ。おまえがいくらそのナイフで立ち向かったところで勝てるわけないぞ」

「ねえ金本って誰よ」

「金本ってのは——ヤクザで一番悪い奴だ。頼むからおまえら早く出ていってくれ。これ以上面倒なことにしないでくれ」

「だからその一番悪い奴を殺してやるって言ってんだろう」

「おまえが殺されるのがオチだって言ってんだ。宮田さんとやら、あんたからもなんとか言ってくれ」

「洋司さん、とりあえずわたしの家に行こう」

「嫌だ。おれはあいつにすべて奪われたんだ」

「命は奪われてないだろう。金本は本当におまえを殺すぞ」

「その前におれがあいつを殺してやる」

「洋司さんは人殺しなんかできるような人じゃないでしょう。それこそ子供が泣いちゃうよ。お父さんは人殺しだって」

その言葉で高野の動きが止まる。うつむき、目を瞬かせている。

そうこうしているうちにエンジン音が消えた。車が止まったのだ。もう金本がやってくるまで三十秒もないだろう。

「ああクソッ。とりあえずそっちの部屋に隠れてくれ」山田が二人の背中を押して隣の部屋へ追いやろうとする。

「ちょっと触らないでよ、変態」宮田有子がその手を振り払う。

「変態だろうがなんだろうがいい。絶対に出てくるな。音も立てるな。おれが理由をつけてすぐに追い払う」

山田が襖を開け、高野と宮田有子を隣の部屋に押し込んだ。「いいな、絶対だぞ」そう念を押し、ぴしゃりと襖を閉める。

それと同時に玄関のドアが乱暴に開けられた。ドスドスと足音を立て、金本が姿を現す。

険しい目で辺りを見渡している。愛美と目が合った。愛美は反射的に目を逸《そ》らした。

「お疲れ様です。莉華はどうですか」山田が訊ねた。

「さっき言っただろう。もうできることはやった。あとは目を覚ますことを祈るだけだ」

「警察に通報とかされないですよね。石郷先生がなんとかしてくれますよね」

「ああ、そっちはなんとかなるだろう。問題は――」金本が佐々木を見下ろした。「こいつだ」

金本が佐々木に歩み寄り、つま先で腰のあたりを蹴った。「おい、おまえ自分が何したかわかってんのか」

佐々木は不気味な薄ら笑いを浮かべている。

「ダメだな」金本が舌打ちする。「山田、こいつ運ぶぞ」

山田が首を傾げる。「どちらへ？」

「栃木《とちぎ》にある産廃施設にちょっとした小型の焼却炉があんだ」

山田の眉間《みけん》の皺《しわ》がぐっと深くなった。「焼却炉、ですか」

「ああ。そこの主とはもう話がついてるから大丈夫だ」

「いや、あの、それってどういう……」

「もう消すしかねえだろう」

「消すってそんな――」

「こいつをこんな状態で野放しにしてみろ。それこそすぐに足がつくぞ。こうなった以上、仕方ねえんだ」

「いや、でも――」

「でもじゃねえ。もう決めたことだ。愛美、おまえも一緒に来い」金本が愛美を睨みつけた。

「ちょっと待ってくださいよ金本さん。おれさすがに殺しなんてできないですよ」

その直後、山田の身体が吹き飛んだ。金本に殴られたのだ。背中を床に打ちつけ、その振動が愛美にまで伝わった。

「ガタガタうるせえっ」金本が鬼の形相で怒鳴りつけた。「こんなことで……こんなくだらねえことで躓《つまず》くわけにはいかねえんだ、おれは」

金本の身体は小刻みに震えていた。

山田が頬を押さえ、上半身を起こした。「殴られようと何されようと殺しだけは勘弁です」きっぱりと言い切っていた。

「テメェ、調子に乗るんじゃねえぞ。こいつを生かしといてみろ、すぐにヤク中だってバレるぞ。そうしたら必ずこいつはおれたちの名前を出すぞ。もうおれたちに残された手段はこれしかねえんだ」

「おれたちおれたちって――おれは金本さんの指示に従ってただけじゃないですか。そもそもあんたが佐々木を狂わせたんでしょう。全部あんたの責任だろう」

「あんただと」金本が唇をわななかせ、目を剝《む》いた。「テメェぶっ殺してやる」

金本が山田の髪の毛を摑んで強引に立ち上がらせる。そのまま力任せに山田を振り回し、遠心力をつけて投げ飛ばした。山田の身体が襖を突き破り、隣の部屋に飛び込んだ。

その先に、高野と宮田有子の姿があった。

金本は息づかいを荒くしながら、目を丸くさせていた。

「な、なんだテメェらはっ」金本が叫ぶ。「おい山田、これはどういうことだ」

「殺してやる、殺してやる、殺してやる」

高野が両手でサバイバルナイフの柄を握りしめ震え出した。いきなりステージに上げられたことで、再び興奮状態に突入してしまったようだ。

「お、おい高野、よせ」山田が高野に向かって手を伸ばす。

「ちょっと洋司さんやめて」宮田有子も高野の腰に手をやる。

高野がその手を振り払い、金本に向かってナイフを突き出し飛び込んでいく。

金本が咄嗟に身体を半身に捻《ひね》り、それをかわす。すかさず金本は高野の腕を取り、ナイフを取り上げようとするが、高野も必死の形相で抵抗していた。二人の男が揉《も》み合いになる。

辺りのものが派手な音を立てて弾《はじ》き飛ばされていく。横たわっている佐々木の身体に足を取られ、二人して転んでいた。すかさず金本が高野に馬乗りになった。まだナイフは高野の手の中にあり、金本はその手首を摑み上げ何度も床に叩きつけている。

高野の形勢不利と見たのか、宮田有子が奇声を発して加勢に加わった。「離れなさいっ。離れなさいよっ」背後から金本の背中を叩いている。金本は高野の手首を摑んだまま、立ち上がる勢いを利用して宮田有子の顔面に頭突きを食らわせた。衝撃で天井を仰いだ宮田有子の顔から血飛沫《ちしぶき》が上がり、そのまま後ろに倒れこんだ。気を失ったのか白目を剝いている。

愛美は立ち上がり、美空の身体を抱きかかえた。もう逃げるしかない。ここにいたら美空が危ない。素早く窓を開け、足を一歩ベランダへ踏み出す。

そのとき、うしろから襟首《えりくび》を摑まれ、引っ張られた。身体が宙に浮いた。美空と共に背中から後方に飛んでいく。床に後頭部を強く打ちつけた。衝撃で視界がぐにゃりと歪んだ。

「逃がさねえぞ愛美」金本の怒声が耳をつんざく。

金本はいつのまにか高野からナイフを奪っていた。

その高野は倒れ込んでいた。太ももを両手で押さえ、呻いている。その手は血だらけだった。指と指の間から鮮血が溢《あふ》れている。刺されたのだとわかった。

そのまま金本はこちらに向かってきた。愛美は美空に覆いかぶさった。この子だけは守らなきゃ――。

わき腹に衝撃が走る。金本に蹴られたのだ。愛美の身体が横に転がる。あまりの激痛に声が出なかった。あばらの骨が折れたのかもしれない。

そのとき、突然、美空が泣き出した。

あの美空が泣いた。産まれてから今日まで、ずっと溜め込んでいた泣き声を一気に吐き出すかのように大声で泣き叫んでいる。

「うるせえっ。クソガキっ」

金本が美空の頭を足蹴にした。小さい身体が人形のように飛んでいく。

やめて、美空だけはやめて――。言葉にしたいが、声が出ない。

「うおーっ」突然、山田が咆哮《ほうこう》を上げた。そしてラグビーのタックルのように一直線に金本に突っ込んでいった。

金本の腰を掴んでぐいぐい押しやり、壁にその背中を激しく叩きつけた。

「この野郎、この野郎。よくもやりやがったな。よくも、よくも彩乃を、よくもーっ」

彩乃――？

山田は我を忘れ、両手をめちゃくちゃに振り回し、金本をタコ殴りしている。

しかしそれも長くは続かなかった。電池の切れたおもちゃのように山田の動きがぴたっと止まったのだ。

山田がゆっくり数歩、あとずさりした。ナイフが腹に深く突き刺さっていた。山田が支柱を失ったように崩折れる。

みんな倒れていた。金本以外、全員倒れ込んでいた。これは現実か。悪夢のような光景だった。

いったい、今日はなんなのだろう。あまりにも悪いことが重なりすぎた。この夏に溜め込んだ悪行が一気に吐き出されたような、そんな暗黒の一日だ。

ただ、いつしかこんな日が訪れることが心のどこかでわかっていた気がする。

きっと踏みとどまるチャンスはいくつもあった。気づいていながら気づかないふりをして流れに身を任せた結果が今ここにある。闘わず、抗《あらが》わず、ひたすら目を瞑《つむ》っていた結末がこの光景だ。

そして今、ここに戦える人間は残っていない……あたし以外に。

愛美は最後の力を振り絞って、膝を立てた。転がっていたガラス製の灰皿を手に取る。ずっしり重みを感じた。ちょうど金本は自分に背を向けている。

金本は肩で息をしていた。その荒い呼吸音と、外の雨音だけが居間に響いている。

いや、ちがう。

愛美は耳を澄ました。激しい雨音の中に、かすかにサイレンの音が混じっていた。この音は、パトカーだ。

その音は瞬く間に大きくなった。ここに向かっているのだと愛美は察した。大の大人が集まってこれだけの狂騒を演じたのだ。きっと近隣の誰かが通報したのだろう。

全身の力が抜けた。愛美は灰皿を手放し、その場にうつぶせに倒れ込んだ。

ちょうど目の前に佐々木の顔があった。その目は、ただ静かに愛美を見つめていた。

ずっと、互いに見つめ合った。

32

ああ、死ぬな。吉男は自身が今際《いまわ》の際にいることがなんとなくわかった。

不思議と痛みはなかった。ただ腹が湯たんぽを抱えたように熱いだけだ。

人間、最期は苦しまずに死ねると聞いたことがあるが、まさに今この瞬間がそうなのかもしれない。

なんでこんなことになったかな。ふとそんなことを思ったが、こんなもんかなとも思った。

そんなに悪い人生じゃなかったかもしれない。最高の人生じゃなかったが、最低でもなかった。この場においては自然とそう思えた。

誰もしてくれないのだから、自分が己の人生を肯定してやらなきゃかわいそうだ。

周囲で人が慌ただしく動き回っていた。

「大丈夫ですかっ。返事できますかっ」

耳元で誰かが叫んでいた。
薄目で確認すると制服を着た警察官だった。高野ではない、本物の警察官だった。
大丈夫なわけねえだろう。吉男は口だけで力なく笑んだ。
徐々に視界が狭まっていく。
暗闇の緞帳《どんちょう》が静かに降りていった。

エピローグ

夏は嫌いだ。

ぎらついた太陽を目にするだけで気分が沈み込む。だからカーテンは年中閉めっぱなしだ。

今日はいつにも増して調子が悪い。誰とも話したくないし、何もしたくない。一日中布団にくるまっていたい。

理由は自分でわかっている。

つい先日、梅雨が明けたのだ。夏のスタートを切ったのだと身体が認識してしまったのだろう。

毎年このタイミングになると不穏になる。地震に見舞われているかのように四六時中心がぐらついている。避難所を探し彷徨うが一向に見当たらない。

あれから何年経っているのか。いい加減、もういいだろう。もういいじゃないか。

何度も自分にそう言い聞かせてみるものの、効果はない。心の深いところで、夏という季節を拒否している自分がいる。

わかっている。間違っている。でも、どうしようもない。動き出せない。情けない、という思いがまた自分を追い詰める。

静かに壁を眺めていた。一面、鮮やかな色彩に埋め尽くされた壁を。たくさんの絵が飾られている。月に一度、必ず絵が届く。差出人の名前はない。これが何を意味するのか、よくわからない。

ただ、なぜ、捨てられないのだろう。自分でも不思議だ。

インターフォンが鳴る。相手が誰かわかっていた。出なきゃいけない。わかっているが身体が動いてくれない。

全身からじっと汗が滲んできた。呼吸がうまくできない。

インターフォンが連打される。そのうち、ドアが乱暴にノックされた。

布団をかぶり、両手で口を押さえ、息を潜める。

「いるんでしょう。わかってるんですよ」

ドア越しに相手がしゃべっていた。社会福祉事務所の人間はしつこくて嫌だ。

……たのむ。いつか、いつか必ず復活する。やり直す。人生を取り返す。だから、今だけはそっとしておいて――。

「佐々木さん、いい加減にしなよ。生活保護ってのはなあ、あんたみたいな人間に――」

あとがき　悲劇と喜劇

「人生は近くで見ると悲劇だが、遠くから見れば喜劇だ」

かの有名なチャールズ・チャップリンの名言です。

「つらかった出来事もあとから思い返してみれば笑い話」といった解釈が正しいとされているようですが、この悲劇と喜劇の差である「近く」と「遠く」は、「自分」と「他人」にも置き換えられるのではないでしょうか。

取るに足らぬ出来事で思い悩み、もがいている人というのはどこか滑稽《こっけい》に映って見えます。ところが、我が身に同様の出来事が降り掛かったとき、人は同じように思い悩み、もがき苦しむのですから、人間とは実に度し難い生き物です。

言わずもがな、対岸の火事でなくなったとき、人ははじめて冷静さを失うものなのでしょう。

本書に出てくる人々も同じで、目の前の小さなボヤに懊悩《おうのう》しています。沼にハマり、手足をバタつかせ、結果、極端な行動に出ます。端から見れば滑稽で愚かに映りますが、本人たちは至って真剣なのです。そしていかに間違っていようとも、彼らなりの言い分、正義が存在するのです。

それを問答無用、自業自得とばっさり切り捨てるのではなく、その主張に耳を傾けたいと思い、わたしは本書を書きました。

わたしは作者として登場人物たちの善悪を問うようなことはしたくないのです。誰の人生も他人が裁く権利などないのですから。

人生という物語の主人公はいつだって己であり、荷が重かろうとも降板することなどできません。これこそまさに悲劇であり、それと同時に喜劇ともいえます。

そしてそんな誰かの物語の一端を覗《のぞ》いてみたくてわたしはこの仕事をしているのかもしれません。これもまた悲劇であり、喜劇なのでしょう。

そんなわたしの描く「悲劇」と「喜劇」にこれからもお付き合いをいただけたら幸いです。

二〇二〇年夏

染井為人

本書は、二〇一七年九月に小社より刊行された
単行本を加筆修正のうえ、文庫化したものです。
本作はフィクションであり、
実在の人物・団体等とは一切関係ありません。

悪《わる》い夏《なつ》

染井《そめい》為人《ためひと》

令和2年 9月25日 初版発行
令和6年 5月15日 28版発行

発行者●山下直久

発行●株式会社KADOKAWA
〒102-8177 東京都千代田区富士見2-13-3
電話 0570-002-301（ナビダイヤル）

角川文庫 22332

印刷所●株式会社KADOKAWA
製本所●株式会社KADOKAWA

表紙画●和田三造

◎本書の無断複製（コピー、スキャン、デジタル化等）並びに無断複製物の譲渡および配信は、著作権法上での例外を除き禁じられています。また、本書を代行業者等の第三者に依頼して複製する行為は、たとえ個人や家庭内での利用であっても一切認められておりません。
◎定価はカバーに表示してあります。

●お問い合わせ
https://www.kadokawa.co.jp/ （「お問い合わせ」へお進みください）
※内容によっては、お答えできない場合があります。
※サポートは日本国内のみとさせていただきます。
※Japanese text only

©Tamehito Somei 2017, 2020 Printed in Japan
ISBN 978-4-04-109872-1 C0193

◆◇◇

角川文庫発刊に際して

角川源義

第二次世界大戦の敗北は、軍事力の敗北であった以上に、私たちの若い文化力の敗退であった。私たちの文化が戦争に対して如何に無力であり、単なるあだ花に過ぎなかったかを、私たちは身を以て体験し痛感した。西洋近代文化の摂取にとって、明治以後八十年の歳月は決して短かすぎたとは言えない。にもかかわらず、近代文化の伝統を確立し、自由な批判と柔軟な良識に富む文化層として自らを形成することに私たちは失敗して来た。そしてこれは、各層への文化の普及滲透を任務とする出版人の責任でもあった。

一九四五年以来、私たちは再び振出しに戻り、第一歩から踏み出すことを余儀なくされた。これは大きな不幸ではあるが、反面、これまでの混沌・未熟・歪曲の中にあった我が国の文化に秩序と確たる基礎を齎らすためには絶好の機会でもある。角川書店は、このような祖国の文化的危機にあたり、微力をも顧みず再建の礎石たるべき抱負と決意とをもって出発したが、ここに創立以来の念願を果すべく角川文庫を発刊する。これまで刊行されたあらゆる全集叢書文庫類の長所と短所とを検討し、古今東西の不朽の典籍を、良心的編集のもとに、廉価に、そして書架にふさわしい美本として、多くのひとびとに提供しようとする。しかし私たちは徒らに百科全書的な知識のジレッタントを作ることを目的とせず、あくまで祖国の文化に秩序と再建への道を示し、この文庫を角川書店の栄ある事業として、今後永久に継続発展せしめ、学芸と教養との殿堂として大成せんことを期したい。多くの読書子の愛情ある忠言と支持とによって、この希望と抱負とを完遂せしめられんことを願う。

一九四九年五月三日